突破封锁

TUPO FENGSUO

董金虎 ◎ 著

时代出版传媒股份有限公司
安徽文艺出版社

图书在版编目（CIP）数据

突破封锁/董金虎著．—合肥：安徽文艺出版社，2023.10
ISBN 978-7-5396-7597-8

Ⅰ．①突… Ⅱ．①董… Ⅲ．①长篇小说－中国－当代
Ⅳ．①I247.5

中国版本图书馆CIP数据核字(2022)第215082号

出 版 人：姚　巍
责任编辑：汪爱武　　周　丽　　装帧设计：石　晓　徐　睿
....
出版发行：安徽文艺出版社　　　www.awpub.com
地　　　址：合肥市翡翠路1118号　　邮政编码：230071
营 销 部：(0551)63533889
印　　制：安徽联众印刷有限公司　　(0551)65661327
....
开本：710×1010　1/16　印张：14　字数：260千字
版次：2023年10月第1版
印次：2023年10月第1次印刷
定价：58.00元
....
（如发现印装质量问题，影响阅读，请与出版社联系调换）

版权所有，侵权必究

目 录

第一章　柳镇依依 / 001

第二章　朐山聚义 / 026

第三章　古营逢春 / 047

第四章　湖畔血色 / 069

第五章　江淮红商 / 087

第六章　瓜洲觅渡 / 107

第七章　黄浦风云 / 129

第八章　运河激浪 / 154

第九章　亭山刀影 / 175

第十章　江河纵横 / 198

第一章　柳镇依依

美丽而又神奇的高邮湖连接苏皖两省,且不说它的无限风光和奇特物种,它是淮河入江水道,东傍京杭大运河,为南北几千里水上运输之要冲。湖的东边紧邻历史文化名城——高邮,高邮县北通淮安淮阴,南及扬州市,有大运河连贯。

在高邮湖西侧的怀抱里,静卧着不为外人知晓的另一湖泊——沂湖,两者并称"姊妹湖"。沂湖状如圆镜,自有一段天仙般的传说,别看它面积只有十余万亩,似湖中小家碧玉,却有独特的位置和风韵,颇具魅力。

沂湖的南面有座历史人文厚重的古城,唐天宝元年(742)置千秋县,天宝七年(748)改称天长县。登高南望透迤长江,如白练飘舞,江南便是六朝古都南京。湖西有座千年古镇——杨柳镇;往西广阔无垠,但有一处远近闻名的古营——夏家营,明清以来是屯兵的地方;再往西是江苏盱眙的地界了。湖的北面有座重镇——铜城镇,因西汉吴王在此铸币而得名,向北也是江苏域内。

沂湖碧波万顷,村舍入映,渔帆点点,白鹭盘翔。北岸有一渡口称周家渡,此地有一名门望户,户主叫周运三。

民国十九年(1930)春,周运三长子周正源(字星汉)从天长中学毕业后,准备继续深造,考入金陵大学。一日早晨,父亲说:"正源,我看你还是不要出去读书了,跟我一起做生意吧,说不定将来能闯出名堂来!"年前,父亲和儿子说过同样的话题,但儿子未吭声,春来要做打算了。父亲又说:"你是知道的,西边夏家营夏老爷家的二少爷春雨、杨柳镇上的陈家国和你既是同学,又是挚友,他们也弃学了。"

望着高高的围墙、井字形的院落,周正源惦记着外面的天地,而读书是他实现理想的通途。他还想争取出去读书,回道:"大大(爸爸),我是优等生,学校推荐我去南京。再说我虚岁才十八岁,无一技之长,暂时不能适应社会。"周运三不是不想儿子读书,而是心中有隐痛,他看不出现下读书能成气候,就是学富五车又能如何?周运三再次劝儿子说:"正源,夏春雨家有权有势吧?也不再指望'学而优则仕'了,他有见识,看农村破落,留在家乡教书,教化百姓。陈家国早不想读书了,被学校开除过几次了。当然,他家困难,急于出来谋生,但这孩子有志向,将来会有出息的。"

不读书也能有出息?父亲的列举似乎是现实的,站得住脚的。周正源揉了揉眼睛,说:"大大,我实在是想读书,不忍心离校哪!"周运三也知道儿子除了读书,暂无其他爱好,继续开导说:"正源,不是大大不让你读书,你看这民国政府,你就是谋得差事,寻得了出路,就能光宗耀祖了?"

周李氏从东厢房里出来,跟周运三说:"他大大,有话好好说,别来生硬态度,读书的事过阵子再说吧。""也行,正源,你再想想,我还要到夏家营见夏老爷去,有一批货等着我接收。"周运三说着跨出院外。

周正源出了院子,徐徐踱到湖边。湖面上视野开阔,春景怡人。湖水清清,近处可见鱼儿自由游动,河蚌快乐地画着曲线。岸边柳树抽芽,花木含苞,翠鸟鸣声悦耳,鸥鹭展翅蓝天。周正源自语道:"我应该有个选择,可我能干什么呢?"

"正源,能干什么,依我看听你大大的。"周正源转身一看,是周鸿三来了。周鸿三轻拍了一下周正源的肩膀,又抬眼将目光越过湖面,不屑地看着南方,沉沉地说:"我知道,你舍不得离开学堂,盼望着将来有个前程,可是这民国政府已失了民心,指望它没有发旺。"周正源皱着眉头,不解地问:"三叔,您同我大大的看法是一样的,这民国政府究竟怎么了?"周鸿三说道:"你应该记得陈家国带领天中学生去县政府请愿的事,这民国政府什么钱都能克扣,连老师的工资、学生的伙食费都能挪用,说什么用于'围剿'红军。为这事陈家国险些被捕,只好躲到扬州中学读书。"周正源点点头,周鸿三又说,"有些话你大大不好跟你说，他在外做生意，草行露宿，吃尽了苦头。这还不算，可恨的是民国政府对经商办厂的人纳税、缴费太重，简直压得他们抬不起头来。县党部调查科的王国迟，借口跟你大大合伙经营，实际敲诈勒索。这民国政府里吃人不吐骨头的人多的是。"周正源很是惊异，周鸿三叹道，"唉！时下农村一片黑暗，地主盘剥农民，渔霸欺诈渔民，这算什么世道？"周正源似有所悟，道："原来是这样，看来'学而优则仕'在今天不适用了，我错怪大大了。"周鸿三拽着周正源的手往回走，劝道："正源，你就不要自责了，往后帮你大大做一些事，最好能继承周家的祖业。"周正源默默地跟着三叔。

晚上，湖面上渔火点点，明月初升，周家渡渡口仍有忙碌的身影。周运三在码头上同人打着招呼，又跟周正源说："你看，这些人为了养家糊口，不得不起早贪黑。大大知道你心中念着读书，想将来光宗耀祖，可现实是行不通的，要我说，这民国政府的官不当也罢。"周正源内疚地回道："大大，都怪我太天真，从今往后我就跟着您学做生意吧。"周运三感到一丝宽慰，忆起一件往事来，说道："人生多艰，你将来就是选择做生意，也要有心理准备。有一年的夏天，你爹（爷爷）从苏州经运河过长江，几船货物还算顺利地到达高邮湖。天有不测风云，高邮湖上忽然狂风大作，货船翻转倾覆，万幸的是，你爹、你大大水性好，抓住船板拼力游到岸上，但人命赔偿、货物损失彻底打垮了我周家。第二年你二叔得了重病，无钱医治，痛苦离去。你爹从此不振，没多久便含恨离世。但你爹临终前还嘱咐我说行船跑马三分命，须得万分小心，又嘱咐我一定要把周家的生意坚持下去，总有一天周家会兴旺起来的。"

月光如银。周正源听了一段周家的苦难史，挺起胸膛说："大大，从明日起，您就安排我做事吧。"周运三眺望着烟波浩渺的湖面，郑重地说："正源，你有悟性，我要你自己学会做生意，将来能独立行事。"随即安排道，"这样，杨柳镇上你三叔帮我开的百货店由你来经营。另外，你的书法不错，可以写一些对联出售，讲究高雅的人家需要裱一些对联和字画，事情就能做起来。"周正源立刻提起精神来，说："大大，我会做好的，就是三叔闲下来了。"看儿子能替别人着想，周运三感到很欣慰，说道："这你就不要多想了，时下我的生意正愁人手不够，而且我时常要出远门，没有得力的自己人是不行的。"周正源似乎有了信心,畅快地说:"大大,对联和字画应该有卖场。我们杨柳镇是人文之乡,东有戴兰芬状元,北有女科学家王贞仪,西有夏家营,夏老爷乃当今书法名家,南有全国著名书画家宣鼎后裔传人,文风一直昌盛。"周运三喜上眉梢说:"你能这样想,大大就高兴了。准备天把就去开张吧!"见儿子放弃学业,转变思想,周运三才觉得踏实,又提示说,"你暂不要随我外出,一来可以调理下心情,二来从小本生意入手,磨炼一下,将来好出去闯世界。"周正源会意地点点头,回道:"从今而后,都听大大的。"周运三爽朗地笑起来说:"你这家伙,我还是喜欢你固执的劲头,记住,今后但凡遇事要有自己的主张。"父子俩说得开心起来。临了,周运三想起来一件事,说:"正源,近日从西乡路过,遇到你的老师董松茂先生,我请他给你起了字号,叫'星汉'。你要独立入世了,正好可用。"

从周家渡到杨柳镇有十里地,不算太远,周星汉读私塾经常往返两地。杨柳镇的名字很好听,外地人通常称其柳镇,本地人常纠正要加上个"杨"字,究其原因是:隋炀帝登基后,开凿大运河,并在堤岸广植柳树,赐柳树杨姓,从此柳树便有了自己的名字。但周星汉所想的是杨柳树的品格、精神及象征意义,并为之赞叹和自豪。想着想着周星汉不免兴奋起来,好像又在体会学堂里读书的感觉,不由得加快了脚步,直奔杨柳镇而来。

春天的杨柳镇上杨柳依依,枝条似翡翠披挂,一切都显得含蓄、温柔,也显得生机盎然、春光无限。这不仅是一座古镇,还蕴藏着许多诗意。

百货店坐落在天长至铜城公路边,两旁紧挨着其他店面,房屋大多是青砖小瓦。古镇有两条长蛇状的街道,南北逶迤,西面一条街尤为古朴,柳树点缀着房舍,画面似浑然天成。

"春风百货店"五个字笔法俊秀,是镇上私塾学堂里董松茂老先生所题,其意取自贺知章《咏柳》"二月春风似剪刀",既有吉祥之意,又与柳镇之名吻合。周星汉端详着招牌,觉着中意、中看,又亲切,因是自己的老师命名且题字。

"星汉啊,进来吧,我已把货物盘点好。"两开间的房子,货物摆放整齐,周鸿三准备交付于侄子。周星汉跨进屋里,浏览了一下商品,轻声道:"三叔,不用看了,您都替我整理好了。"周鸿三笑着说:"大侄子,以后做生意可不能粗心,对自己人也要注意。"周鸿三解下身上的围裙,朝里间一指说,"里面一大拖间,原是我休息兼作仓库的地方,我已简单码放过了,可以在此写字、裱画,如再不够用,屋后还有地基,可再搭一间。"周星汉望了望里间,微笑着说:"谢谢三叔,全替我考虑好了!"周鸿三说:"大侄子,你是读书人,不用我多啰唆,我只告诉你,做这小生意只有两个字——认真。"这时门外来了个十六七岁的小姑娘,红花格上衣,蓝粗布裤,扎两条乌黑辫子,鹅蛋脸,白里透红,眉似星月,双眸如同湖水一样清澈。周鸿三问小姑娘说:"依依,你周伯伯去过你家?"姑娘有点腼腆,抚摸着红头绳,答道:"周叔,周伯刚到我家,同我大大谈生意上的事。"周鸿三跨出门外,又回头招呼说:"大侄子,春风店以后就全交给你了。"

小姑娘不好意思地说:"请你称半斤盐,打二两酱油。"周星汉看了一眼小姑娘,应道:"请稍等一会儿。"姑娘等着副食品,便打量着小老板。周星汉高高的个子,身着蓝色半新但很贴身的棉袍,长方形脸,皮肤白白的,眉如柳叶,整个人透着儒雅之气。姑娘的脸泛着红晕,周星汉递油盐,又接过钱,姑娘说了声谢谢,周星汉回道:"欢迎再来。"姑娘跨出门槛,头也不回地应道:"肯定要来的。"

一会儿,姑娘又回到店里,说:"我刚也没在意,你多找钱了。"周星汉微微笑道:"我是头一回做生意,你也太规矩了。"姑娘认真地回道:"我大大常对我和我哥说,做人要本分。"周星汉疑问道:"刚才我三叔说的你周伯伯是不是我大大?"姑娘警觉起来,思考着答道:"周伯伯是周家渡的,是做大生意的人,我大大说他是大老板。"周星汉这才说:"他就是我大大。"姑娘反而不拘谨了,笑盈盈地说:"你别认错了人。"周星汉自知有点唐突,便转弯说:"你是个善良的姑娘。我还不知道你叫什么名字,可以告诉我吗?"姑娘收起了笑容,调皮地说:"我也不知道你的大名,你能先告诉我吗?"这时店里来人,周星汉边做着生意,边夸道:"你还是个聪明的姑娘。"姑娘浅笑道:"你真会夸人。"周星汉坦诚地说:"那我先自报家门,我叫周星汉,周家渡的,先前开店的是我三叔。"姑娘猜想他就是周伯伯的儿子,故意说:"我不跟你讲了,回去做饭给我哥和我爸吃。"

杨柳镇上,共有二百余户,人口不过千人,但日日可见繁华景象。因其地理位置适中,水陆交通便利,商贾多聚集于此。镇东南部是一望无际的芦苇,芦苇的尽头是沂湖,沂湖再向东就是高邮湖了。镇南头有座长长的木桥,枕木造就,柳河的水由西向东缓缓而过,经年不息。柳河两岸柳林茂密,夏秋季节如烟如雾。唯有镇西一方人烟稀少,岗峦起伏,杂树丛生。东北方向人口较为稠密,向北是铜城镇。杨柳镇周围地势波诡,是通衢之地,劫匪时常出没此地。

但为什么周运三要在杨柳镇上开店呢?因为经商需要场所、交通、人口等条件,更重要的是,离镇上不远处有夏家营,有百余人的武装,可作为安全保障。

周运三大步走在镇上,进入春风百货店。周星汉忙迎道:"大大,您过来了!""几日未来,有点不放心。"周运三坐下说,"最近要出趟远差,去苏州一趟,有一批蚕丝要销往那里。"周星汉有点担忧地问:"那么远,近处没有销售的地方吗?"周运三说道:"这次不是我一个人去,湖对面的浦西村张老板也和我一道去,安全没有问题。"周星汉若有所思地说:"大大,你能不能带我出去见识见识?"周运三笑着说:"不要着急,这次我打算带你二弟思武去,他有闯劲,等下回有稍近的地方,你再跟着去。"周星汉仍说:"现在我既放下学业了,就一门心思想学做生意。"周运三站起来笑着说:"你看,你的固执劲又上来了,不过这次如我的意。下次再说吧。"

毕竟是春天,风儿吹到身上,轻轻地,阳光又明媚,令人神清气爽。杨依依又来店里,今天的辫结打得更俏丽一些,周星汉迎上去说:"依依姑娘,你不告诉我姓名我也知道你,你叫杨依依。""你不好,背后打听人的姓名。"杨依依羞涩地说道。周星汉从柜台里出来,有点神秘地说:"我还知道,你的名字是董老先生起的。"见杨依依笑而不答,欣然说,"依依这个名字既文雅,又好听,取自《诗经·采薇》篇'杨柳依依'是吧?"杨依依望着周星汉说:"我大大说,我姓杨,因和杨柳有关,依依适合女孩名,你说得文绉绉的,我哪听得懂。"周星汉望着眼前的杨依依,心中有一种似曾相识之感,便借题发挥,说道:"依依姑娘,古人赠柳,表示惜别,表示挽留,还表示美好的祝愿,多好的名字。"杨依依不好意思地说:"你是读书人,说这些话我听不太懂。"周星汉觉着也是,便说:"逗你的,不说这些了,你要买什么?"杨依依不自然地答道:"到街上找我哥路过这里。"周星汉忽闪着长长的睫毛,高兴地问:"依依姑娘,如果我请你到店里来做个帮手,你可愿意?"杨依依略微脸红,两手摸着辫子说:"可是我大大常不在家,我哥帮人家种田,没人守家。"周星汉又转回柜台里说:"那就等你走得开的时候,你再来。"有一老汉来购货,周星汉忙着,杨依依帮人把货理好,老汉走时朝她笑笑,表示谢意。周星汉忽然想起一件事来,说:"依依姑娘,请你帮我一件事,到对面陈家国家去一趟,问他最近在干什么。"依依不假思索地答应,走出店门。

　　店外来了一个年轻人,年龄同周星汉差不多,问道:"请问有个叫依依的姑娘来过吗?"周星汉迎上去答道:"你在这稍等。"接着问道,"你是……?"年轻人打量着周星汉,回道:"我是依依的哥哥,叫杨树青。"又说,"我听依依说过你,你是周星汉吧?"周星汉点点头,请杨树青坐下。杨树青爽快地坐下,说:"这算巧了,我大大和你大大是老熟人,现在我们又认识了。"他略有些兴奋地说,"你大大很讲义气,做生意从不叫别人吃亏,所以我大大愿意跟随他。"不一会儿,杨依依赶过来,进门便说:"小老板,陈家国不在家,他妈说他最近经常到乡下,我问到乡下干什么事,陈家国外出从不讲去做什么事,他妈确实不知道。"讲完事,才发现她哥也在这里。杨树青才知道妹妹是为周星汉去找人了,夸赞道:"小妹就是喜欢帮人做事,老街上多少人都喜欢她。"杨依依嗔怪道:"哥,回家吧,我还要做饭。"杨树青站起来说:"差点把正事忘了,下午还要到夏家营去,我已答应加入夏家营民团。"杨依依问:"民团是干什么的?"杨树青望了一下周星汉说:"夏家营的人来说,最近西北土匪活动厉害,所以扩充大民团,加紧训练。"周星汉听着先是紧张,继而纳闷,兄妹俩走了,周星汉想起父亲的交代:晚上听不到熟人声音不要开门,择一木棍放在门后,遇有紧急情况,放声喊打强盗,街上的打更队就能来救援了。

　　暮春过初夏来,父亲出远门还未回来,周星汉担心父亲在外的安全,也想着下次外出父亲能带上自己,至于读书的念头,渐渐淡了。母亲周李氏隔三岔五地来镇上探望,周星汉央求母亲把父亲从上海买回来的留声机带来,说是晚上一个人寂寞。这乡村的文化生活十分匮乏,周星汉想,如能放一些唱片,让群众听听京剧、扬剧或山东快板、岳飞故事等,定能吸引更多的购物者,尤其是邻里四乡的人会纷至沓来。周李氏依了儿子,像抱着宝贝似的把留声机带来了。此举果然有效,店里的人气渐旺,生意渐兴,存货渐少。周星汉来到后街上,找到杨依依的家。杨依依在院子里织着渔网,看周星汉来了自然高兴,放下梭子,笑道:"真是稀客,新街上多热闹,后街上冷冷清清的。"周星汉看着院子里的杂物,有渔具、板车、破旧轮胎,还有捆绑东西的麻绳等。见周星汉只是目光搜寻,打量着物件,不作声,杨依依不高兴地说:"哎,你是查户口的,还是收废品的?"周星汉答非所问:"你哥呢?我找他帮个忙。"杨依依仍说:"你明知我哥去夏家营了,还要找他。"又说,"有什么事,找我大大。"周星汉说:"你也明知故说,你大大同我大大出远门了。"杨依依扑哧一下笑起来说:"你有什么事我也可以帮忙,别小看我。"周星汉对外走着说:"算了,我还要去看店,再去找别人吧。"杨依依堵在周星汉跟前,说:"你说说看,你有什么急事,兴许我能帮上忙。"周星汉轻摇了下头,想着说:"这事还就需要男的,而且出过门,最好跑过马帮的。"杨依依着急起来,问:"你这人性子太慢了,到底什么事,就不能直说?"周星汉才说:"店里的货维持不了几天了,需要到城里或扬州采购,而且品种数量较多。"杨依依想着说:"这事是怪着急的,但要等我哥回来,先跟你说清楚,就是我哥回来,我也没有十成的把握说动他。"看着周星汉走出门外,又照应一句,"你先别急,我哥回来会有办法的。"

　　凑巧,杨树青当晚就回来了,杨依依喜出望外,拽着哥哥的手臂说:"哥,训练这么快就结束了?小老板今天特地来找你。"杨树青笑着问:"他找我能有什么事?"杨依依认真地说:"他有一批货等着要采购,去城里或是扬州。"杨树青反而漫不经心地说:"你让哥坐下来再说吧,我一口气跑了十多里路。"杨依依接着说:"哥,你就帮一下忙吧,我已答应人家了。"杨树青又笑起来说:"小妹,撒谎了吧,你怎么知道我训练结束今天回来?"杨依依央求道:"哥,人家不着急,不会到我们家来的,看样子他也没有合适的人。"看着妹妹十分着急的样子,杨树青答应道:"好吧,看你的面子,我去找他。"说过抬腿就走,杨依依喊道:"哥,吃过晚饭再去吧。"杨树青回道:"你答应人家的事,我哪敢怠慢。"

　　本来杨树青可以就近去城里进货的,但周星汉给的清单上有些品种城里缺货,只好去扬州,好在他有的是力气。

　　天长到扬州一百余里,过了秦栏就剩一半路程了。行到大仪时,从小路上过来一位拖板车的,杨树青好奇地靠上去说:"请问兄弟要去哪里发财?"那人倒也爽快地答道:"去扬州城里进一批货。"然后反问道,"敢问,兄台是何方人士？又去哪里经营？"杨树青一听此人文绉绉的，定有来历，便答道："回先生，在下是杨柳镇人，要去城里购一批百货。"那人来了兴趣，问："杨柳镇上有个叫周运三的，你可认识？"杨树青停下脚步，小心答道："认识。"那人兴致起来，说道："周老板是个义气人，我在扬州、瓜洲遇到过几次。我叫仇玉林，六合马集二亭山人，也去城里进货。"仇玉林本来是在二亭山落草的，后来觉得干此营生不光明磊落，于是就外出闯荡，经常在扬州一带替人运货、押运。仇玉林的干脆、豪爽，赢得杨树青的信任。仇玉林说扬州城里经营生意的人很多，但有一个老板柳云斋，此人仗义，可去那里光顾。杨树青和仇玉林谈得投机，便问道："有位叫杨永泰的，不知兄台可认识？"仇玉林一听拍拍光头，说道："怎么不认识？他常和周运三老板搭档，厚道人。"杨树青才说："对不起，我是故意问的，是家父，往后靠你们多多相助。"仇玉林道："这是哪里话，都是在江湖上行走的，多个朋友多条路嘛！"两人一路阔谈，向扬州而去。

过了几天，周运三、杨永泰、周思武从外地回来了，夏家营来人接货，样子很神秘，杨树青也帮着送货。

杨树青一来店内，周星汉就走近他跟前，悄悄问："树青兄，昨天你们暗中私语，莫非有什么秘密？"杨树青反问道："你大大昨天没来吗？你没问他？"周星汉坦然道："昨天我大大没来。"杨树青迟疑着说："这事你最好不要问，你做你的生意。"杨依依从门外进来，也稀奇地问："你们谈什么呢？神神秘秘的。"杨树青打着招呼说："星汉，以后有什么货需要进的，带个信就行。"说着走出门外。

杨依依见她哥走了，小声对周星汉说："我哥不会告诉你的，他怕你紧张，夜里夏家营来人取货，好像说什么枪支。"周星汉确实有些紧张，纳闷道："我大大他们怎么能做这种生意？县政府要是知道了，麻烦就大了。"杨依依想着说："我估摸着，夏家营最近扩编民团搞训练，没有枪怎么打土匪？"周星汉用手捂着脑门说："这事十有八九，如你所说，你可不能对外讲！"杨依依说道："你拿我当什么人了？我没有同第二个人说过。"又说，"小老板，我又去陈家国家了，还是没有遇见他，听他妈说，最近他同东乡的几个地主较上劲了，说要减租减息，他能斗得过他们吗？"周星汉沉思起来，自语道："眼下，农民日子确实不好过，西乡的夏老爷倒也开明,带头减租减息,体贴农民甘苦,但普天之下,盘剥农民的黑心地主遍地皆是,况且他们有国民政府撑腰,陈家国又势单力薄,前途未卜啊!"杨依依大概听出了周星汉的担忧,劝道:"小老板,你要关心你的好友、同学,叫他同你一起做生意吧,不要走旁的路。"周星汉缓缓说道:"你是不知道我这位同学,他早就对社会制度不满,怀有改变社会的志向,是九头牛也拉不回来的。"杨依依似懂非懂,不再理会这事,仰起头说:"小老板,我想去街南的柳河去摸蚌,春夏季节的蚌汤很好喝,你能不能和我一起去?"周星汉摆放着货架上的物品说:"我也想去,可这店里离不开人。"见杨依依有点不悦,安慰说:"等有空,我还要带你去看那茂密的柳林,无边的芦苇,美丽的景色。"杨依依这才满意地说:"那我就回去了,等你有空再去吧!"

周家渡渡口人群忙碌着,回来的船降着风帆,做工的预备卸货;出去的船,竖着桅杆,升着风帆,送行的人说着道别的话。周运三坐在岸边的柳条凳上,望着平静的湖面,周鸿三在一旁说:"大哥,你又想着出去?"周运三经常与湖风、河风为伍,古铜色的脸上泛着光,说道:"老三,你这四个侄子,都像竹笋一样往上蹿,要读书,要成家,要经营,都要钱用呢,时下,我想把生意做大。"周鸿三看着他说:"这我知道,我说的是星汉他也想出去。"周运三来了兴趣说:"老三,你说你这四个侄子中,将来谁能掌舵,继承周家的产业?"周鸿三站起来说:"大哥,别拿我开涮,知子莫若父。"又说,"要我看,老大星汉沉稳、坚韧,有谋略;老二思武干练、勇敢;老三云峰机灵,但愿不要变成花花公子;老四月明尚小。"周运三也站起来笑道:"知侄莫若叔啊!"又向着东方说道,"这回我要去高邮、扬州,你把星汉叫上。"

晚上,周李氏端来一盆温水让丈夫泡脚,埋怨道:"一天到晚都没有个闲时,你要顾及自己的身体。"周运三笑着说:"我累不着。"周李氏一边抹着周运三的小腿肚,一边说:"我告诉你一件事你不要见怪。"周运三坐上床沿问:"什么事?说给我听听。"周李氏故作不在意地说:"其实也没有什么事,大子把你的留声机要去,说是闲暇时听听。""他怎么不跟我说?大子也太随便了。"周运三有点不悦。周李氏赶紧解释道:"大子要用留声机,其实是放给别人听的,他的生意越做越旺了。"周运三语气缓和了些说道:"听他三叔说,他还请杨永泰的儿子杨树青帮他到扬州进货,有这事?"周李氏抿嘴笑道:"是的,大子将来一定像你,会有能耐的。"周运三敲敲床沿,说:"不要宠他,你在背后给我看着些。"周李氏应着倒水去了。

盛夏过后,蚕茧缫成丝又可出售了,周运三打算出远门,到江浙一带,仍是同桥湾乡浦西村张老板合伙。这回令周星汉不解的是,父亲仍没有带他外出。他在守好春风百货店的同时,又在打着做其他生意的主意。麦子上市了,他同杨树青商量,收购一批小麦去高邮出售,店里只好委托杨依依看管。

到高邮比较方便,船从沂湖出航,穿河道,渡高邮湖,就到高邮了。一日,船泊湖边,杨树青领着周星汉进了县城,在街上打听小麦的行情和经销商老板。正巧杨树青碰到熟人童鹤鸣,童鹤鸣说城西门有一个老板叫孙崇德,他经营粮食生意。杨树青找到孙崇德粮行,向他说明周星汉是周运三老板的大公子。孙崇德客气地把两人引到堂内,又是递烟,又是上茶,奉承道:"星汉小老板,一表人才,气宇不凡,请问到敝舍有何贵干?"杨树青接过话回道:"受周大老板的委托,此次来贵行,联系出售小麦一事。""今年的小麦价格不好,南方各大商行压价,水陆运输成本又高,难哪!"孙崇德顿了顿又说,"不过,看在周大老板的份上,我愿意帮忙,并出优惠价。"孙崇德报出了价格,杨树青站起来说:"孙大老板给的价格太低了,我们去扬州寻市场。"看杨树青要走的样子,孙崇德按按手,示意他们坐下,说:"你们想想,到扬州还要经运河到邵伯,一路费用再加上码头管理费划算吗?"杨树青不服气地说:"那我们就沿运河北上去淮阴出售,总有对路的买主。"孙崇德哈哈一笑,摇手道:"这位师傅就外行了,俗话说北方的粮油、南方的丝绸,哪有粮食往北运的?"周星汉虽然初涉生意场,但经过观察,觉得孙崇德一方面算账精明,另一方面深谙商道,便抱拳说:"孙老板,你是前辈,其实做生意也是做交情,我也不能叫你白忙,你也不能叫我亏本,两头兼顾是吧?"孙崇德觉得小老板年龄不大,说话蛮有理的,眼珠转了一下说:"同是生意人,都好说,我再加一点,也好交个朋友。"杨树青略算一下,也只能如此,便说:"感谢孙老板抬爱,那就成交吧。"

卸了货,取了钱,船往回行的时候,杨树青说:"星汉,你既会看行情,又会说话,将来定是个做大生意的料。"周星汉应道:"孙老板是个猴精。"杨树青安慰道："货到对头死,你既做了人情,他又让了利,总算做了一笔不亏本的生意。"周星汉思考着说："下次去扬州试试,你看可有价值?"杨树青赞同地说："可以,货比三家,肯定有我们满意的价格。"

　　杨树青又忙着收了几天的麦子,向周星汉建议说："麦子收得差不多了,择日去扬州吧。"周星汉笑眯眯地看着杨树青说："杨兄,你自己完全可以跑单帮,跟我合伙是我占你便宜了。"杨树青有点不舒服起来,说道："星汉,你这叫什么话,我是冲着你,才做这生意的,你为人宽厚,不计较利益,我是自愿为你服务的。"周星汉解释说："我没有别的意思,你看麦子是你收的,外出又总是你操劳,你出面交涉,叫我多不好意思。"杨树青看着周星汉诚恳的样子,消了气,说道："星汉,你又谦虚了,做生意需要本钱,我是借助你周家的名望,完全是借船出海。"杨依依过来说："哥,人家不要我们,不好直说,我们还是知趣吧。"说完拽着她哥往外走。周星汉赶紧从柜台里出来,拦住他兄妹俩,说："依依,你最近说话老是气冲冲的,叫人丈二和尚摸不着头脑。"杨树青打圆场说："星汉,别怪我妹,她最近对我也这样态度。"周星汉想了想,眼前的兄妹俩就如同自己兄妹,笑着说："是不是前些日子,你叫我陪你去柳河的事我未答应?"杨依依甩了一下辫子,回道："谁稀罕,我是随便说的。"周星汉转过身来对杨树青说："杨兄,后天动身,你看行吗?"又望了望杨依依说,"还是劳驾你守着店门。"杨依依望着门外,半真半假地说："那要看我有没有空。"杨树青接过话说："星汉,别听她的,她总是说反话。"

　　麦子到扬州果然卖出好的价格,周星汉初次尝到经商的甜头,平添了信心,喜悦之情油然而生。但父亲回来了,带回的是另一种心情。听杨永泰叔叔说,这次去江浙一带,外国资本家联合起来,对缫丝压级压价,又挑三拣四,亏本了。周星汉想:国内上层人欺压剥削下层人,国外人又欺压剥削中国人。这是不公平的世道,怪不得父亲说当今读书没有用武之地,将来的出路又在什么地方?

　　秋去冬来,又复至春,春回大地,万物复苏。沂湖碧波万顷,鱼游浅底,鸥鹭欢翔蓝天。湖上时有渔船、商船来回穿梭,也有南北行人往返渡过。这番景象,人与自然很是和谐,沂湖之滨可谓世外桃源。

　　渡口上,有一船只拢岸,一个年轻人穿着棉袍长衫,轻盈地跨上岸。他径直朝周运三家走去,不时地同熟识的人点点头。周李氏在门外的花台上薅草,见来人有点眼熟,便主动搭问:"这位兄弟,你是南乡的?"年轻人答道:"大婶,我是南乡的,来找周老板,他在家吗?"周李氏客气地说:"在家,在家。"说着便领着年轻人去院内。

周运三和周鸿三正在客厅议事,周鸿三忽然说:"大哥,来人了。"周运三抬头一看,立马站起来,大步迎上去,道:"这不是叶茂叶老板吗?"叶茂握拳说:"哪里是老板,跟东家张老板跑腿的。"进了客厅。周运三吩咐上茶,风趣地说:"什么风把你吹来了?"叶茂二十出头,为人干练,一看就是个在外闯荡的人,他直率地说:"无事不登三宝殿,有一件事不知周老板意下如何?""你说,你说,只要能帮上忙的。"周运三立即回道。叶茂看了周鸿三一眼,周运三连忙说:"我三弟,周鸿三,你但说无妨。"叶茂说道:"容我细说,你和湖对岸的张春山老板走得火热。"周运三笑着点点头,叶茂继续说:"上回张老板从浙江回来,缫丝亏本有些心烦,找天长有名的马先生相面,同去的还有张老板家的姑娘张秀沂。马先生看着张姑娘,按麻衣相的理论,说张姑娘仪态端庄、声音清脆,将来必是富贵相。马先生算了一算说,要张姑娘认个干父,最好是周姓,将来方可大吉大利,连同张家将来的运气都有好转。"叶茂简要地说了,观察着周运三的态度。周运三脸上挂着笑意,只是不置可否,周鸿三问道:"叶老板,请问张姑娘芳龄?"叶茂答道:"年方十六,至今未拜干父,更未找婆家。"周鸿三略思一下,望着他哥说:"大哥,这事我看行,你和张老板相交不错,两家门户又对,说不定将来……"周运三即说:"那好吧,蒙张老板厚意,叶老板操心。"叶茂轻松起来,说:"周老板客气了,这样我好回去复命。"又说,"后天是十八,张家姑娘可来举行拜干亲的仪式,你看妥否?"周运三不假思索地说:"叶老板定了就是了。"待叶茂走后,周运三连忙对周李氏说:"你后天中午准备两桌饭,把几个孩子叫回来,团聚一回。"周李氏也不问缘由,自然高兴地应承。

十七日下午,周思武来春风百货店,说:"大哥,明天家里有事,妈叫你停业一天,特地叫我来送信的。"周星汉疑惑地问:"二弟,家里有什么事情?"周思武两手一摊,说:"我也不知道,你只管回去吧。"他在屋内晃了一圈,说,"我还要告诉学堂里的四弟、天长中学的三弟。"望着二弟走了,周星汉不解起来,究竟家里有什么事？但既然是父母亲的安排，听着就是了。可是，他不想明天停业，便待到天黑时，来到后街的杨树青家。杨永泰不在家，杨树青在前屋忙着，见周星汉来了，拍拍手上的灰尘说："星汉晚上过来，是有要紧的事吧？"周星汉笑笑说："也没有什么要紧的事，想明天请你帮看店，不知你有空没有？"杨树青指指旁边的凳子说："就是再忙，你星汉的事，我能说个不字吗？但不知道你明天有什么事？"杨依依在后院屋里听到周星汉的声音，快步来到前屋。周星汉说道："父母亲叫我明天回去一天，我也不知道什么事。"杨树青直爽地说："你尽管回去，明天叫我小妹帮你看店。"杨依依说："小老板也没有跟我讲，你答应的你去呗。"周星汉浅笑着说："那我现在跟你讲也不迟啊。"杨树青笑道："你别在意依依的话，要是晚饭没吃的话，在这里将就一下。"周星汉说过感谢的话又回到店内。

次日，杨依依早早来到百货店，周星汉交代了一番准备回去，杨依依盯着周星汉说："哎，是不是你大大、妈妈给你相亲的事？"周星汉一笑说："你别乱说，我父母亲从来没有同我说过。再说，我还没有这种想法。"杨依依不依不饶地问："假如是呢？"周星汉仍旧说："我说过了，现在不考虑个人的事。"杨依依舒了口气，望着周星汉充满朝气而又稳健的背影，甜甜地笑着。

拜干亲，算是一件不大不小的事。当地的风俗要请两个做干媒的人，周家为了体面，聘了杨永烈镇长，张家自然是叶茂了。张春山夫妻俩携女儿前来，备齐礼品。

鞭炮声迎来了张家的人。张春山握住周运三的手，喜上眉梢，笑道："老哥哥，我张家攀高枝了！"周运三谦虚道："张兄，这是哪里话，我们是多年的老朋友了！"说着便引着张春山等人往院内走，院内有松、竹、梅点缀，尤其梅花盛开，香气沁人心脾。

张秀沂姑娘觉得院内环境雅致，逗留其间，父亲来喊她举行结拜仪式，才去堂屋。杨永烈望着张秀沂说："先喊干大大、干妈妈，再行拜。"张秀沂向前走了两步，喊道："干大大、干妈妈在上，女儿给你们行礼了。"说过连磕三个响头，周运三夫妇应着，甚是欢悦。周李氏专注地打量起干女儿来，只见张姑娘粉白圆脸，眉清目秀，眼珠似黑枣，温文大方。周运三见妻子望着干女儿出神，碰了她一下说:"别光顾高兴,也不给干女儿见面礼!"周李氏赶忙掏出银圆来,乐滋滋地塞在干女儿手中。

仪式要结束了,周运三向张家介绍自己的家人,当喊周星汉时,无人应答,即吩咐去外边寻人。周鸿三同周星汉急着来到堂屋,周运三说:"他三爷(叔),今天大喜日子,你也不来助助兴。"周鸿三笑道:"星汉是生意迷,非要问我这几年在外面的情况。"周运三满意地说:"星汉能有这种想法就好。"转向张家人说,"这是我的大子,星汉,十九岁。"顿时,张秀沂被周星汉方正的脸庞所吸引,脸瞬间红了,又努力镇定下来。张秀沂又瞥了他一眼,觉着他英气的脸庞有一种东西潜藏着,对了,私塾先生曾经说过,叫"智慧"。走神之际,周运三介绍另三位弟兄时,她连一个名字都未记住。

中午宴席上,老辈一桌还显拥挤,晚辈一桌勉强凑齐。张秀沂时而不由自主地瞄一下周星汉,周星汉只知道这是他的干妹妹,偶尔四目相对,只是含义不同。

本来周运三是要留张家住一宿,次日再让回的。但张家再三婉拒,答应此后常来走动。上船时,张秀沂的目光在岸上搜寻着她所要看的人,周星汉却不经意地站在人群中,远望着广阔的湖面。张秀沂在心里怪自己:何必要注意人家呢?其他人都散了,周运三夫妇仍眺望着云水茫茫的湖面,直到船只变成一个圆点。

周星汉回到镇上,照旧开他的百货店,把店招牌白石灰底黑漆字换成檫树刻字,字体仍是董松茂先生所题,又涂上绿漆,愈加古色古香。"春风百货店"五字高雅迷人。

时光荏苒,到了民国二十一年(1932)春,杨柳镇上发生了一件事,这件事是乡民们议论的焦点。一天,春风百货店来了两位不速之客,一人西装革履,头戴礼帽,一人穿着陈旧的灰色长衫。着西装的人用手指弹弹柜台,说:"小老板,买包烟,上海仙女牌的。"周星汉随口答道:"仙女牌只在大城市有卖,乡村很少有人抽,不过我这里有上海老刀牌的。"他说话间抬头打量一下站在面前的两个年轻人,陈家国他一眼便认出,另一个还认不出来。夏春雨摘下墨镜说:"星汉,再看看。"周星汉赶忙从柜台里出来,同两人握手,激动地说:"是你们两位,有两年没有见面了,做梦都想着啊!"陈家国说:"谁叫我们是同学呢,上学第一天起就是同学了,后来又是好兄弟。"夏春雨拍着周星汉的肩膀说:"私塾结业后,我们三人学着三国的刘关张结义,我长家国一岁,家国又长星汉一岁。"又说,"我们三人还有一个共同点,就是不愿死读书、多读书。"陈家国眨眨眼说:"此话不能一概而论,星汉可是个读书迷。"夏春雨摇摇手说:"不对,我从上海刚回来就听人说,星汉现在是个生意迷。"陈家国笑道:"星汉转弯也太快了吧。"周星汉无可奈何地说:"那是两年前的事了,还同我父亲争执了一场,现在看来'学而优则仕'实在迂腐可笑。"夏春雨说:"这样,星汉你找个熟人照看一下店门,今天我们三人好生畅叙。"

三人来到镇南的柳韵酒家,在楼上择了雅间。临窗而望,片片柳林,枝条摇曳,似绿帘而垂。夏春雨说:"'春风百货店'的店名为董老师所题,这酒店名也是他取的吧?"周星汉微微点头,陈家国联想起一件趣事来,说:"临结业时,董老师把我们叫进他的书房,指着中国四大名著,对我们说,如果你们喜欢哪一本,就送给你们。"夏春雨和周星汉同声说:"是有这事。"陈家国接着说:"当时,春雨择了《水浒传》,星汉取了本《西游记》,我则选了《三国演义》。"周星汉也回忆起来说:"记得董老师对我们每人评价了一句。"陈家国和道:"是呀,老师说春雨将来是个豪侠之人,能够建功立业;说星汉将来是变通之人,定能克服艰难险阻,实现他的理想。"夏春雨用手指弹着桌子说:"我也记起来了,老师说你家国将来志在变革社会,必能成就大业。"陈家国深情地说:"成就大业不敢当,但我想为百姓做一些事情。"

酒菜上来了,夏春雨忙着斟酒,周星汉不好意思地说:"对不起,大哥、二哥,家父从不饮酒,也不许我沾酒,我就以茶代酒吧。"夏春雨一磕酒杯,说:"昔日我们意气相投,今有两年未见,三弟你就破个例吧。"陈家国附和道:"平素我也不饮,马上我们三人还要议事,将来还要成事,少饮一点,酒壮行色。"

周星汉微饮了一下,说道:"两位哥哥,能否说说你们这两年的境遇?"夏春雨一饮而尽道:"我先说。起初我随家父在上海、青岛等地做生意,但生意一直不景气,总觉得外国人卡我们中国人的脖子,后来我对做生意渐渐失去了信心。"陈家国接着说:"我从天长中学逃到扬州读书,这事你们已经知道;从扬州中学毕业后,我回到天长联络青年、农民同地主、渔霸斗争,结果势单力薄,又逃至外地以教书为业。"夏春雨竖起拇指说:"我就佩服二弟的义举。"陈家国摇摇头说:"这样干行不通,我想寻找一条可行的道路,听说红军在南方经营得很是火红,说不定哪天这熊熊烈火就能燃烧到我们这里来。"夏春雨自斟一杯,说:"倭寇侵略我东三省,国民政府倒好,不准抵抗,蒋介石一门心思打内战,这叫什么策略?"周星汉听着他们的谈话了解了不少外面的形势,问道:"刚才家国大哥说马上还要议事,你们有什么重要举动?"

夏春雨自饮了一杯,说:"这次回来,我打算以家父的自卫队为基础组织民练,将来打日本人时可以派上用场。"周星汉又疑问道:"日本人能跑到关内来?他们想占领我这么大片国土岂不是蛇吞象?"夏春雨立马说:"三弟,你就是书呆子,日本人打我中华的主意已不是一朝一夕了,何况今天日本人比较强盛,尤其军事在世界上超前。"周星汉像是在思考,夏春雨碰了他一下说:"三弟,如果你有兴趣参加我们的民练,起码将来也能有用武之地。"周星汉不解地说:"战争,国之策也,我们是不是杞人忧天?"陈家国插上话说:"三弟,参加民练的事你可以考虑考虑。不过,日本人的野心绝不止于东三省,春雨此举确是未雨绸缪。"又敬周星汉酒,说,"今天我和春雨来,一是我们同窗好友叙旧,二是有一事请你帮忙。"周星汉即饮了酒,脸颊微红起来,倒也爽快地说:"大哥,你说,只要我能办到。"夏春雨从怀里取出一封信,递给周星汉说道:"这封信是家父写给令尊的,因为办民练需要教官,已聘好一位,是街上的杜长河拳师,他会拳脚功夫。还想聘一位使枪的教官。"周星汉因酒力作用,即反应道:"你们让家父当教官?"陈家国微笑道:"如令尊有意,即可去夏家营行事。"夏春雨补充说:"当教官肯定是有酬劳的,只不过没有令尊做大生意的利润多。"周星汉回道:"酬劳家父不会放在心上的,何况夏、周两家是百年世交。家父只要应允,定会全力以赴的。"说过把信收进衣袋。

三人用餐毕,站在木质楼台上,观柳河春水绕镇缓缓而过,春风轻抚,柳枝摇曳。夏春雨豪爽地咏道:"昔我往矣,杨柳依依!"陈家国随手采三枝柳条,一人一枝,周星汉受其感染说:"二哥摘柳相赠,是表达我们兄弟三人惜别之情啊!"

沂湖边上，周运三望着满湖的春水却高兴不起来，愁绪不断袭上心头。周鸿三望着南飞的大雁，担忧地说："大哥，也不知上海的战事如何。"周运三缓缓说道："外面传来的消息说，'一·二八'淞沪会战结束了，但战争带来了巨大损失，生产电器的王如春老板，厂房被日军的飞机炸毁了。""我们再换个地方，还怕生意做不成？""城门失火，殃及池鱼，连苏锡常一带的城市都受到影响。""那就暂时避一阵子吧？""不，星汉昨晚送来了夏家营的邀请信。"周运三慢慢取出衣袋内的信件。

周鸿三展开信件阅读后，递给他大哥说："组织民练夏家营去年不也搞过，这有什么用？"周运三收好信说道："夏老爷盛情难却，你看日本人侵占东三省，又打上海的主意，说不准将来打全中国的主意。夏老爷父子俩倒是有爱国之心，他们已先谋事了。""这么说，大哥你答应了？"周鸿三问道。周运三从浅绿色的草地上站了起来，打定主意说："反正闲着也是闲着，不如做点有益的事，说不准将来能派上用场，人无远虑必有近忧，夏家营倒是挺有远见的。"周鸿三跟着大哥往回走，周运三后顾了一下，说："老三，我建议你跟我一块去训练，多一行好一行。"周鸿三对他大哥的话从未质疑过，爽快地答应了。

杨柳镇的百姓从热议东洋人入侵到组织民练，盛极一时，青壮年有数百人参加培训，并以此为荣。

光阴似箭，转眼到了民国二十四年（1935）春，周星汉已有二十三岁了。照理说，周星汉早该谈婚论嫁了，原因在其父周运三一直难以决断。周李氏抱怨说："他大大，又是一年春了，星汉的婚姻也该定了，你怎么就不着急呢？"周运三喃喃地说："他妈，你叫我怎么定？星汉在镇上有个牵绊，你又不是不知道，杨依依姑娘三天两头往店里跑。"周李氏为难地说："可秀沂姑娘自从与我们结拜后，上她家提亲的人踏破门槛，就是不允，叶茂常传话来，说人家姑娘一心等着我们家星汉。"周运三也急得搓手，说："这两家都同我周家是世交，两家姑娘人人都说好，也都有这个意愿，你叫我咋办？"周李氏叹道："唉！怎么就像湖里的鳖咬起来呢？"周运三说："怎么能说咬起来，这是缘分，当初我做生意走六合马集时，你不也是看上了我？"周李氏推了周运三一把："还有心思说闲话，你倒说说大子的事情究竟怎么摆布？"周运三在屋里转着，说："我和星汉讲过，可他对两个姑娘都不表态,我何尝不急?"又停下来说,"我最近打算带他去高邮、扬州等地历练历练,将来让他翅膀拐更圆一些。"周李氏立即说:"趁这机会,看他究竟是什么心思,光是做生意也不算了当。"周运三同意老伴的意见。

从沂湖入高邮湖,到高邮城,一路顺风顺水。周星汉上岸时轻轻一跃,很是惬意,他一直向往父亲能带他出外见见世面,也意识到这次是父亲有意为之。周鸿三自然看出他侄子的心思。

在古孟城驿旧址停下,周运三安排周鸿三去联系生意场上的朋友。趁这当口,周运三向周星汉介绍道:"这高邮是座历史文化名城,秦王嬴政时在此做高台,置邮亭,故称高邮,别称秦邮。以'邮'为地名的恐怕全国只此一地,足可见它的地理位置之重要。高邮之西是我们安徽的天长,之北淮阴、淮安,之东通往苏中,之南紧邻扬州。大运河北抵淮河,南达长江,是江淮的枢纽。"趁父亲停顿的机会,周星汉问道:"大大,你何故要告诉我这些?我们也不是单纯来游玩的。"周运三笑笑,回道:"星汉,你以后会用得上的。"周星汉随父亲参观古孟城驿景点,忽然想起父亲对他弟兄四人的教导方式,唯独对自己从不直露,是不是父亲在启发自己呢?

一会儿,周鸿三转回来了,说:"大哥,这下不用费事了,刚巧碰上跑水上运输的徐宝山,他说中午做东,还请孙崇德、童鹤鸣等作陪。"周运三手一挥,说:"那就去会会吧。"

周运三在前走着,又折回到高邮湖边来,在一家"珠光酒店"门前停下。一个戴着礼帽、穿着青灰色长衫的中年人早在店前迎接,笑眯眯地说:"淮南八大商人,周老板驾到,有失远迎。"周运三高高握拳,说道:"高邮船王,徐老板客气了,让你久等了。"让过周鸿三介绍道,"鄙人三弟你们已见过,这是犬子星汉。"周星汉立刻行礼道:"拜见徐老板。"徐老板拍拍周星汉肩膀说:"一表人才,将门虎子。"周星汉注视着徐宝山老板,见他仪表堂堂,举止洒脱,想必在江湖中是个人物。

楼上入座,宾客双方又做介绍。菜未上齐,老板孙崇德聊道:"这珠光酒店可是有来历的,千余年前高邮湖上空,夜晚常有硕大明珠闪耀,光芒四射,所以我们高邮湖的别称叫珠湖。"又自负地笑道,"高邮人杰地灵啊!"忽一人接话说:"鄙人吕永年,扬州人,做收音机生意的。"又说,"孙老板称高邮地灵人杰这话不假,想当年苏轼与本地秦观、孙觉、王巩会集于此,饮酒论文,后历朝历代名人雅士趋之若鹜,留下不朽诗文,文游台便是佐证。"孙崇德得意地说:"我不是'扬虚子'吧,没有吹嘘的成分。"吕永年见孙崇德故意说他"扬虚子",便驳道:"我们扬州还有一句话叫'扬盘',宋史记载明珠常从高邮湖东岸向西岸的天长方向飘去,人家周老板不是不知道啊。"孙崇德立显不悦,周运三赶忙打圆场说:"这千百年间的事真假难辨,何况都是笑谈痴,说说而已。"徐宝山也附和道:"孙老板和吕老板一向是老熟人,常故意打擂,增加热闹气氛。"周星汉也算是见到场面了。

酒过三巡,童鹤鸣道:"我们高邮湖的水产就是到苏、锡、常或是到上海都吃香,什么青鲲、黑鱼、白鱼、鲶鱼、鳝鱼样样顶尖,至于双黄鸭蛋、野鸭、螃蟹连外国人都眼热。"徐宝山赞同道:"童老板是做水产生意的,你是行家,我们岂能不信。"

话越说越投机,酒越喝越多,周运三父子俩喝了点米酒,他们知道周运三是从来不喝酒的。徐宝山见周星汉在酒桌上保持沉默,便逗他说:"周公子,我们做叔太爷的话太多了,你也来凑凑热闹吧。"周星汉立刻站起来端着米酒说:"长辈们说话我理应听着,学学经验,来日若你们不嫌弃的话,星汉愿拜你们为师。"说着一饮而尽。吕永年竖起拇指说:"好样的,长江后浪推前浪。"大家都看着周星汉,然后端起杯子回敬。

散席后,吕永年热情道:"周老板,此番出来可到扬州一游?"周运三握着吕永年的手说:"时下生意不太景气,准备去扬州看看,吕老板如有吩咐只管说。"吕永年笑道:"哪有什么吩咐,周老板只需告诉我去扬州的时间,我好替你接风,也好把今天的几位老板一同请去。"周运三说:"这样,我们下午去邵伯镇,明天中午赶到扬州,去拜会柳云斋老板,到时我去请你。"

下楼后,周运三趁徐宝山送客之时,同台面结了账。不料徐宝山回过头来,很是不悦,说道:"周老板你这是小看人了,我尽地主之谊,你总不能不给我面子吧?"问柜面多少钱,立即索回,硬放在周运三的手提皮包里。周运三略有尴尬,转而说:"徐老板近日可有空去扬州?我想请诸位同游畅叙。"徐宝山顿时笑起来说:"也是巧了,明天上午我去扬州运趟货,下午就有空。"周运三手一挥:"那好,我们在平山堂见。"徐宝山答应道:"一言为定。"

下午,周运三三人南行到了邵伯镇。周星汉碰了他三叔一下,小声说:"我大大这次出来是不是带我们旅游来了?好像不怎么谈生意?"周鸿三轻轻笑道:"大侄,你说的是笑话。"向前走着,又回头补充了一句,"你边看边想着吧。"

邵伯镇有一千五百余年悠久的历史,因人们纪念东晋政治、军事家谢安而得名。它北接高邮,东临丁伙、真武镇,南通扬州,西傍京杭运河与邵伯湖,人文历史丰厚,有紧临运河的斗野亭、玉带河边的镇水铁牛;有古朴幽静的条石街、古色古香的谢公祠;城隍庙更是殿宇巍峨,气势宏伟……

跨过玉带河的数十石墩,拾阶而上,便到了运河第一渡——潘家古渡,回望玉带河上,绿水缓流,石拱桥、木桥、铁桥横排着。渡口码头上人声、货物碰撞声、水泊船声嘈杂不断,西望运河,河水悠悠,桅杆林立。

周运三习惯站在码头上观景,用文明棍指指河上说:"镇江人说镇江小码头,邵伯大码头,可见这里是水运之枢纽。"周鸿三有同感地应道:"是啊,南通长江,北达淮河,是商埠繁华之地。"周运三点点头用手搭着凉棚望着西边苍绿的邵伯湖,忽然说:"过运河大桥,去赏邵伯湖风光。"

在斗野亭园林门前,周星汉朝园内探望,被清幽的环境所吸引。周运三同桥头运河道管理所人员攀谈着,所长陈金水见老熟人来了,喜道:"周老板,您是稀客啊,往日路过也不停歇,今天特来邵伯,想必有贵干?"周运三递着烟说:"陈所长贵人多忘事了,前年中秋节我还上岸登门拜访过所长大人。"陈金水挠挠头,立说:"哎哟,你看我什么记性。"望着湖上淡红的太阳,客气道,"周老板,今天赏个光,就在这湖岸小饮,也好赏湖上月出。"周运三未表态,周鸿三接道:"陈大所长,是这样的,此来邵伯我大哥意在带星汉侄子跑跑码头,认认门子,这做东的自然是我们。"陈金水看着周星汉,忙问:"这位是周老板的公子?像,神也像,我看将来准是个人物。"又转向周运三说,"那好,恭敬不如从命。"

运河之旁,邵伯湖之滨,有处"甘棠酒家",掩映在桃红柳绿之中。酒家取甘棠之名,是因为东晋时谢安在此筑埭,广植甘棠树。

月亮初升,酒楼的东西是运河,水流之声缓缓传来,天上繁星点点,西边的湖面上广阔无际,波光如银;邵伯镇上灯火隐约,静谧安详。邵伯——大运河上的明珠,恰如其分。

"甘棠酒家"的特色菜是水产品,尤以银鱼、螺蛳、龙虾、菱角为主。名菜配以洋河大曲美酒,陈金水开怀畅饮,自然酩酊,豪情与义气就不在话下了。

第二天清晨周运三三人急着赶路,中午便到了扬州。在平山饭店略食便饭,稍作小憩,解乏之后,周运三安排说:"他三爷,还请你跑腿,联系吕永年老板,我和星汉去拜访柳云斋会长,下午就在大明寺会合。"周鸿三明白他哥的用意,立刻去办了。

柳云斋是扬州城内头等大商人,铺面众多,经销广泛,他还任商会副会长。他虽社交纷繁,但为人平和,又信佛,所以住宅依大明寺旁而建,府院清幽雅致。

周星汉拎着从高邮购买的双黄鸭蛋、邵伯的银鱼干,还有高邮的董糖、天长的甘露饼,同他父亲向柳府而来。周运三通报姓名,柳府家佣即向院落深处而去。不一会儿,一个方脸、八字胡须、戴着金丝眼镜的中年人,提着文明棍大步而来。周运三赶忙上前几步,说道:"柳会长,鄙人冒昧打扰,还请谅解!"柳云斋拉着周运三的手,笑道:"哪里哪里,淮南八大商人周老板,屈尊光临寒舍,岂不荣光?"越过花木纵深的院落,攀级而上,绕过回廊,来到飞檐绣柱的阔房大厅。周星汉把礼品递给他父亲,周运三接过说道:"柳会长,区区薄礼,不成敬意,还望笑纳。"柳云斋道:"同道中人,这不生分了吗?"说过接着礼品转交给管家,盼咐看茶。宾主双方落座,家佣端来青绿的碧螺春茶,放在太师椅旁的茶几上。柳云斋待家佣退下,问道:"周老板是个大忙人,此来扬州必有重大经营?"周运三答道:"没有别的,特来拜访柳会长,也带犬子认认门,将来好得柳会长护佑。"

柳云斋脸上泛着红光,笑道:"周老板你高抬了,多个朋友多条路,以后我们相互照应吧。"周运三请求道:"前日在高邮,蒙徐宝山老板盛情款待、扬州的吕永年老板相陪,今晚我请他们陪柳会长小聚,能否拨冗应允?"柳云斋一手扶着文明棍,一手摇摇说:"不妥,周老板来我这里理应由我安排,哪能颠倒。"周运三站起来抱拳道:"柳会长,刚才我也说明来意,此次聚会给犬子搭个台面,还请你给镇镇场子。"柳云斋爽快地说:"也好,我把江河咽喉之地——瓜洲的黎志成老板也请来。"周运三谢道："那敢情好,求之不得啊。"

柳云斋今天兴致甚高,提出陪周运三父子游览大明寺。无形中,周运三意识到和柳云斋拉近了距离。大明寺内古木参天,池水潋滟,亭台楼阁错落有致,山中有湖,湖中有泉。柳云斋边走边介绍道："此寺建于南朝宋孝武帝大明年间,唐代高僧鉴真东渡日本前,在此传经授戒。他六次东渡日本,历经艰辛,传播中国佛教文化。"来到平山堂前,柳云斋又介绍道,"其实,平山堂更为众人所知,就连许多扬州人也只知平山堂而不知大明寺。平山堂是北宋大文豪欧阳修任扬州知府时所建,他凭栏眺望,江南诸山恰与视线相平,'远山来与此堂平',故称平山堂。"周运三笑道："我也常听人说平山堂。"柳云斋拍拍周运三的肩膀道："这么说你也是扬州人了。"两人相视而笑。

凭吊平山堂,自然有思古之情。片刻,柳云斋驻足道："你们父子俩再去楼上观赏江南景色,定会感慨良深,我是经常得兴的。"周运三征询道："柳会长,你看附近可有较合适的酒家?"柳云斋向东指着："'运河春酒家'虽算不上有档次,倒也有些野趣,恰是兴会朋友的去处。"周运三立感快意,说道："那傍晚见。"

驻足平山堂楼上,远眺对面镇江景色,屋宇层叠,山色如黛,江水渺渺。周星汉被眼前景色迷住了:江南气象万千,既似仙境,又扑朔迷离。周运三看着儿子不同寻常的神色,也未扰他,只自己游览一时。

运河水碧,夹以岸边柳荫,画舫缓缓而过,游人惬意。"运河春酒店"迎河而立,三两客人陆续而来。

周运三带着一帮人在运河边徜徉,忽而,柳云斋偕黎志成老板来了。周运三三步并着两步向前,欢迎道："柳会长大驾光临,周某如沐春风。"柳云斋拉着黎志成的手说："也真是有缘,今天黎老板刚巧来城里购货,我就邀他来了。"周运三端详着黎志成,兴奋道："在瓜洲的时候见过黎老板,只是不敢高攀,今日得会,实乃三生有幸。"黎志成矮胖敦实,浓眉,中气十足,笑道："哪里,周老板在江淮之间谁人不晓,哪个不知!"

酒菜上来了,还缺徐宝山一人,周运三看看手表已有六点多了,运河两岸已是灯火阑珊。黎志成却也大度,道："周老板,莫急,我们边聊边等,徐老板也是个性情中人，可能实在抽不开身。"正说着，徐宝山气喘吁吁地攀上楼来，抱拳道："各位老板久等了，实在不好意思，我愿罚酒。"周运三起身迎道："我当徐老板生意繁忙，来不了呢。"徐宝山仍旧站着说："哪能呢？江湖上讲个'义'字，我们生意场上讲个'诚'字，再说了今天来了这么多舵主、高朋，如若不来，岂不错失良机？"周运三请他坐下，众人甚是欢快。

都是生意场上的故交，又有柳云斋副会长坐镇，酒宴很快进入高潮。周运三原本滴酒不沾，无奈略饮二三两，尽东道主之谊。瓜洲镇的黎志成抹着浓须，兴奋道："周老板，我有一请，不知可否赏光？"周运三见黎志成也是名儒商，便应道："黎老板明示。"黎志成站起，从周鸿三手中接过酒瓶，又向服务生要了两盏稍大瓷盏，盏上有二龙戏珠，确也如人意，满上酒后，慷慨道："这杯酒我邀请周老板明日到瓜洲一叙。"周运三迟疑间，黎志成仰脖而尽。周鸿三赶快解释道："黎老板果然豪爽又海量，但我大哥确实不胜酒力；再者，家父在世时曾对我大哥严谨，不准喝酒、抽烟、近女色，并命我大哥对我兄弟加以管束。"黎志成咂咂嘴，既扫兴又尴尬。周鸿三估量这杯酒足有三两，如若替大哥饮下，必醉无疑，况且酒宴尚未结束，善后之事还要替大哥处理。正当众位沉默之际，周星汉站起来请求道："各位前辈，我有个不情之请，既然黎叔盛情先饮，我大大的酒就应当奉陪，但我三爷的话也是情理。容我替大大饮了这杯酒。"多数点头认可，周星汉端起酒杯咕噜咕噜饮尽，亮了盏底。黎志成又站起竖起拇指夸道："后生可畏，必长江后浪也。"又对周运三笑道，"周老板今后如有需要，尽管吩咐。"周运三望望儿子，回道："犬子星汉，在众叔台爷面前鲁莽了，今后请多多指教。"诸位老板颔首赞许。

宴会后，黎志成虽酒酣，但未忘约定，周运三只得依允，明晚去瓜洲拜访。

众客散了，周运三三人住进了附近的畅春旅社。春夏之交，暖风习习，古城扬州香风氤氲。周星汉在旅馆楼层回廊上散步，酒气渐散，扶栏北望，城内万家灯火。周运三抚摸着儿子的肩膀说："星汉，今天你替大大饮了酒，这是你的孝意，但以后我要把你祖父对我的规定传于你，望你洁身自好，修成德行。"周星汉毕恭毕敬地应道："大大，儿从今而后定当谨守。"周运三在前踱着，周星汉随后跟上，转到南廊，南面的江天和对岸的镇江在月色朦胧中。周运三望着南天说:"星汉,明日去瓜洲当是一个幸会,瓜洲是大运河与长江的交汇处,水陆交通咽喉。南临镇江,水陆经过常州、无锡、苏州、达上海;长江由东而西,到六合,六合北行可至我们天长;北往苏北、淮南大地,水陆并通,商贾如织。"周星汉等父亲说完,赞道:"想来瓜洲也是经商的好地方。"周运三趁势说道:"那你再说说高邮、邵伯、扬州的精要之处。"周星汉想了想说:"高邮、邵伯皆有特产,可经营、可馈赠,更重要的是水上运输的通途,北通淮南、苏北、苏中,西达皖东。这扬州是中转之枢,藏龙卧虎之地,瓜洲也是。"周运三露出笑意来,平和地说:"好啊,你没有白来一趟。"父亲从未有过这种赞许,周星汉听后进一步说:"大大,我想我们杨柳镇将来要同这一字排开的高邮、邵伯、扬州、瓜洲紧密相关。"周运三拍拍栏杆说:"何止这些地方,还有大江南北,运河东西啊!"微风吹来,周星汉增添了许多勇气与豪情。趁着谈兴,周运三说道:"星汉,大大再问你一件要紧的事。"周星汉不免有点紧张。周运三说道:"你今年二十三岁了,早已到谈婚的年龄,可至今还没有眉目,大大想问问你的打算。"周星汉未加思索地答道:"现在我只想学做生意,还无意于婚事。"周运三直接说:"镇子上那个杨依依姑娘,你们相处得到底如何?"周星汉略有迟疑,还是答道:"杨依依姑娘不错,但我暂时不打算谈及婚事。"周运三又说:"沂湖南岸,张春山老板家的张秀沂姑娘,叶茂多次来提亲,说张姑娘有非你不嫁的念头。你的婚事我和你妈不但着急,而且难断定。"周星汉望着父亲说:"大大,我知道你们的心思,但我暂时确实无心婚事,你们也不要怪我,我想在生意上有一番作为。"周运三抬头看看天,又望望儿子说:"好吧,既然如此,你今后好自为之。"其实,周星汉不是不理解父母亲的心思,也不是不知晓杨、张两家的心思,也懂杨依依、张秀沂两位姑娘的心意。人一旦有了某种志向,便会执着而痴迷,其他则处于从属地位了。

  杨柳镇上柳树茂密,周运三打断他儿子的沉思,催促说:"星汉,不早了,休息吧,明日还有事。"周星汉轻轻推开旅馆房间的门,三叔轻匀的呼声传来,已经睡熟了。

第二章　胭山聚义

　　盱眙县龙王山的土匪日渐毛丰翼满了，国民政府集中精力"围剿"中国共产党领导的工农红军，对真正祸害百姓的土匪，却放任自流，任其坐大。
　　就在夏家营自己的武装被天长县政府强行调用的时候，龙王山的土匪得到线报，分成几队人马打劫天长北乡几个乡镇。其中掳掠杨柳镇的独眼龙马三带着十多人，骑着快马，越过盱眙境界，向东横冲过来。傍晚时分，杨树青在春风百货店替周星汉已营业几日，此时，听见西北有马蹄声、嘈杂声传来。很快，独眼龙马三歪戴着黑眼镜，举着皮鞭破门而入，嚷道："小老板，识相点，把贵重物品和现钞交出来，免得三爷费力气。"进屋的几个土匪举着铳、枪，应声附和。杨树青也是见过世面的人，努力镇定着，说："行走江湖的也应讲个道义，我这货店你们也许知道，是周家渡的周老板开的，要是货物钱财遭受损失，我无法向东家交代。"马三爷用皮鞭猛抽了一下柜台，怒道："那我可管不着，你只讲是给还是不给？"杨树青绕出柜台，拿出三条老刀牌香烟，赔笑着说："这是上海的名烟，也很贵重的，算我孝敬几位大侠了。"马三爷示意手下接过香烟，又抽了一下柜台，说道："那就给你一个面子，脚货留下，现钞和贵重的东西立即码出来，不要再饶舌了。"杨树青也是个刚烈性子，不硬不软地说："大侠，这恐怕不好办吧，要不我再给你三条名烟。"马三爷一拍柜台，瞪着圆眼吼道："给你脸不要脸，你以为我马三爷是和你讨饭的，给我搬！"杨树青也是有力气，一手推倒一个土匪，后面几个又围了上来，终是寡不敌众，胳膊也被扭伤了，皮鞭像雨点般朝他头上、身上落下。此时，外面一中年人大喊道："土匪来了，抄起家伙跟他们干啊!"杨树青一听是他父亲来了,急忙跨出门外,马三爷也跟着出来查看。杨永泰仍旧大喊着:"夏家营的民练已到护城桥了,我去接他们。"说完夺过一土匪手中的马缰翻身而上,向南奔去。马三爷一边扶着眼镜,一边吩咐道:"留几个人给我上货,其他的跟我弄死这老家伙。"

马三爷抽打着马鞭,直追杨永泰,边走边放枪,后面紧跟上来的马队也同时射击。杨永泰身中数弹,鲜血涌出衣外,仍紧抓着马缰,向南急驰。

春风百货店门前,土匪们正在装货,杨树青已昏倒在地。杨依依带一群人赶了过来,为首的是街南的杜长河,他年方二十,有套拳脚功夫,平素教几个年轻人练武,替有钱人家押运当保镖。只见他两手叉腰,威武地说:"谁这么大胆子,竟敢来杨柳镇作恶?还不赶快给我滚蛋!"说着摔打着手中的九节铁鞭。土匪们也是玩命的种,不吃这一套,依旧像搬着自家的东西一样装货。杜长河大喝一声:"给我拿下!"几个年轻人和土匪打斗起来。此时杨柳镇的前街、后街聚集了百十号人,也有老者自愿来助威。土匪见这架势,弃货而逃,保命要紧。

杨永泰死得很惨,也很壮烈,土匪们不敢再来杨柳镇滋事行凶了。

当天晚上,周李氏在周思武陪同下渡过湖面和干亲家张春山商量善后事宜。张春山自觉事情重大,不顾周李氏劝阻,连夜去扬州寻找周运三。

本来周运三一行下午乘船由运河去瓜洲的,刚上船,被张春山急着招呼下来。张春山喘着粗气,把事情的经过约略说了一遍。周运三两眼溢出了泪水,他失去了一位好朋友,一个有力臂膀;周鸿三往运河边的垂杨柳树上猛力一击,鸟儿惊飞了;周星汉默然地立着,心底里涌出一种痛苦。许久,周运三才说:"春山老弟,这一夜又半天你太辛苦了,叫我如何感谢你!"张春山蹲在地上,站起来说:"先不说这话,合计回去的事。"周运三招呼周鸿三雇辆驴车来,又安排人告知黎志成老板,今晚不能赴约。

春风百货店里,周星汉一方面愧疚于杨叔叔的义举与舍身,一方面又惋惜瓜洲未去成,他初次尝到了人生的艰辛与悲苦。痛惜之余,他想起杨树青兄妹俩今后的事,等父亲把杨叔叔的丧事举办后再提吧。

过了几天,周运三来到店内,见儿子心事重重的样子,坐定后问道:"星汉,想事情呢？"周星汉在他父亲身边坐下，回道："杨叔叔是为我们周家舍身的，我在想着如何帮着树青和依依的事。"周运三脸上露出几天来未有的悦色，说道："星汉，你能这样想，我很高兴，做人就要这样，知恩图报。"周星汉受到了鼓励，提出了自己的想法："我有个建议，我年龄也不小了，想出外练练胆子，见见世面，春风百货店想让给树青兄妹俩，他们也有个好生计。"周运三未表态，问道："你要去哪里？经营什么？"周星汉像是预备好了答案："县城里有个同学叫王再林，夏春雨同我说过，他会修理钟表，我去同他联营，又可经销钟表。"周运三未吱声，周星汉继续说，"我还想开个收音机经销店，我看扬州的吕永年人不错，他可以帮我购货，或者我去苏州、上海等地采购，如若吕老板能派人来辅导修理技术就更好了。"周星汉将他的计划甚至是他的理想和盘托出，看着父亲的反应。周运三皱着眉头，稍缓了一下问道："去城里需要资金、门面、人场，都要一一做起。再者，联营需要组织能力、聚拢人心、虑事的胸襟，你有吗？"周星汉昂起头来，凝视着他父亲："大大，你不也是从小事做起，从没有做过的事做起？我想只要谋事在先、虑事周详、用心至致，是会成功的。"周运三先是意外，继而眉头舒展开来，仿佛几天的疲倦和苦痛一扫而光，淡淡地笑道："好，像我周运三的儿子。这样吧，铺垫资金先借给你，以后要还大大的。"又寻思着说，"六合马集你二舅李文银已来我们家，他同二亭山大当家的结下梁子，暂来避难。他有个修理自行车的手艺，县城里缺乏这个行当，也好给你帮帮场子。"周星汉露出少有的兴奋，感激地说："大大，儿子就谢谢你了。"说着鞠了一躬。周运三庄重地说："你先不要激动，理想和计划是好的，但还要看你今后的努力。"周星汉重重地点头。周运三又交代说："在扬州旅馆我向你说过，抽烟、喝酒、女色需要严禁，不可误正事。"周星汉看着他父亲说："儿子定当牢记，一心只想着为周家创下一片天地，别无他图。"

　　春风百货店无偿转交给杨树青兄妹俩，开始兄妹俩再三推辞，经周星汉长说短劝，才勉强应承。了却一桩心愿，周星汉自觉有些轻松，便约杨依依去街南看风景，兑现他的诺言。

　　秋天到了，红草吐出白絮，芦苇的叶子阔大稠密，微风吹来飒飒作响，似波浪翻滚，周星汉和杨依依在高高的柳河堤上奔跑着。杨依依边跑边问："你为什么要带我来这里?"周星汉喘着粗气回道:"你不记得了? 我答应过你的,看街南成片的柳林、湖边无尽的芦苇,还有宽阔的湖面。"杨依依仰起头故意说:"我怎么想不起来了?""你想不起来了,可我一直未忘。"杨依依娇嗔地说:"算你有良心。"

湖面上白鹭对对飞来,鸥鸟双双掠过,湖波轻柔地拍着岸边,天空净朗,湖水湛蓝,静美醉人。两人挨肩坐下,杨依依悠悠地问:"你为什么要把门店给我家经营?"周星汉回答道:"你大大为了我们周家,不惜牺牲生命,这种大恩大德无以为报。"杨依依望着湖面淡淡地问:"就为了报恩?""知恩图报,读书人都懂的。""我不识多字,不太懂得。""这和识多字没有关系,做人的道理是一样的。""那我再问你,别的意思就没有?""有啊,秋收结束,我就要去城里开张,顾不上这个店面了。""你的脑子里只有生意!""当然,我想把生意做大。"

杨依依猛地站起来,往回走,周星汉跟着,听她懊恼地说了一句:"你就去做你的大生意吧!"周星汉不解地问:"你这是怎么了? 我又没说错什么!"杨依依挺着胸往前走,回道:"你是没错,是我错了。"周星汉捂着脑门,略一想,说:"唉,是我说错了,我去城里经营,还能帮你进一些货,对你也有益处。"杨依依放慢了脚步,回道:"我不要这样的益处。"周星汉又想着说:"我会常回来的,你去城里一定要去我那里。"杨依依这才站下来,望着周星汉说:"哄人的话读书人最会说。"周星汉笑起来说:"那就骑驴看唱本——走着瞧。"杨依依甩了一下乌黑的长辫,浅笑道:"人家不高兴,你还说俏皮话。"两人又并肩往回走。

柳河堤下,稻谷黄灿灿的,微风吹过清香扑人。依依若有所思地说:"这稻子风吹日照,眼看就要成熟了……"周星汉应道:"会有人来收获的……"

从镇上到县城有二十余里,李文银和周星汉大步走着。李文银常在山上走,平地行路不费力气;周星汉勉强跟上,多半是跃跃欲试做生意的信念支撑着他快走。到了护城桥头上,李文银看他外甥有些汗沁了出来,就说要歇一脚。周星汉趁这时候聊道:"二舅,你为什么要上山落草呢?"李文银乍一愣,回说:"还不是生活所逼,开始大当家答应只打劫有权有钱的,且不害性命,后来我见势头不对,劝阻他反遭记恨,再后来反目成仇,我就逃下山来。"周星汉沉思着,李文银似有体会地说,"看来土匪是当不得的,你大大告诉我,镇上的杨永泰是个十足的好人,却被土匪杀害了。"周星汉缓过神来,说:"这打家劫舍,岂能长久?"李文银回道:"这要看地情、行情了,马集那个地方四通八达,去扬州的、奔南京的、西北往安徽的,来路客商众多。马集南边有长江水路可打劫,更是好营生。"周星汉自语道:"还是个生意要道。"

进了县城,周星汉注视着一个招牌"崇福全五金店",认定后轻步走进店内,对着一个穿黑色长衫的中年人请教道:"请问,崇老板在家吗?"中年人打量着来人,应道:"我就是。你们需要什么货?"周星汉尊敬道:"崇大爷,打扰了,我是杨柳镇周家渡的。"中年人客气道:"鄙人崇福全,你们同周运三老板是同乡了?"周星汉从衣袋里取出信封,双手递上去。崇福全打开一阅,又叠好放回信封里,说道:"楼上请!"又招呼店内年轻人,"克明,我有点事,你照应着。"年轻人高兴地应着。

木质的二楼上,李文银打量着东西街道,对面的招牌林立。崇福全不紧不慢地泡上茶,让他们俩坐下,说道:"周公子,你大大是淮南八大商人之一,他确有眼光,让你出来闯荡闯荡。"转而问道,"你打算如何经营?"周星汉大方地回道:"崇大爷,我想先开个自行车修理铺、钟表经销店。"崇福全关心道:"贤侄,这要技术人员的。"周星汉介绍说:"这是我二舅李文银,他会修理自行车。城里的王再林和我是同学,他会修理钟表。"崇福全来了兴趣说:"我外甥徐克明同王再林是好朋友,这个小王人不错,苦于找不到工作,我外甥常同我说起他,我正犯愁呢。"崇福全招呼着喝茶,忽一思量,说,"这样,我有一间空闲门面给你用,不谈租金。旁边的薛德义老板,我同他谈得来,请他腾出一间门面来,租金可根据你经营的情况适当付一些,现在不论这事。"李文银抱拳说:"崇老板义气为人,我代姐夫谢谢你了。"崇福全回礼道:"你们能来就是我的朋友,多个朋友多条路嘛!"周星汉再三致谢。崇福全要中午给他们接风,李文银说道:"崇老板,托你的洪福,店门一开张,以后麻烦你的事多着呢!"

万事开头难,说起来容易,做起来繁杂。周星汉同他二舅分工,一件一件地把事情落实。王再林很乐意来修理钟表,声言只要有个饭碗就行;李文银把两个门面布置一新,休息的地方整理一番。维修的工具五金店有一些,不够的临时凑合,待以后去外地购置。

千秋街是一条主街道,也是最繁华的商业街。另一条主街道和千秋街成十字形,名胭山街,来历是包拯在天长任县令时建造一座六角亭,六角亭飞跃在城中一个偌大的土丘上,土丘四周植满了桃树和红枫,春天的桃花、冬天的枫叶,灿若胭脂,鲜红耀眼。后来人们为纪念包拯,把这座土丘称为胭脂山,这条街道就叫胭山街。周星汉的修理铺就在千秋街和胭山街交汇口,这样的位置是非常理想的。

总算筹备成功,择了吉日,预备开张。当天,王再林买来几挂鞭炮,崇福全邀来邻居同人,举行个简单的开张仪式。鞭炮响后,又拥来一些人,崇福全介绍了修理铺的三人,特别介绍周星汉是淮南八大商人周运三的大公子,言他沉着稳重,善于运筹,前途不可限量。周星汉抱拳说了几句客套话,言辞恳切,赢来一片掌声。

周星汉原本没有修理过自行车,钟表的修理就更不在行了,但他没有当老板的架子,虚心向他二舅和王再林学习。自行车的修理比较脏累,油污灰尘满身,周星汉抢着脏活,照顾着他二舅,一切倒还顺利。

一日上午,来了一个西装革履的年轻人,一手夹着香烟,一手捧个钟表,大摇大摆着过来。先是看看修自行车的,又跨进钟表修理间,他轻轻放下钟表,略吹了一下凳子,看有无灰尘,方才坐下,又架起二郎腿,黑亮皮鞋似乎能照见他自己。王再林忙站起来请教道:"请问先生,要修钟表吗?"年轻人摇了一下皮鞋,漫不经心地问:"我这钟表修一下,你看要多少钱?"王再林介绍道:"根据修理的情况,合理收取费用。"年轻人不作声。王再林用十分钟左右的时间修理完毕,调试了一下,确定无故障,递上说:"先生,你自己再测试一下。"年轻人听了几秒钟,便问多少价钱,王再林诚恳地报出了价格。年轻人甩掉又一支烟头,不屑地说:"贵了,早知道我去别的地方修理。"王再林解释道:"先生,这不贵的,你有这种物品应该知道行情。"年轻人说了一句:"今天没带钱,下次来一并算上。"说过便走。隔壁的李文银听着赶过来说:"这位先生,像你这样打扮应该是有钱的,实在没有带钱,我们不认识你,记个账也行。"年轻人摘下礼帽说:"在这县城里,哪个不认识我,你们是刚开张的吧?"周星汉过来打圆场,年轻人气势反倒更盛,说:"你们开张在政府登记过没有?特别税缴过没有?"周星汉近期知道一些大的店面、厂家重新登记换照，缴纳税费，小修理、小店面还没有进行登记，便答道："先生，我们刚开张，正准备向政府办理手续，就是特别税还不太清楚，请明示。"崇福全不在店面，他的外甥徐克明过来说："周老板，就是'剿共'的费用。"李文银有点沉不住气，不满地说："我们这里哪有共产党？"年轻人复又戴上礼帽，正经地说："朱毛红军知道吗？哪有你们开店面的自由？"李文银接道："听说朱毛红军在陕北一带，离我们远着呢！"围观的人三三两两地聚拢过来，年轻人指着李文银，高声说："这个人有可能是共产党员，跟我去县党部接受调查，还有，店面停业整顿。"周星汉见此人不是善类，递上一支烟，年轻人用手一挡。周星汉赔礼道："是我们言论冒犯，不知轻重，我们立即整改，请先生海涵。"又转向王再林说，"这位先生的修理费免了，以后来修理全部免费。"年轻人看了看周星汉，觉得有面子，挟着钟表扬长而去。

哪知第二天上午八点，警察局来了一帮人，说要没收维修用具，并封店停业。为首的一个胖胖的警察，一手叉腰，一手拿着皮鞭，嚷道："胆子也太大了，不经政府许可，也不缴特别税，私自开张，公然藐视政府，罪不可恕！"李文银站出来说："这位警察怎么不问青红皂白……"崇福全赶紧从五金店里出来，赔笑道："戎局长，这是误会，他们刚从乡下来，不懂城里的规矩，昨天县党部的王国迟科长已来指示过，他们已知错，答应改正。"戎局长用鞭子敲了一下桌子说道："弟兄们，把屋内的东西统统搬走，门给我封上。"周星汉给每人递上一支烟，请求道："戎局长，是我们的错，恳请你高抬贵手给我们一个机会，我们一定改正，今后保证守法经营。"当中有一个警察给戎局长点上火，说道："局长，东西是不是就不搬了，先把门封上，看他们整改的效果，再作定夺。"崇福全又挤出满脸的笑，说道："戎局长，你法外开恩，原谅他们一回，我愿担保今后不会再犯。"戎局长瞥了崇福全一眼说："好吧，你既已担保，我就给你个面子。但是，有三个条件：一是到县政府经济科登记入册；二是缴纳'剿共'特别税；三是把有亲共嫌疑的李文银带到县党部审查。"临了，威严地说了一句，"收队。"警察们应道："是。"

晚上，千秋古城黑沉沉的，行人也较稀少。又一村酒店里透出些许亮光，二楼雅间有四个人在饮着茶。崇福全介绍道："这是警察局的林铁警官，就数他为人正义,也乐于助人,今天我请他来为周老板援手相助。"林铁打开茶杯盖,吹着雾气说:"这年头,什么日子都不好过,须夹着尾巴做人。"崇福全似有同感地说:"林警官说对了,一个千秋城,你要想站稳了脚跟,真不容易。"林铁好像遇到了知音似的,点点头,说道:"这样,我给周老板出个主意,先试着办。"周星汉仿佛在黑暗中见到一丝亮光,转忧为喜地说:"请林警官指点迷津!"林铁小声说:"其实也简单,你带上两条烟和几瓶酒给那个戎局长,兴许能奏效。"崇福全问:"有几成把握?"林铁思考着说:"这事的起因应不在戎局长,昨天上午我看党部的王国迟科长来警察局同戎局长商议了一阵。"周星汉觉着有了转机,表态说:"烟酒没问题,烦请崇老板帮我说说好话。"崇福全微笑着,林铁赞许地说:"周老板刚出道就如此干练,将来定是个大场面上的人。"李文银插了一句:"星汉,给林警官也备上一份吧。"林铁连忙摇手道:"不要小看人哟!"忽地好像灵感上来了,站起来说,"有了,县政府有个秘书叫董潮平,老家是杨柳镇葫芦套的,你们可以去请他。"周星汉兴奋道:"他父亲是不是董松茂老先生?"林铁说:"我只知道老先生是清末的秀才,现在做私塾先生。"周星汉高兴地说:"正是,老先生是我的恩师,我想董秘书应当会帮忙的。"

店小二上得酒菜来,崇福全接过酒说:"好了,今天晚上就有兴趣饮酒了。"

林铁指点得精道,戎局长嗜好烟酒,崇福全老板登门求情,立见效果。戎局长名戎含涧,热情接待道:"崇老板,你我都是老朋友了,何必带这么多贵重物品啊?!"崇福全给戎含涧点上烟说:"既然是老朋友了,就不要见外嘛,不过这次我是受人之托。"戎含涧在小花园里石凳上坐了下来,指着天上的月亮,说:"你看,这月亮是明的,可乌云非要遮住它。"崇福全领会道:"这么说,周老板这事,你在明处,还有暗处?"戎含涧悠悠地吸着烟,说道:"我哪喜欢和商人作对,只是碍于县党部的面子。"崇福全把烟灰缸挪到戎含涧手下,说道:"所以,今晚上来请局长大人通融通融。"戎含涧故作难状,说:"我这里好办,就是党部那边硬要和政治挂上钩,就不好办了。"崇福全解释说:"局长,你是知道的,做生意的唯利是图,和政治不沾边,再说朱毛红军离我们千里万里的,说那个修自行车的李文银有亲共嫌疑,不是天方夜谭吗?"崇福全又递上烟打上火,戎含涧表态说:"其实,也是说得来说得去的事,这样,两天后叫周老板正常营业。"说着打起哈欠来。崇福全说了一番感谢的话,准备告辞,戎含涧又招呼道:"党部那里最好也通融一下。"崇福全应声退出。

  周星汉这边又是一番情形,董潮平秘书宿舍在政府办公楼的后面,一座小院,两间平房。周星汉在院门栏杆外小声喊道:"董秘书,董秘书。"一个二十岁左右的年轻人开门出来,站在月光下问道:"你是哪一位?"周星汉答道:"杨柳镇的周星汉。"年轻人立跨几步,打开铁栏门,打手势道:"请进。"等周星汉放下手中的东西坐下后,年轻人自我介绍道:"我叫董潮平,听家父常说起你们。"周星汉微笑起来问道:"'你们'是指哪些人?"董潮平亲和地说:"陈家国、夏春雨,还有你周星汉,家父说你们非常优秀!"周星汉谦虚地说:"那是恩师在夸奖我们。"董潮平倒上一杯茶递上来,说道:"听说你喜欢做生意,现在是不是到城里来了?"周星汉敛起笑容说:"刚过来,遇到一桩麻烦事……"待周星汉陈述完,董潮平想了一下,说:"这个王国迟,我来城里上班年余,同他偶有接触,只觉得他喜好拉大旗,作虎皮,故弄玄虚,爱唱高调,就不愿同他过多交往。"见周星汉似乎有窘迫之状,又说,"明天上午,我正好休息,去会会他,至少他不会再借题发挥,或许可以放人。"周星汉学着他父亲抱拳致谢的姿势,董潮平显得有些腼腆,反倒不好意思,认真地说:"周老板,我们是同乡人,我会尽力帮助你的。"周星汉看桌上一本信笺,信笺上才写了几行字,估计董潮平晚上定有公干,就要告辞。董潮平拽着周星汉的手说:"周老板,你把东西丢了。"周星汉一笑说:"初次拜访,一点心意,请不要薄面。"董潮平即把礼品拎起说道:"你这样就见外了,我来县城工作家父对我约法三章,头一条就是为民办事,不准收受钱财和物品。你初来创业,需要多方打点,我们同乡之间实不需要。"又塞到周星汉的手上说,"你把东西拿回,我就为你帮忙。"周星汉无奈,拎着烟酒再三致谢。

  回去的路上,周星汉想不明白,同是国民政府公职人员,为何对待百姓的态度就不一样,还有他们的品格也大相径庭。

  自行车修理铺、钟表修理店暂时歇业。周星汉安排李文银、王再林在城里调查自行车和钟表的需求情况,自己则去天长中学看看三弟云峰。因是星期六,乡下的学生大多在宿舍看书,或在校园里自由活动。周星汉寻到三弟的时候,他正在操场上练石锁、哑铃。等三弟稍作休息时,周星汉在旁边喊道:"三弟!"周云峰听到熟悉的声音,转身一看,喜道:"大哥,你怎么来城里了?"周星汉微笑着说:"大哥来看你不行?"周云峰一只手调皮地搭着他大哥肩膀,一只手拎着西装,把周星汉引到校园内一静谧处,说道:"大哥,你是不是来城里进货,或者做生意来了?"周星汉竖起拇指说:"聪明!我刚来城里做生意。"周云峰的个头已和他大哥平齐,白皙的脸上透着一股俊气,似乎央求道:"大哥,年底前我就要毕业了,我想在城里同你一道做生意。"周星汉故意道:"你虚岁才十九,一吃不了苦,二没有一技之长。"周云峰又捶了一下他大哥的肩膀,说:"大哥不也是十八岁就单独开了店?我在城里已交了不少朋友,三教九流皆有,说不定对你的生意有帮助。"周星汉笑了一下说:"三弟,我在天中是公费考上金陵大学的,父亲说这个年代读书没有前途,做生意维持生计是根本,我的理想没有实现,我倒想你能继续深造。"周云峰捡起一石子向荷塘内衰败的荷叶掷去,索然地说:"大哥,大大的话是对的,我也看不出读书有什么好处。再说我的成绩也不算好,对继续深造又无兴趣。"周星汉愈加开心起来,逗他三弟说:"你要做生意可以,先回去同大大在一起,能学到不少东西。"周云峰又捶他大哥一拳说:"大大过于严肃,我受不了管束,有二哥帮着他,我去了也是多余的。"

周云峰西装革履,步伐轻盈,一位漂亮女生过来,他主动上前招呼,问询了几句。待女生走远,周星汉拍拍他三弟的肩头问:"你认识那女孩?"周云峰笑道:"打打招呼,套套近乎,将来熟人好办事。"又望了他大哥一眼说,"你好福气,现有两个美女等着你,我看你如何分身。"周星汉捂着三弟的嘴,似有难言之隐,说道:"别瞎说,损了大哥的名声,对人家姑娘也不好。"周云峰想起来什么似的,问:"大哥,你城里有店铺了吗?我去看看。"周星汉一迟疑,回道:"正在筹备,等正式开张请三弟去捧捧场子。"又问三弟的钱够不够用,有没有生活困难,周云峰说没有,需要的就是在店铺里给他留个岗位。

第二天下午,李文银从警察局回来了。周星汉先是惊喜,继而遍看他二舅的全身,李文银大方道:"星汉,这算什么,我在马集二亭山上什么刀尖舔血的日子没过过。"周星汉放下心来,说:"二舅,警察局里的人和那个王国迟科长有没有为难你?"李文银轻松地说:"没有,当天上午询问了一番,下午关了半天,看门的只说难难我性子。"望着周星汉笑道,"也怪了,第二天下午有个董秘书领着戎局长到我关押的地方,戎局长对我很客气,说是抓错了,纯属误会,倒过头来请我谅解。董秘书把我送到大门外,对我说这件事算过去了,以后有什么作难的事尽管去找他。"

事后,周星汉同董潮平秘书在胭脂山六角亭上叙谈时,才知道李文银放出来的内因。那天上午董潮平去找县党部的王国迟科长,见他油头粉面一副准备外出的样子,上前问道:"王科长,要出门啊,今天看你满面春风,定有喜事吧?"王国迟放下手中的镜子,应道:"哎呀,董大秘书光临寒舍,蓬荜生辉啊!"董潮平坐下说:"我只是普通职员,哪像你县党部的栋梁,张委员的大红人。"王国迟听了倒也高兴,主动问:"董大秘书,你是稀客,肯定有要事。"董潮平轻松地说:"哪有什么要事,请你帮忙呗,还不知道你赏脸不。"王国迟晃荡着步子,说:"只要能办到,请说。"董潮平就把事情说了。王国迟坐下跷起二郎腿,雪亮的皮鞋闪着光,说道:"这件事,还真麻烦,那个周老板手下的李文银,竟口无遮拦,言词倾向朱毛红军,眼下党部工作重点,就是调查这些人和事。"董潮平也是年青,直接地说:"王科长,你不能小事扩大,造成错案,影响就不好了。"王国迟立刻站起来说:"董秘书,话不能这样说,当前党国正在'围剿'朱毛红军,这是首要的政治,我马虎不得。"又说,"党国的每个人都要讲政治,否则是要犯错误的。"董潮平沉默了一会,也站起来说:"王科长,刚才是我说话大意了,今后要多向你看齐,连我们刘遇皇县长都夸你将来前途不可限量。"王国迟复又兴奋起来,问:"真的?他怎么会说这话?"董潮平又坐下来说:"王大科长,是这样的,前几天你找刘县长批经费,尔后刘县长夸赞你的报告写得好,文采出众,条理清晰,说理充分,才说你将来前途不可限量的。"王国迟又说:"目前党部的经费严重不足,张委员经常去上面开会,我们的公干我深感心有余而力不足。"董潮平说:"刘县长这几日去省府了,要我同财务科商量一下,拿个列支方案。"王国迟赶紧凑到董潮平面前,说:"董大秘书,经费的事恳请你从中帮忙,改日我在'醉千秋'摆一桌,略表谢意。"董潮平也跷起腿来,只是脚上穿的是布鞋,故意晃着说:"我初来县城,也想结个人缘,乐意解人之忧,比如像周老板……"王国迟打断话说:"不说了,你说那个周老板是你什么人?"董潮平笑道:"是老乡,又是家父的得意门生。"王国迟也笑道:"怎么不早说呢?我当是与你无关的人呢。"又说,"你刚才的话也有道理,朱毛红军离我们万儿八千里,天长哪有敢支持红军的,我也是太过敏感了。"董潮平给出台阶道:"不过,政治确实不能马虎,今后我要多向你学习。"王国迟爽快地说:"这样,下午放人,马上我给白胖子打个电话。"董潮平起身告辞,王国迟说:"那经费的事……"董潮平即说:"县长一回来,我就向他汇报。"

自行车修理铺、钟表修理店总算营业起来。周星汉计划着去扬州一趟,把钟表经销的行当也运转起来。李文银边补着自行车的内胎,边说:"星汉,过几天有一班车去扬州,乘车省体力。"周星汉帮着清洁车身,应道:"去扬州一百里,步行不到一天时间,我练练脚力。"又安排说,"二舅,店铺的事有你和再林照应着,遇到麻烦忍着点,也可请人帮忙。"李文银利索地套上车外胎,应道:"你就放心办事,我和再林应付得过来。"

心中有事,睡不着觉,周星汉五更天就出了东门,向扬州方向而去。

两个店面照常营业,生意还不错,李文银起得格外早,打扫卫生,摆好工具。此时,外面来了四五个人,手拿棍棒,说要收保护费。李文银两手叉腰说:"弟兄们,对不起,本店刚刚开业,收入无几,等两三月你们再来。"为首的络腮胡子举着棍子说:"这规矩怕不是你定的,我们红帮受南京总会的节制,上面会费催得很紧。"李文银推托说:"我们老板去外地购货,延缓几日等他回来。"络腮胡子道:"不行,我们没空跟你磨嘴费牙的,放利索点。"王再林丢下手中的手表,跨出门来说:"这不是田三爷吗?好说好说,李师傅说的是实情,我们老板确实外出了,下回来给你们补上。"络腮胡子凶道:"你们新开张的店铺,是不懂规矩,还是藐视本三爷?"指着店铺说,"弟兄们,把这店面给我砸了。"李文银移步立在两个店面的中间,两个小子举着棍子砸了过来。李文银一拳加一脚,两个小子立刻嘴啃泥。络腮胡子怒道:"兄弟们,一起上,往死里打。"李文银和王再林奋力护店,五金店里的崇福全、徐克明上前劝阻,围观的人群纷纷指责红帮人不讲道理。打斗纠缠了一会,红帮人看不能取胜,心里胆怯起来,停止打斗。络腮胡子丢下话说:"等着,我就不信收拾不了你们这群乡巴佬。"

第三天下午,来了二十多人,自称是淮南帮的,个个手里拎着斧头,凶神恶煞,说要收保护费。李文银到底是见惯了这阵势,双拳一握,道:"各行各的船,各过各的桥,我们归红帮管理,请行个方便。"为首的捋起袖子,臂腕上露出一条青龙来,说道:"红帮与我帮已结成友帮,替友帮两肋插刀是义举,可听明白了?"王再林小声对李文银说:"可能替红帮报复来了。"李文银并未害怕,反而挑战道:"贵帮想必个个是好汉,请选一二与我单打独斗,若是我输了,悉听尊便,若我赢了,立罢干戈。"未等头目表态,有一彪形大汉,走到李文银面前。李文银只待大汉出招,大汉双手似千钧推了过来,李文银轻让一边。大汉又回头一劈,李文银用臂一挡。斗了好几个回合,大汉自知久战耗力,运力猛地向李文银胸部掏来。李文银向上一跃,即转身用臂膀用力一砸大汉后腰部,大汉趴在地上。又一黑脸精悍之人,抡着斧头砍了过来。李文银左躲右闪,避其锋芒,寻找弱点,看他左腿有点瘸,待机会出现时,立马扫堂腿,拌得那人重重一摔。李文银捡起斧头,递给头目说:"在下献丑了。"

　　头目未达目的还不罢休,以商量的口气说:"好汉,佩服你的武功,但我帮既已出马,也不好轻易收兵,你还是缴了保护费吧。"崇福全从人群中站出来说:"请贵帮高抬贵手,宽限几日。"头目勃然怒道:"旁人休得掺和。"又转向李文银说,"你不要逼我淮南帮动粗,缴还是不缴,痛快点。"李文银见无路可退,立定说:"银子没有,命有一条,来吧,爷爷我今天灭一个够本,灭两个赚了!"头目大怒道:"弟兄们,给我抄家伙,连店带人一起收拾了!"

　　危急之时,徐克明气喘吁吁地跑来,后面一队警察,拉着枪栓围了上来。领头的林铁队长拨开人群,手握盒子炮,高声道:"谁在闹事?光天化日之下,又是在县城,简直吃了豹子胆了!"崇福全又劝道:"各位就此打住吧,改日我请诸方化解不和之气,日后也好行事。"李文银立刻抱拳道:"听崇老板的。"淮南帮头目没好气地说:"后会有期。"带着帮众纷乱而走。

　　周星汉在扬州盘桓了两日,不虚此行,带着收获回来了。先是同吕永年洽谈了钟表、收音机的经销,苏州牌、上海牌各进部分,维修技术有吕永年派人前来辅导。意外的收获是第二日准备返回向吕永年辞行时,碰到吕永年的朋友石祥瑞。石祥瑞是镇江人,开了个照相馆,一番攀谈过后,石祥瑞问及天长城里有没有照相馆,周星汉答他尚未有,只个人拍照娱乐。石祥瑞以商人的意识判断天长有市场前景，有利可图，并准备派技术人员前去，同周星汉合作，利益均沾。

李文银把店铺里发生的事向周星汉说了一遍，周星汉感谢他二舅及王再林的周旋，还有众人的帮忙，把扬州商谈的生意向他们俩作了详细说明。

次年的春天，还是胭山街的西侧，朝南的千秋街又租了两间门面。周星汉同大家商量经营单位的名称，谓"三义行"。李文银负责自行车经销和修理，王再林负责钟表、收音机经销及修理，石祥瑞派来的石彩负责照相馆。

正式开业的那天，来祝贺的人很多，县政府的领导及董潮平秘书，县党部的王国迟，警察局的戎含涧局长、林铁队长，还有工商界的头目、钱庄的经理，另有帮会的舵主。长长的横匾招牌，绿色的古朴字体，自然是董松茂先生的墨宝。新开张的"三义行"，因项目新颖，产品来自大城市，比其他商店更具活力。

"三义行"的业务量逐渐增大了，各部门也增加了技术人员，周云峰得到父亲的准许来到"三义行"当会计。但令周星汉纳闷的是，自己来县城创业已有年余，他父亲很少来光顾，偶有来时只是看看，不发言语，像是私访。还有令周星汉不解的是，他父亲有时来城里，只同其他老板接触，不来"三义行"，视"三义行"如别人家开的。

周思武进城来，就直奔"三义行"，周星汉拽住他二弟的手在经理室坐下。石彩沏杯茶放在周思武的面前，周星汉戏道："二弟，这么长时间也不来看看大哥。"周思武笑道："有时忙外出，有时大大叫我别来打扰你，独这次是大大叫我来看看的。"周星汉眨了一眼，说："大大好像不太关心'三义行'，还是他的事情多得忙不过来？"周思武一笑说："大哥，这你就错怪大大了。一次他同妈议论到你，妈叫大大多来看看，大大说让你饱经风雨，锻炼成才。记得你同杨树青去高邮、扬州贩小麦，大大听了笑而不答。那年大大带你去高邮、扬州一线，大大夸你有智有勇，将来是商人中的俊才，这句话是大大同妈说的。"片刻，周星汉恍然道："原来是大大在看我走路，又在认可我，大大真是用心良苦。"周思武说道："我这次来，一是大大叫我向你学习，二是妈不放心，让我来看看你的身体怎样，是胖是瘦，状态如何，三是杨树青问你他小妹……"周星汉插话说："喝茶，三是二弟想大哥了吧！"周思武爽快地笑起来。

周思武回去了，杨树青兄妹俩来了，周星汉自然很高兴，忙着亲自递茶，问长问短。杨依依看在眼里,乐在心里。一会儿,杨树青要去大商店进货,撇下杨依依。沉默了一会,杨依依寻话说:"又是一年秋了,街南的柳林还是那么旺盛,你就不想回去看看?"周星汉抹了抹额头说:"是想回去看看,心里也常常惦记,就是分不开身来。"杨依依低下头说:"小镇上哪比得上县城,多繁华啊!鸟往高处飞,人往旺处走。"周星汉回道:"依依,你讲的只是一种外在,或形式,不是内在本质。"杨依依抬头说:"你是读书人,我不懂你的大道理。"周星汉又解释说:"你说的是一种人的生活方式,但不代表他的内心就会忘本。"只有后一句话杨依依似乎听懂了,悠悠地说:"其实,我也不全怪你,以后照顾好自己就行了。"

周星汉领着杨依依看了店铺,所有人都赞许眼前这位身材修长、长得很漂亮的姑娘。过后,杨依依说:"我早就在心里想,你将来一定不是个普通的人。"

杨树青用板车拖着货来了,周星汉要留他们吃午饭,杨依依不作声,杨树青说不吃饭了,已备了干粮,急着赶回去有事情。周星汉送他们兄妹俩到北城门,杨依依站下说:"不要送了,你只记得沂湖边的光景就行了。"杨树青似懂非懂,周星汉点点头,目送他们兄妹俩过了长长的木桥。

正在周星汉积蓄力量,准备新的商业计划时,民国二十六年(1937)七月,震惊中外的卢沟桥事变发生了,日本帝国主义全面侵略中国的狼子野心昭然若揭,全面抗日也由此开始了。年底,上海、苏州、无锡、常州、镇江、南京、扬州相继沦陷,江南山河破碎,家国浩劫,哀鸿遍野。

城门失火,殃及池鱼,日军的侵略使各地经济日趋萧条,周星汉已感生意陷入困顿。江南的民众处于水深火热之中,一批批的难民往江北流迁。

春节一过,周星汉就赶往城里打理生意。

一日,一个行走不便、拄着拐杖的年轻人,来到"三义行"自行车修理铺内,倚着墙面看着伙计。一会工夫,李文银问:"这位老弟有事?"年轻人慢慢答道:"没事,就想看看。"见李文银不再作声,自语道,"我要是能开个修理铺就好了。"李文银接话道:"这年头生意不好做。"年轻人移坐在一张旧椅上,说:"老兄,商量个事,你能不能留我做个帮手?"李文银看了他一眼,见他满身灰尘,有些不悦,回道:"你这样子,腿又不便,不好在我这里。"年轻人有些不平,说道:

"我这样子,怎么了?老子在前方打日本人,你在这里安稳挣钱,有良心吗?"李文银生气地说道:"你跟谁老子?老子都能养你了,跟日本人打,怎么逃到江北来了?"年轻人怒道:"我就说老子,怎么样?老子的腿让日本人的炮弹炸伤了。"说着用拐杖敲打自行车大杠。周星汉听到争吵声,赶忙过来阻止。年轻人平静了一会儿,说:"我的腿受伤了,现在走投无路,想混碗饭吃。"李文银也缓和了语气说:"眼下生意不好做,到江南来逃难的人又多,我们也没办法。"年轻人又道:"我想给你做个帮手,等我腿伤好了再想其他办法,决不连累你。"周星汉问道:"你会修自行车?"年轻人答道:"上海的自行车比这县城可多了。"周星汉惊疑道:"你在上海待过?"年轻人又坐到旧椅子上自豪地说:"不但待过,还送过子弹,参加过淞沪战役。"周星汉即扶起年轻人说:"你跟我来。"

　　经理室的椅子稍微好些,年轻人不好意思坐,周星汉给他沏杯茶,按着他的肩膀坐下,问道:"你是上海人?"年轻人答道:"不是,老家河南,我叫王碧亭。""那你如何到上海,又来江北呢?"周星汉不解地询问。王碧亭口渴,又不好意思喝,周星汉把茶杯向他面前推了推,他才信任地望了望周星汉,回忆道:"说起来话就长了。我老家住在孟津县小河村,在我十六岁那年发了场大水,水漫屋顶,我大大把我绑在一颗树梢上,大大返回屋脊时,一阵浪头把屋顶上的草掀翻了,大大就抱住一根屋梁,寻找我妈,妈已被洪水卷走了。后来大大带我逃荒至巩县,我家祖传铁匠,巩县有一个很大的兵工厂,生产枪支弹药,大大带我在兵工厂当了学徒工。"周星汉顿时感兴趣,问道:"老弟,这么说你会造枪、修枪了?"王碧亭点点头,继续说:"淞沪会战前,工厂派一批人送武器弹药去上海,我也去了。到上海后,备战特别忙,我就留下当兵,战事一直紧张,太悲惨了,每天成百上千的人战死,死人成堆,血流如河。上海守不住了,我随部队又撤退到南京,准备守国都。等到了南京外围,传来消息南京也失守了。部队奉命撤退,但被日军打得头尾不顾,只好化整为零,我的腿被炮弹炸伤了,一个好心的老乡收留了我,帮我采药治疗。"周星汉听后思考着问:"日本人为什么要从关外侵占到关内呢?"王碧亭答道:"这还不简单,他们想把中国占为己有呗。""那为什么这么大个中国就打不过日本人?"周星汉疑惑道。王碧亭回道:"怎么打?日本人的枪炮厉害,还有飞机、军舰。"周星汉自语道:"这日本人丧尽天良,残害中国人民,简直毫无人性。"周星汉问王碧亭的事,"你大大人在河南,无人照顾怎么能行?"王碧亭伤心道:"该死的日本人。我去上海后,听运输弹药的人跟我说,日本人的飞机轰炸巩县兵工厂,我大大被炸死了。"说着抹了抹眼泪。

周星汉不再细问了,把李文银喊来,说:"你的帮手小崇父亲被日本人的飞机炸死了,最近在家守孝,王碧亭老弟就给你帮忙。"李文银欲解释,周星汉用眼神制止,说:"二舅,不说了,他不但会修自行车,还会修枪械、造枪,是见过大世面的,不能怠慢了人家。"王碧亭高高的个子,黑瘦的脸庞,一副精干相,他感谢道:"我只要有碗饭吃就行了,不图工钱,等伤好了,还去打小鬼子,替我大大报仇。"

王碧亭虽入过行伍,但无兵痞之风,和李文银相处几日逐渐融洽,由此进入漫长而又艰辛的合作岁月。

一日,一个高个子、长方脸庞、坚毅面孔的年轻人,在"三义行"外喊道:"周经理在吗?"石彩应道:"在,在经理室。"周星汉出来一看,顿觉精神,笑道:"陈家国,几年不见了,真是神龙见首不见尾啊。"陈家国也高兴道:"不错嘛,老同学,士别三日当刮目相看,一个文弱书生,竟开起洋公司来。"周星汉连忙沏茶,又端详着陈家国,说:"又瘦了,不要太逞强了,给自己设过多障碍。"陈家国点点头,谢道:"让老同学担心了。"又站起来说,"我们去胭脂山一叙,咋样?"周星汉锁好抽屉,说:"走吧,早就想和你一叙。"

胭脂山上,桃花盛开,灿若烟霞;六角亭旁,几株红枫,艳若篝火。周星汉神情怡然道:"要是夏春雨也在,该多好,我们三个同学曾经仿桃园结义,此景正应啊!"陈家国笑道:"结义不假,但赏景他可没空。他现在是杨柳镇镇长,手上又有两百多人枪,正忙军事训练,以备将来之需。"周星汉敛起笑容道:"二哥,三弟单问你,这日本人占领南京,还想占领整个江南吗?"陈家国肯定地说:"早晚的事,日军的飞机已轰炸过汊涧、铜城、秦栏等重镇,如果我判断不错的话,不出年底就会侵略天长。"周星汉惊疑道:"天长也是日本人的目标?"陈家国环顾胭脂山的周围,望着城内一片葱茏的景象,担忧地说:"新来的祝县长,他的意见同我一致,天长处南京腹地,又是扬州日军的战略支点,东可越运河,西可跨津浦铁路,军事位置非常重要,卧榻之下岂容他人安睡?"周星汉点点头,问:

"今天进城来,见到了祝县长?"陈家国兴奋道:"这个祝县长算是国民政府的一个好官,倒不是说今天他任命我为杨柳镇抗日自卫队队长,而是他有正义感、民族自豪感!"忽而,陈家国关心道:"三弟,假如日军年底占领天长,你可要早做打算啊。"周星汉说:"他占他的地盘,我做我的生意,井水不犯河水。"陈家国断然说:"这怎么可能?要么为日本人服务当汉奸,要么忍气吞声受欺凌,没有其他选择。"周星汉傲气地说道:"要是不走这两条道呢?"陈家国又坚决地说:"还是两种结果,要么为囚犯,要么冲出牢笼。"周星汉寻思说:"这日本人非要来我中华大国滋事,这是为什么?""不为什么,是日本军国主义的本性,他们在中国的土地上烧杀抢掠,无恶不作。"周星汉沉思了一会,说:"你的提醒有道理,那我就要考虑迁出天长了。"陈家国这才释然地说:"你考虑个适当时间,我和夏春雨商量在铜城帮你安顿下来。"周星汉感激地说:"家国二哥,还有春雨大哥,那星汉小弟就拜托了。"陈家国在六角亭内徘徊了一圈,望着周星汉说:"三弟,有朝一日,如果我举抗日大旗,想请你鼎力相助,你可愿意?"周星汉回道:"二哥,打仗我是外行,别说杀人,就是杀鸡我都害怕。"陈家国又道:"刀枪相见大哥不强求你,后方援手同样重要。"周星汉站起来说:"听二哥安排。"

一阵春风吹来,花木清香随风而至,周星汉关心道:"二哥,我说你这几年神龙见首不见尾的,你还未告诉我。"陈家国自嘲道:"别笑话了,说起来也是窘困之事。除在天长中学抗议县政府克扣学校经费一事,被迫逃离外,又有两次外逃。你在镇上开春风百货店那会,我在乡下同地主、渔霸做斗争,又组织农民抗租抗税,受到县政府的追捕,避到外地教书谋生。后在共青团组织的安排下,创办学社,宣传抗日,又遭县政府的缉捕,逃至阜阳,寻找皖北红军的踪迹。待事态平息后,得以还乡。谁承想,现在的县长还认可我,封我为抗日自卫队队长。"听完陈家国辛酸艰难的叙忆,周星汉担忧地说:"正应了'自古英雄多磨难'那句话,你呀就是不安分,三弟还请你多注意人生的险境。"双方交流后,周星汉请陈家国中午聚餐,陈家国说还有任务在身,从容走下胭脂山。握手告别时,陈家国照应了一句:"三弟,我帮你的事你要尽快安排,你帮我的事到时我会向你索账的。"周星汉眯着眼,浅笑着。

没过几日,又来了两人,这两人同周星汉打过交道,一个是扬州的吕永年,一个是镇江的石祥瑞。周星汉感到诧异,这两人在扬州、镇江有头有脸的,怎么好端端地奔天长而来?

石彩见他大爷(大伯)来了甚是喜悦,互问了一通情况,石祥瑞鼓励他往后好好干,就不要回镇江了。

胭脂山上,周星汉同新来的两位客商热情攀谈起来。石祥瑞看着充满瑞气的胭脂山,满意地说:"周老板,这回我和吕老板是投奔'梁山泊'而来,你可愿意收留?"周星汉不知真假,笑道:"二位老板说笑了,天长哪比扬州、镇江繁华都市,你们对我更是知根知底,小庙哪能屈尊大佛。"吕永年接话说:"周老板,石老板所愿是真,自从日本人占了镇江、扬州后,就没有百姓的好日子,工商界备受欺压。我已把家眷转移到淮阴老家乡下,只身奔你而来。"石祥瑞气愤地叙道:"日本人野蛮至极,事情还未结束,宪兵队又来搜查我的照相馆,发现暂存的照片上有他们烧杀抢掠的镜头,即说照相馆内有抵抗分子。宪兵队欲抓走我,陈宁玉说不关我的事,是他自己替别人冲洗胶卷的,陈宁玉被抓走了,我也被宪兵队拳打脚踢了一顿。两天后,陈宁玉受尽了折磨,被他们处死了。"周星汉心情沉重起来,之前只听说日本人丧失天良,现在看来确实无疑。又想到他们俩确无去处,但自己的场子就这么大,考虑着说:"这样,既然两位老板看得起我,就暂且隐忍着。我的一间照相馆门面归石老板经营,一间钟表、收音机门面归吕老板经营,你们不要有其他见外的想法。"两人同时说:"这怎么行?我们是来帮工的。"周星汉诚恳道:"二位老板,到我这里来,你们就听我的。谁都有困难的时候,时势艰难,虎落平阳,日后你们有发迹的时候,我同样会请你们帮忙的。"话说到这份上,二位老板就不再谦让了。

日军迫近,大势所趋,民国二十七年(1938)秋天的天长已是一片萧条与沉寂。人们在惶惶着,不知会有什么样的厄运降临。日军的飞机从秋至冬,不断地轰炸天长城及周围乡镇,城内庙宇倾塌,城墙残缺,居民房宅毁坏甚多,死伤者众,无以为存者流离,无以为生者苟活。

一天,县政府的董潮平秘书来找周星汉,急促地说:"周兄,你的'三义行'快做决定,日本人就要进攻天长了。"周星汉惊疑道:"这消息可靠?"董潮平面色沉重地说:"综合各方面的情况,这消息无误,省政府已通知我们撤离,另择县政府所在地,祝县长已准备去南乡打游击了。"周星汉捂着脑袋,说:"怪不得家国大哥催着我早做打算。"董潮平赞许道:"陈家国早有判断,日本人迟早要来天长,现在局势已很明朗了。"又说,"陈家国这位老乡,最近很活跃,打日本他是铁了心的,县党部既想用他,又要防他,料他不是等闲之人。"周星汉担忧起这位老乡的去向,问道:"董秘书,县政府撤离,那你的去留呢?"董潮平不假思索地说:"给日本人当汉奸,是读书人的耻辱。我是公职人员,只好随政府流亡了。"周星汉从心里敬佩,感谢地说:"董秘书,进城几年来你各方面关照我,生意才得以通畅。今后各奔一方,不知还能不能相聚?"董潮平想了想,说:"你别客气了。如若我们都在天长,将来定有聚期。"周星汉送了董潮平一会,回来考虑撤离的事了。

胭脂山上,六角亭内,周星汉召集"三义行"所有人员商量起他们的要事来。已是冬季,红枫树摇曳多姿,枝叶愈加艳丽了。

周星汉望望亭内外的十几人,心情不免沉重起来,缓缓地说道:"日本人到天长来是朝夕的事,这几天我反复权衡,还未有主张,思来想去需请各位共同商议。有两个问题,一是'三义行'是走还是留,二是如果要走迁到哪里。"停顿了一会,见大家未有积极发言,又说,"之前,我未有同大家商量,今天请你们各抒己见,择优从之。"又是一阵沉默,吕永年见本地人未吭声,似乎坐不住了,站起来说:"日本人进入扬州城烧杀抢掠,城内一片哀号;之后又把人当牲口一样管理,毫无人性。我不愿在日本人统治下生活。"石祥瑞也站起来说:"对,我从镇江到江北,如若日本人来了,再向北移,决不和日本人合作。"王碧亭不平静地说:"反正我是不会和日本人同在一城的。"

周星汉请三位发言的先坐下,看了一眼他二舅。李文银撸着袖子说:"日本人只要来犯我们,我就白天做生意,晚上灭了他们。"王碧亭说:"在城内是打不过小鬼子的,淞沪会战我方兵力七十万,日方兵力不到三十万,最后还是失败了。"石祥瑞赞同说:"对头,日本人也不是吃素的,在城里和他们敌对,迟早会露出马脚,到时候跑了和尚跑不了庙。"李文银放下袖子。

另有几人沉默,周云峰站起来,走到亭子中央,说:"大哥,三弟听你的,你说咋办就咋办。"这时,亭子内外所有的人都站起来说:"周老板,我们都听你的。"望着一根根柱子似的站立着的人,又望着临空欲飞的亭檐,周星汉悲情地说:"好,留得青山在,不怕没柴烧,不与日本人为伍,我们离开天长。"

吕永年关切地问:"周老板,我们该往哪里去?"石彩从人群中挤出来说:"天长,周老板知情,我们还是听他的。"又一片附和声。周星汉抱拳道:"承蒙各位信任了,不瞒各位,其实地点杨柳镇的夏春雨镇长、天长抗日动员委员会的陈家国总干事,已帮我们选择好了,就在天长北方重镇铜城镇。那里,北邻金湖,西接盱眙,东与高邮隔湖相望,无论是生意市场,还是交通条件,抑或安全性都很有利。"大家更是高声赞成。

等大家激动的情绪稳定下来后,周星汉又激昂地说:"各位,我有个提议,如若不嫌,今天我们借助胭脂山上的桃园,来个广为结义,如何?"见大家一致拥护,周星汉兴奋地说:"好!我们用握手代酒,此后,肝胆相照,风雨同舟!""好!肝胆相照,风雨同舟!"宣誓声响彻古城。

第三章　古营逢春

　　国民县政府秘书董潮平在铜城镇上寻到了"三义行",周星汉一见来人喜出望外,诧异道:"县政府也迁过来了?"董潮平郁郁地说:"日本人打过来了,有什么办法。"又释然地说,"周老兄,好悬哪,要是再晚一天半日,想出也出不来了。""多亏你及时通报情况,不然,还不知有什么样的后果呢。"周星汉由衷地谢道。董潮平说:"已经有了后果,日本人先是烧杀抢掠一番,又不准工商业迁走,说是为大东亚圣战服务。"周星汉关心起过去在县城交往的一些人,董潮平说:"祝县长去南乡打游击去了,上峰对他不满意,现在县政府是流亡政府,县长换成刘义守。最近,他正和中统站站长王国迟密谋收拢天长各地军事力量,准备成立抗日后备团、营。警察局局长戎含涧赖在城内未走,当了日本人的维持会长。林铁倒是个有正义感的人,但未有机会撤出。有恩于你的崇福全老板,他不与日本人同流,闭店停业。"董潮平大致介绍了一些情况,又顾虑地说,"这些情况你不要和别人说,现在形势复杂,以免招来不必要的麻烦。"周星汉即说:"谢谢提醒,我只是忘不了城里的一些故人旧事。"两人又谈了一会,临了周星汉邀请董潮平中午一聚,董潮平说现在时局不定,无心放松,改日再聚。

　　送走了董潮平,周星汉怅然起来,眼下生意越发冷清。铜城镇虽有地理优势,又是天长第二大镇,但日本人已到天长,前景已很渺茫,所有生意都如这漫长的冬天,日日煎熬着。

　　民国二十八年(1939)的春天,大商人周运三在江淮之间的生意也较艰难,不得不蛰伏。其时,夏家营夏老爷子欲请他出力,助夏春雨公子筹建抗日后备营。一日,夏老爷带着夏春雨到周家渡拜访,周运三赶忙迎道:"哎呀,夏老爷,我说今天早上树上的喜鹊叫得欢呢,原来有贵人临舍!"夏老爷笑道:"我的老兄,你就爱说喜人的话。"周运三仍说:"夏老爷,来了也不给个信,我好去迎你。"夏老爷笑道:"又来了,你我还客气啥?我是不请自来,你可不要怠慢我哟!"周运三一手挽着,一手请入舍。院落阔大,高墙壁垒,房舍俨然。夏老爷环视四周,夸道:"不愧为江淮名商,气度不凡,好,好!"周运三谦虚道:"老哥哥见笑了,看夏家营气象,左看名门旺府,右看军营要塞,我周家敝舍就见绌了。"

一阵寒暄过后,夏老爷说:"老朋友,无事不登三宝殿,今天来有一要事同你相商。"周运三知道夏老爷平素深居简出,今天定有要事,便说:"夏老爷,你看你,有啥事传个信来不就行了,还要劳你尊驾。"夏老爷点着烟斗,才说道:"此事不知吉凶如何。国民县政府组建抗日后备团,我夏家营将编为二营,县长刘义守和站长王国迟来过多次,委托犬子春雨为营长,犬子又荐陈家国为副营长,另任犬子为杨柳镇镇长。"夏老爷稍作停顿,周运三恭维道:"这是好事,一来可防日本人,二来可御土匪,三来有枪腰杆子才能硬,何乐而不为?"夏老爷拍掌说:"老朋友,这可是你说的,接下来就要请你帮忙了,做中流砥柱。"夏春雨面露喜色,夏老爷进一步说:"我夏家二营在天长营建制中人数最多,有三百余人,下设三个连,二连连长夏有田,是我的侄子,三连连长王巨成,是我的贴身护卫。武术教官拟委托镇南头的杜长河,他已应允。目前,我和犬子最着急的就是一连连长和军事教官,尤其是枪械培训,不知意下如何?"周运三已知他父子来意,轻轻笑起来,道:"夏老爷,我说的好事得因人而异。夏家营自古以来就有屯兵,现今也是形势所迫。而我一介商人,无多干系,再说带兵征战,非我所长,会误大事的。"夏老爷见周运三打退堂鼓,劝道:"老朋友,我知你对国民党无好感,不甚情愿。可时下这局势,国民党也无立足之地,我们是夹缝里求生存,生逢乱世得有个进退之策,如何能安身立命,还望再思。"在旁一言未发的夏春雨轻声说:"叔台爷,晚辈多嘴了。日本人占领县城后,暂时不敢北顾,从很大程度上,是惧我夏家营三百号人。如果解散或削弱了这支武装,等于把西北大片土地让给日本强盗,称心的是日本人,痛苦的是老百姓。像我们南边的护大乡,日本人已建了碉堡,布满了铁丝网,百姓生产生活均不得自由,还受奴役。退一步讲，如果我把手中的队伍交给国民党我也不放心，因为他们并不是真正为老百姓，只为他们自己扩充实力。所以，晚辈伏请叔台爷助我训练队伍、带好队伍，如能成乃是我夏家营及杨柳镇之福，百姓之福！"

"好！贤侄有眼光，于公于私我都没退路，我尽力为之。"周运三似乎出现少有的兴奋，说，"我都答应，保家卫国匹夫有责。"夏老爷拍掌说："这方圆百八十里，我们周夏两家是响当当的！"周运三思索道："你夏家营虽有三百号人，但我知道枪械还不够，无论是训练，还是将来实战，都需补充。"夏春雨立即请教道："叔台爷可有途径？"夏老爷补充说："如有货源，价格随你定。""你我两家还讲生分的话，这是保家的大事，无论价格。"周运三又虑着说，"江湖上、生意场上我还有些朋友，尽量凑齐吧。"夏老爷父子俩这才如释重负。

春夏时节，西北大地田畴翠绿，野花飘香。陈家国带着一个三十出头的人，奔夏家营方向走着。陈家国掉头说："周为民同志……"周为民说："家国啊，现在我们党在此地的活动处于地下，以后就叫我老周吧。"陈家国自知说漏了嘴，纠正说："看你文质彬彬的，就叫你周先生吧。"周为民笑了笑。陈家国边走边说："周先生，按讲你从苏皖省委来天长，又找到我，应在我家落脚。我思之再三，我家在天长至铜城路边，不太安全，北有国民党，南有日本人，顽军、土匪也时常出没。所以，只好把你带到夏家营。"周为民点点头说："你考虑得很周到，同时夏家营也便于我们开展工作，只是不知夏家营的态度如何？"陈家国一笑说："周先生，包票我不敢打，但六七成的把握还是有的。"周为民偶感轻松，说："你说说夏家营父子俩思想倾向。"两人边走边聊，不觉已到夏家庄园，刚要进庄园，面前有一道宽阔的壕沟，壕沟上有一座吊桥。庄园四周设有碉堡，围墙高厚，里面房屋层叠、古树参天，在这空旷的原野上，仿佛一座城堡，叫人望之兴叹。陈家国对着对面的两个岗哨说："兄弟，请行个方便，就说我陈家国要见二公子。"有一值岗的应着去了。

夏春雨上身着花格子衬衫，下身背带裤，脚蹬皮鞋，在这僻远的乡村，很是时髦。他走到吊桥边大声道："二弟，最近忙什么呢？也不常来！"吊桥缓缓放平，陈家国请周为民先行，夏春雨顿觉惊奇。

过了吊桥，陈家国介绍说："刚认识的一个朋友，叫周为民。"见夏春雨迟疑着,又说:"是这样的,他是做大买卖的,到天长来了解一些行情。"这是云里雾里的话,定有隐情,夏春雨反应也快,说道:"既然是家国二弟的朋友,也就是我的朋友,请到寒舍一叙。"

越过两个院落,穿过几道回廊,进入大堂客厅。客厅有几根圆柱,柱上有对联,山墙上有条屏和字画。用人慢慢放下雾气缭绕的茶具,轻步退出。短暂无语,周为民打破有点沉闷的气氛,叙道:"夏镇长,刚才你称陈家国为二弟,应有来历吧?"夏春雨稍放松了拘谨,回道:"我和家国还有周家渡那边的周星汉三人是私塾同学,临结业时,学刘、关、张桃园结义,我年长,家国第二,星汉居三,称他们为二弟、三弟。"周为民笑道:"那谁是刘备呢?"夏春雨未加思索答道:"当然是家国。"陈家国大笑道:"按年长,应是春雨大哥。"夏春雨认真道:"这不是年长的事,按德才论英雄。"陈家国戏说道:"你是主公,杨柳镇的镇长,后备二营营长,我是副镇长、副营长。"夏春雨不悦道:"家国,你这不是让别人看我们俩的笑话吗?"陈家国认真道:"大哥,这位周先生不是别人,是我的朋友,将来会成为我们的挚友,我们的引路人,是天长的希望。"

从陈家国庄重的语气里,夏春雨感到此人非同寻常,他喝了口茶,揣测道:"想必周先生是……"周为民说道:"夏镇长,我就自报家门吧。我受中共苏皖省委的委派,来同天长人民一道开辟敌后抗日根据地。"夏春雨惊诧道:"抗日不是有国民政府吗?"周为民一笑说:"当今,国共联合抗日,按理讲我不应说国民党的是非,但起码在天长他们不是真心抗日。你看,他们从县城撤出,日本人随之占领。如果我判断不错的话,他们还会从铜城再往北撤,弃整个天长于不顾,天长人民将陷入水深火热之中。"陈家国怒不可遏,一拍茶几道:"国民党不管,我们来管,周先生你来领头,天长还有大半壁江山,我就不信他日本人蛇能吞象。"夏春雨见周为民说的是实情,陈家国又恨敌如仇,不免有了知音,问道:"请问周先生,你们共产党有何御敌良策?"周为民知道夏春雨掌握武装,目的是保卫家园,这就有了联合抗日的基础,便进一步说:"那我就开门见山了:第一,动员民众参加抗日,民众的力量是最大的;第二,建立我们党的组织,蛇无头不游,龙无头不腾,有了党的组织才能领导广大群众及各阶层共同抗日;第三,拉起一支抗日队伍。如果没有军事力量和敌人抗衡,乃至消灭敌人,一切都是纸上谈兵。"夏春雨听着,前两条觉得新鲜,不过后一条倒是硬碰硬,毫无玄虚的话,试探道:"周先生,宣传抗日扩大影响这好做,建立共产党的组织是你们内部的事,就是拉起抗日队伍这一条你们能带多少兵来?"周为民心想,这夏春雨是个干练、爽快之人,也一下点到问题的关键,回道:"夏镇长,我们党的主张是动员群众、联合各阶层共同抗日。此次来天长及津浦路东,我未带一兵一卒,就是把广大群众力量拧成一股绳,陷日本强盗于人民战争的汪洋大海之中。我想,夏镇长掌握的后备二营也一定会在民族大义面前,同我党共同合作,风雨同舟。"夏春雨渐渐明白,周为民来天长是要借助他的后备二营了,再谈下去,势必涉及实质性话题,不便表态,就岔开话题,问起他们的三弟周星汉的情况来。周为民知道,初次来天长要办几件大事,其中一件涉及夏家营后备二营联合抗日的事,夏春雨一时还没有思想准备,不好立即答复,就听着他们两人谈论周星汉的情况。等他们交流了一会,周为民说:"夏镇长,我们刚才所谈抗日之事,想听听令尊的意见,你看如何?"夏春雨又犹豫起来,这不明摆着把未明朗之事或难题交给父亲来决定?陈家国和夏春雨是十分要好的朋友,如兄弟一般,哪能不知他的心思,但不好在第三者面前直言相劝,便建议道:"大哥,共产党决计来天长抗日,大的方面迟早是要定下来的,我们再听听前辈有何高见。"夏春雨虽然比陈家国年长,但在谋事上则会倒过来听陈家国的,应道:"好吧,随我来。"

出了厅堂向东,又折向南,攀上石砌台阶,上有名为"望湖轩"的六角亭。及至亭上,夏春雨说:"大大,有客人来了。"指着周为民说:"周先生是家国的朋友。"夏老爷立即合上《论语》线装书,看周为民高高的个子、微黑的皮肤、长方脸,自度必是精干之人,高兴地说:"有朋自远方来,不亦乐乎?请坐!"周为民接话道:"夏老前辈,这是在鉴赏《论语》啊?"夏老爷道:"老夫闲来无事,温习而已。"周为民道:"早有耳闻,前辈乃学问道德高深之人,晚辈不胜敬仰。"夏老爷略谦道:"周先生,你谬赞老朽了。"

烟、茶、果具备,夏老爷捋了捋胡须,道:"敢问周先生光临,有何贵干?"周为民说道:"刚才已和贵公子略作交谈。我受中共苏皖省委的委派,来天长联合民众及各阶层共同抵御倭寇。因是民族大业,诸项事事,还请前辈指教。"夏老爷看了看夏春雨,夏春雨微微点头。夏老爷道:"愿听周先生详谈。"周为民便说了先前类似的一番话,夏老爷感慨道:"国民党走了,共产党倒来了,而且方略英明。果能如此,乃救我天长百姓于水火之中,亦是我夏家营之洪福。只是,抗日之中流砥柱——军事力量尚需加强。"周为民应道:"夏老爷不愧为满腹经纶之人,又洞若观火,一语中的。我想,这中流砥柱就是夏家营的抗日后备二营,将来必能担此重任。"

夏老爷站起身来,没接周为民的话,伫立望湖轩上,眺望着柳河东流入湖的绵绵之水,他的旱烟烟雾在望湖轩亭上缭绕。夏春雨解释说:"周先生,最近我大大正遇着一桩烦恼的事。我夏家营后备二营,中统站站长王国迟已来过几回,要把它编入国民党盱眙独立旅,随时听候他们调遣。县城的日本人派中间人说合,要编我们为皇协军大队。现在你们共产党来了,也是为着这支武装。"

夏春雨所道原委,是中肯的,他们父子俩确实不好应对。周为民也站起来走近夏老爷,慢言问道:"夏老前辈,您这高高的亭台,为何叫望湖轩呢?"夏老爷转过身来,重重地回道:"老夫每遇疑难之事,总会请教那湖光天色,从中释疑解难。"周为民似有所悟,言语道:"眼前这柳河,也不同凡响啊!"夏老爷饶有兴趣道:"柳河源于百里莽原,及至我夏家营有三条支流,像蛟龙伸展,环绕透迤,再向东达沂湖、高邮湖,汇入长江了。"说着向东指道,"看,那白茫茫的就是沂湖,如果天气高朗的话,还能看到高邮湖。"周为民极目远眺,试图看到长江、大海,转身向着夏老爷说:"是啊,百川归海,事物总会朝着一个正确的方向前行。"

夏老爷当然知会周为民这话里的深意,便请周为民坐下。一直未言语的陈家国缓缓而道:"夏老前辈,今天周先生是慕名而来。提起夏家营,方圆百里没有人不晓得,主要是因其闪光的历史。明代沃公从山东提兵来天长抗倭,因兵源不足,在夏家营招募兵勇,建立兵营,打得倭寇落花流水。后沃公壮烈牺牲在天长,天长民众建立沃公祠,以示纪念;夏老爷的前辈将沃公绘成图像,供奉在大堂,永以追思。"

陈家国的一席话说得很有分寸,既赞扬了夏家营光荣的传统,又意指夏家营将会继续走为民族而战的道路,同时又未直白地表露出来,不使夏老爷父子俩不好答复,陷双方于尴尬之地。

夏老爷看着周为民、陈家国,心想这两人既讲大义,又通情达理,属人中龙凤,不免钦佩起来,表态道:"今天,二位贤士光临,敝舍生辉。又蒙二位启导,得开云雾,老夫这里有言,夏家营后备二营绝不卑躬屈膝于倭寇,也绝不与蛇鼠之辈苟合。"周为民点着头,脸上露出喜悦,夏老爷又说,"老夫有一不情之请,这位周先生既为抗日而来,当有落脚之处,若不嫌弃,就在夏家营屈尊,老夫遇有疑难也好就近请教。"夏春雨即说:"如此家国二弟就能常来走动了。"陈家国高兴道:"三弟周星汉也会来入伙的。"周为民说了一番感激的话,心中也有了定论,将来好在此地扎下根来,开展工作了。

夏家营的春天似乎真的来了,轻风微拂,河川绿染,房舍隐约于密林之中,翠鸟穿行于旷野之上。

沂湖的春天也是一样的生机勃勃,天空碧蓝,远际偶有一丝白云,湖水清清,荷、菱嫩叶扩展在水面上,湖岸边的芦苇和红草静静地铺向远方。鸥鹭不停地上下翻飞,渔船也似乎忙碌起来。

周运三久久地坐在湖边的码头上,昔日的码头车水马龙,人声嘈杂,眼前却冷冷清清,苦闷的心情不由得袭上心来。大儿子周星汉悄悄坐在一旁,周运三道:"你怎么回来了,不专心做生意?"周星汉大概知道他父亲的心思,答道:"大大,现在生意萧条,但不代表将来也是这样,阴阳转换,物极必反。"周运三知道这是大儿子在宽慰他,幽然道:"话是这么说,可时下日本人占领了半个中国,尤其是占了主要的工商业城市,中国人一时翻不了身啊!"周星汉也感沉重,换了话题说:"大大,您现在已参加夏家营的武装了,是不是将来准备同日本人抗衡?""也许夏老爷的选择是对的,没有武装,一方平安是很难有保障的,甚至一个家庭都难苟全。"周运三怅然道。他又说:"星汉,你可不必像我这样弃商从武,我已这把年纪了。我周家世代经商,将来我还指望你们传承下去。"周星汉孝顺地点点头,又不放心地说:"大大,你刚才说有了武装就能保一方平安,国民政府那么强大,还是敌不过日本人,一个夏家营的几百人,能撑得住倾覆大厦?"周运三望了望满湖春水,似有希望地说:"你刚才说阴阳转换,物极必反,应验可能来了。共产党来了夏家营,你的同学陈家国、夏春雨他们忙得正起劲呢。"周星汉思虑道："共产党以前是听说过,可毕竟力量弱小,将来能成气候?"周运三似乎有信心地说："那位周先生说得在理,他说弱小并不可怕,就像田野上的一粒种子,照样发芽长大,将来遍地皆绿。他还说朱毛红军从弱到强,星星之火可以燎原,现在同国民党并驾齐驱,共同抗日。"周星汉有兴趣地问："这么说,夏家营要听共产党的了,更为重要的是后备二营也要由共产党来指挥?"周运三望着他大儿子说道："你说到关键点上了,看来共产党是要以夏家营为基地,建立他们的组织,组建抗日武装,准备轰轰烈烈地大干一场。"又神秘地说,"共产党还真有魔法,陈家国、夏春雨都跟着那位周先生转,夏老爷是一个有主见的人,也倾向他。这样也好,几股力量拧成一股绳,西北这片土地才能安稳。"

周星汉听得出神,周运三换了话题说："星汉,你生意上的事我一直未过问,从杨柳镇到县城,再转至铜城镇,我对你关照不够,你不怨大大吗?"周星汉笑笑说："怎么会呢,一则您的生意很忙,二则是您有意让我独立经营,其实您暗中经常关注我,或帮助我的。"周运三很少夸他的几个儿子,尤其是大儿子,他站起来说："你是个机灵家伙,将来有出息!"然后问,"星汉,好长时间没问你个人的事了,你考虑得怎么样了?"周星汉也跟着站起来,目光掠过湖面,投向远方,说："大大,我虽二十六七岁了,早该成家了,可眼下我还一事无成,再等等吧。古人蓄须明志,我也想不成气候不成家。"周运三往家里走着说道："你二弟思武近期要成婚了,是我们同村赵家的一个姑娘,识一些字,人很聪慧,你二弟也较满意。"周星汉喜悦地说："我会祝福二弟的。"周运三满意地说："回去帮我办理你二弟的婚事。"周星汉欣然答应。

二弟的婚事一过,周星汉又去铜城镇打理生意。一天晚上,周星汉睡前正在看书,忽然觉得后窗有人敲击,细听有人小声说："周老板,请开门,我有急事找你。"连说两遍,确定无疑。周星汉放下书,跨过院子,拨开前门门闩,那人进来闩好门,径直来到院里,站在月光下,周星汉惊疑道："你是徐克明,崇福全老板的外甥?"徐克明点点头,说："快到屋里跟你讲。"

徐克明快速地说："陈家国处境十分危险,日本人近期组建一个特别行动队要暗杀他,队员是从警察局中挑选的,队长是日本人的宪兵队长。警察局林铁安排我舅舅赶快来送信给你。"周星汉一惊,又冷静下来,问:"日本人为何要杀陈家国?"徐克明说:"这事很简单,陈家国是抗日动委会的总干事,听林铁说最近夏家营来了共产党,陈家国一心帮共产党抗日。"周星汉又不解地问:"日本人不杀共产党,为何杀陈家国?"徐克明也想不明白,说道:"这我倒没想过,我舅舅告诉我,你、陈家国还有夏春雨是拜把子兄弟,所以赶紧叫我来送信。"周星汉说:"还有一事不明,林铁为什么要救陈家国?"徐克明答道:"来的时候我舅舅说,林铁是个好人,更重要的是林铁同陈家国在天长中学一起读过书。不过当时林铁低两个年级,两人的共同爱好是练武术,成了知心朋友。这回陈家国遇有危险,林铁当然要通风报信。"周星汉知道了事情的原委,感激地说:"克明老弟,我代家国二哥谢谢你了。"徐克明立即说:"不客气,我舅舅也是受人之托,我还要赶回去复命。"周星汉送徐克明到门外,月光下清辉披在徐克明的身上。

接下来,周星汉无法看书,也无睡意,想着陈家国现在在何处。目前的情况他大概知道,陈家国日夜奔波,居无定所。但第一寻找点在杨柳镇天铜路边他家里,第二是夏家营,那里是共产党的活动据点,第三是他父亲所在的后备二营,第四是……不再多想了,他准备按考虑的顺序一一寻找,尽管费事,耗体力,也要去做。他看床头柜上座钟已有十一点,决定开始行动。刚出大门,董潮平拍了一下他的肩膀,说:"周老兄,你要去哪里?"周星汉听声音耳熟,掉头一看说:"是潮平贤弟,这么晚了你还出来走走?"董潮平说:"怎么了,不欢迎?"周星汉仍旧站在门前台阶上,说:"我想回趟老家。"董潮平虽然年轻,但少年老成,说道:"我们进屋聊聊再走,磨刀不误砍柴工,走路的不怕歇脚。"周星汉硬着头皮打开了锁,复回屋内。

董潮平调了调灯芯,屋内明亮起来。他看到周星汉脸上有不安定的情绪,小声说道:"周兄,不是这么晚了我要来打扰你,是有件重要的事非你莫属。"说着脸上凝重起来,他说,"陈家国目前处境十分危险。"周星汉又是一惊,判定是和徐克明一样的急信。董潮平继续说:"刘义守县长和中统王国迟站长密商,近几日要除掉陈家国,理由是陈家国挡了国民党的道,他要把后备二营带到共产党那边去。"周星汉惯于思考,问道:"国民党为什么不杀共产党呢?"董潮平说:"共产党那位钦差周为民,已去津浦路东几县发展党组织去了,趁这机会,陈家国孤立无援,好除掉他。夏家营那边,已是自身难保,盱眙独立旅准备武力强行收编后备二营。"周星汉若有所悟,原来国民党也是趁此机会除掉他们的心腹之患,复问:"老弟,你为何要救陈家国?"董潮平用手指指周星汉,说:"你、我、家国都是老乡,重要的是陈家国是个干大事的人,这是家父预言的。如今日本人来了,谁愿做亡国奴?陈家国铁了心抗日,谁都愿意保护他。"周星汉起身说:"正好,我准备趁夜回去,找到陈家国,要他避过这次大难。"董潮平也往外走,说:"一,赶快找到;二,除对陈家国外,不能说是我说的。"周星汉郑重地点点头。

从铜城镇至杨柳镇也只三十里,两个多小时路程,周星汉几乎是一口气赶到的。陈家国不在家里,这在预料之中,周星汉又立即去夏家营,打听到陈家国在后备营忙着训练。后备营藏在沂湖边芦苇滩搞军事训练。到了驻地,说他昨晚去了龙集乡纪涛家。纪涛是当地的名门望户,周为民临走的时候委托陈家国两件事:一件是宣传共产党的主张,如有可能看纪涛是否愿意加入共产党;另一件是收拢后备三营的零星队伍。周星汉顾不得困意和疲惫,索性再去龙集。赶到纪涛家天已放亮。纪涛妹妹纪春来今天起得早,正在帮她母亲做早饭。周星汉已有倦意,揉揉眼睛,向纪春来问道:"请问陈家国在你家吗?"纪春来一脸笑意,说:"你这么早就来找他?他昨晚同我哥谈了很晚,让他们睡会吧。"周星汉只好在堂屋里等待。

纪春来烧好开水,沏上一壶茶,递一杯给周星汉,面含微笑道:"你找他有事?着急不?"周星汉用手转着茶杯,应道:"已经来了,就等他吧。"

纪涛先起来了,发现堂屋里端坐着一陌生人,感到诧异,过来请教:"这位先生……"周星汉站起来自我介绍说:"我叫周星汉,周家渡的,来找陈家国。"纪春来又过来添茶,说:"那我去喊他吧,周先生可能有急事要找他。"

"春来,指望美美睡一觉的,被你叫醒了。"陈家国问道,"那位周先生叫什么名字?"纪春来答道:"叫周星汉,你应该熟的,看样子他很着急。"陈家国预感有什么重要的事情要发生,不然周星汉是不会从铜城镇找到这里来的,或许他一宿都没有休息。陈家国脸都顾不上洗,疾步来到客厅,惊喜道:"三弟,你辛苦了!"周星汉即道:"二哥!"纪涛兄妹俩一听叫三弟、二哥的,意识到他们的关系不一般,定有重要之事,便退了出去。

周星汉把陈家国拽到西厢房,说:"二哥,这回你得再避他乡,而且要快……"听了周星汉说的详细情况,陈家国神情严峻,找到纪涛说:"早饭就不用了,我必须立即走。"纪涛拦住说:"再急的事也要吃过早饭。"纪春来不高兴道:"你不吃拉倒,你二弟不能饿着,说不定他一夜未睡呢。"

早饭过后,陈家国又改变主意,不急着走了,支走纪春来,三人商议起事情来,但陈家国并未把送情报的两人说与纪涛。周星汉说:"能不能到高邮、扬州避一避?我有生意上的朋友在那里。"陈家国摇摇头,说:"天长的日军会向扬州旅团报告的,包括高邮的日军也受扬州旅团节制,到那里也不安全。"纪涛想了想说:"我有个大表哥,叫董延川,在仪征县城做钱庄生意,能不能去他那里暂避一阵?可以的话,由我大大带封信给他。"陈家国踱到院子里,然后说:"那就请令尊帮我写个便信,我立刻动身。"纪涛即去后院,求他父亲修书。

陈家国、周星汉、纪涛往外走着,春日的田野一片淡绿,风和日丽。纪春来在后面赶来,噘着嘴说:"有什么神秘的事,故意把我赶走,走的时候连招呼都不打,不近人情!"纪涛笑着说:"你女孩子家,掺和什么!"纪春来瞥了她哥一眼,说:"你呀,跟他一条心,也不关心我。"陈家国停下脚步说:"好个春来,想做事情,我同你哥讲了两件,你要帮忙。"纪春来脸上绽开笑容,乐道:"这还差不多,以后你们别冷落我。"纪春来目送陈家国、周星汉他们远去的身影。纪涛拽了一下他妹的手说:"回去吧,家国是个有胆有识的人,别老担心!"纪春来回了一句:"我才不担心他呢,你看他有时不近人情!"又疑惑道,"哥,你刚才说我担心他,他最近又冒风险了?"纪春来如此警觉,纪涛才知说漏了嘴,便应道:"他要去外地办事,过些时候回来。"

到了周家渡,上了船,陈家国说:"三弟,有两件要紧的事,劳你照应一下。一件是家人的安全;另一件是夏家营后备二营的事,这件事很复杂,周为民先生也不在夏家营,你帮我给大哥春雨参谋参谋,总之这支武装一定要跟共产党走。"周星汉点点头,又想起一件事来,说道:"差点忘了,上回也是董秘书同我说的,国民党很在意后备二营,一心想拉走这支队伍,这次欲加害于你,就是想让春雨大哥孤立无援。"陈家国说道："你分析得对,日本人欲除我,理由也出一辙。所以,我不在家乡这段时间,你尽可能地为夏春雨大哥分忧,周先生很看重这支武装。"周星汉应道："共产党的事我不太清楚,抗日的事我意赞成。"陈家国专注地望着周星汉说："共产党我是早已神往,这你也许知道。共产党此来天长,为的是打小日本,为国家民族利益计,这就足以使人敬佩。三弟,我们都跟共产党走吧,这是正确的道路。"周星汉望了一眼他三叔周鸿三,说："开船吧,尽快离开天长!"转向陈家国说,"你说的话我记住了,但眼前你先要渡过难关,尔后才能从长计议。"说过迅速下了船,立在岸边。船向东划去,渐渐被白茫茫的云水所笼罩。

周星汉送走了陈家国,忽觉一阵轻松,但身体又很疲惫,回家沉沉地睡了一觉。醒来时,去后花园散步,太阳挂在西边的树梢上,像个红灯笼。他伸了伸懒腰,吐纳了长长的两口气。四弟周正和来了,喊道："大哥,妈叫吃晚饭了。"周星汉笑迎道："四弟,好长时间未看到你了!"周正和倒平和地道："大哥,算了吧,你们都在外面跑,我在家靠大大、妈妈,也无须求学了。"稍停又说,"大哥,你们都有字号了,我也得预备个吧。"周星汉笑起来说："用字号要等十八岁成年,你还不够年龄,等等吧。"周正和一笑说："大哥,你就蒙我,你也不到十八岁就用上了。"周星汉又笑道："那是董松茂老师见我老成才给起的,大大因我在家是长子也就默认了,你想要破例呀?"周正和回道："那就破例吧,有个名号能表明人的志向和爱好,挺有意思。"周星汉眯起眼睛看着四弟,问："那你要什么字?"周正和认真地说："我们兄弟四人中,你读的书最多最好,我也敬佩你,你就给起吧。要问我的想法,就一条恋着沂湖恋着家乡。"周星汉说："月是故乡明,叫月明,你可中意?"周正和悦道："行,有诗意,合我志趣,明天就启用。"

晚饭过后,周星汉来到湖边的田野上透气,四弟跟随着,说："大哥,你将来生意做大了,定要匀一些与我。"周星汉故意道："四弟,你又不出去,做甚生意?"四弟道："大大以前是大商人,天南地北、江河湖海的,生意分给大家做,各分店都拥戴他。"周星汉心情沉重起来,像是自语道："以前生意还能贯通,现在日本人来了,江南、江北分割成块,贸易封锁,经济萧条,百姓生活很不方便。"四弟不满起来,愤愤道："这日本人为什么不待在他们自己岛上?"周星汉从心底里发出话来:"这不是掠夺经济,把中国搞垮,富了他日本?"四弟轻声道:"听说夏家营来了共产党,要是能赶跑日本人,或者把日本人挡在柳河以南,那该多好!"周星汉转忧为喜,赞同道:"果如四弟所言,生意尚能流动,百姓方能安身。"

次日上午,周星汉又要去铜城镇,母亲周李氏挽着说:"星汉,你二弟现在都好,他出去收账,他婆娘帮我分担家务,你要是能成家,这家庭多像样子。"周星汉说:"妈,我知道你和大大为我操心。可时下,我总觉得空落落的,自己的生意日复一日不景气;更重要的是日本人来了,整个社会动荡不安。被日本人占领的地方,死伤无数,逃之无数,不得安身。"周李氏怨道:"这该杀的日本鬼子,会遭报应的。"周星汉又安慰说:"妈,等社会太平了,局势稳定了,我会如你的心愿。"周李氏转怨为喜道:"好!我就等着。你常在外面跑,定要注意安全。"周星汉自感内疚,走着再三招呼:"妈,保重身体,照顾好大大!"

民国二十八年(1939)的冬天,似乎特别冷,又特别长,铜城镇上人心惶惶,官商大户携金银细软纷纷外逃。正如夏家营的周先生所料,国民县政府又准备向北撤了,铜城镇也将拱手让给日本人。

国民党既准备走人,又还惦记着夏家营后备二营。后备二营建制完整(不似其他后备营非逃即溃),人枪较多,战斗力又强。国民党在撤退之前想拉走这支队伍,这既是江苏省韩德勤主席的命令,也是其自身扩充实力的需要,将二营留给共产党实在心有不甘。

县政府董潮平秘书随着中统站站长王国迟来到"三义行",落座经理室。周星汉忙着泡茶、递烟,与其说是对王站长献殷勤,倒不如说是对董秘书的感激。在县城刚落脚时,周星汉已吃过王站长的苦头,知其不是省油的灯,他今天来不会有好心,须防着点。董潮平直言道:"周老板(平素是称周兄的),今天我陪王站长来,是想请你帮忙一件事。"周星汉刚好坐下,应道:"请讲。"董潮平用不高不低的声音说道:"王站长受上峰指令想整编夏家营的后备二营。因你和夏春雨既是同学又亲如兄弟,所以由你出面说合是最适宜不过的了。"周星汉略一想,此次董潮平来绝非他本意,更不会帮王站长此等鼠辈的忙,何不故意将一下董潮平的军,造成自己和他关系不好的假象,也是保护董潮平的一举?便不卑不亢道："董秘书,我何德何能去当说客,说动夏营长夏镇长? 和他要好的同学多着呢。我倒推荐一个人,就是你们抗日动委会总干事陈家国,他既是副营长副镇长,同时又和夏家营关系甚好。"说过自顾自地喝起茶来。董潮平摊开双手,说道："这……"王国迟冷笑道："周老板,陈家国虽在工作上和我们有联系,但他的心是向着共产党的,再说,据传他已逃离天长。"周星汉应道："他怕是脚踩两只船吧,既同国民党暧昧,又同共产党有首尾。再说有国民党在,他逃离天长干什么? 他难道存心不想抗日?"王国迟听了这几句话如芒刺在背,真不是滋味,但又急不得,转而安抚道："周老板,陈家国是否脚踩两只船暂且不论。因他不在天长,夏家营的事非你莫属,如能说成,你就为党国立了一大功,我引荐你加入本党。"董潮平插话说："我们王站长兼县党部委员。"周星汉立说："王站长,你的好意我心领了,但我只知做生意,无心于政治,还请谅解。"王国迟又按捺不住了,站起来说："周老板,你好大胆,党国的事你都不支持,难道还要支持日本人? 你'三义行'还要不要开?"董潮平连忙摆摆手,说道："站长息怒。我说周老板,今天你就看在老乡的面子上,帮这个忙,去夏家营说合说合。"周星汉不服气地说："你们直接去不是更便当,何必绕弯子?"董潮平装作解释说："是这样的,我们王站长毕竟是地方大员,如若一竿子插到底,事情成了便罢,不成就不好收场了。再说,后备二营的兵多是恋土难移,一时难以爽快答应,你先去打个前站,磨磨他们的倔强气。"说完使了个眼色。周星汉为难地说："只怕说得不生不熟的,反而不好收场。"见周星汉答应去当说客,王国迟来了精神,说："之前我们分析过,你去是有几成把握的,陈家国去我们还不放心,说不准他会帮倒忙。今天,当着你老乡的面,我表态,大功告成赏你真金白银,外加几间门面。办砸了,后果不用说,党国无小事,责任是重大的。"望着王国迟拂袖而去的背影,周星汉算是对国民党失望了。

  周星汉出于无奈,硬着头皮去夏家营,到了吊桥边没精打采叫道："请帮我通报一声夏营长,就说有一位老乡找他。"岗哨速去禀报。一会岗哨来报："我们营长身体不适,你就回去吧。"周星汉又说："请你再报一声,就说周家渡的三弟来了。"又等片刻,夏春雨果然出来了,只望一下周星汉,就对岗哨说："快放行!"

过了桥,周星汉说:"大哥现在是深居简出,还闭门谢客。"夏春雨挠挠头皮,说:"有什么办法?你大哥现在好比池塘里的鱼,几张网在等着。"转问,"三弟,你是稀客,今天怎么有闲心……"周星汉不出声,只是往前走。

烟茶备好后,夏春雨挥手示意用人退出。周星汉叹道:"我也摊上个苦差,来给大哥添烦恼了。"夏春雨点着烟,说:"你一个生意人,能给我添什么麻烦。"周星汉把事情的原委说了一遍。夏春雨吸了几口烟,猛然问:"三弟,依你之见我该走哪条路?"周星汉轻轻抿了口茶,回道:"大哥,我是个未经世面的人,仅凭好恶说话。这日本人肯定不能同道,国民党我父亲也不屑。"夏春雨打断他的话说:"照你这么说,只有跟着共产党才是唯一选择?"周星汉想起陈家国临走时交代,照直说:"家国二哥是这个意见,他说共产党是来真心抗日的,是为老百姓着想的。"夏春雨站起来,在大堂里走着说:"可在这节骨眼上,周先生外出,家国二弟又避走他乡,我成了独木。"周星汉宽慰道:"大哥,你先别乱了方寸,有夏老爷,还有三弟及夏家营的众多人。"夏春雨仍急不择言:"三弟,做生意你懂,军事你哪晓得?"又缓和语气说,"我说话直,你别往心里去。"周星汉回说:"我们是兄弟,不说这话,你还是考虑个应对之策。"夏春雨说:"要是寻常,我很果断,可眼前这局势,叫我动弹不得。天长国民党虽是流亡政府,但还死死地缠住我,盱眙的独立旅受江苏韩德勤主席指令,要武装收编我。县城的日军又把我大哥骗去做人质要挟我。"看着夏春雨有力无法使、虎落平阳的样子,周星汉内心纠结起来,忽而说:"大哥,干脆我去找二哥,或许他有办法。"夏春雨忧心道:"二弟现在自身难保,你又去哪里找他?"周星汉似乎看到了希望,说:"二哥在仪征。他现在是共产党的人,周旋的余地可能宽些,应有办法。"夏春雨一想,说:"看来我是当局者迷,那就有劳三弟了。"

用过晚饭,周星汉急匆匆地离开夏家营。为了争取时间,不走弯路,径直蹚过乌龙河,来到乌龙岗上。因是月黑,树木幽森,他警惕地走着。快要出岗了,前面有人影移动过来,他隐藏在大树旁。待人走近,周星汉顾不得安全,小声叫道:"家国二哥,家国二哥。"那人第一遍听得惊异,第二遍就站定,急问道:"谁?"也就七八步远,周星汉跨入道上,应道:"二哥,我是星汉。"陈家国掩起盒子炮,走近道:"三弟,你怎么来夏家营了?"周星汉小声道:"回夏家营再说。"

陈家国回来了,夏春雨心里踏实了些,在大是大非上,他是倚重陈家国的。陈家国把情况了解了一番,说:"这回亏得是纪涛的大表哥董延川老板,他不但隐藏了我,还及时提供了情报,说天长后备二营危在旦夕。"夏春雨疑惑道:"他怎么知道我们这里的情况?"陈家国说:"他原是县城北门的,做纺织生意。因他在天长工商界威望甚高,同日本人不和,避至仪征。日本人指望他当商会会长,天长人士及时向他通报了情况。"周星汉着急地说:"二哥,你赶快替大哥拿个主意吧。"陈家国想了想,说:"这样,你们先稳住,我连夜去来安县半塔镇找新四军第五支队罗炳辉司令,这是周先生临走时交代的,他说遇有重大而紧急情况,须请求上级援助。"周星汉担心地说:"去半塔一来一回需两日时间,可眼下情势危急,朝夕都有突变的可能。"陈家国镇定地说:"先稳住吧。三弟,你先回铜城镇,答应王国迟他们,就说夏营长正在做二营官兵的工作,一旦稳定下来就同他们联系。"转向夏春雨说:"大哥,二营的人马从现在起应潜入沂湖,以防不测。我即刻动身去半塔。"夏春雨即道:"好吧。"周星汉要同陈家国一同出发。

下半夜,月色明亮起来,皎洁的光辉泻满夏家营村落。陈家国三人站在吊桥边,待桥缓缓落下,对面一人跨了过来,三人同喜道:"周先生回来了!"

周为民已经毫无困意了,等三人把各自的情况汇报后,说:"我建议把行动方案调整一下。铜城镇那边的国民党同他们中断联系,他们很快就要北撤了。至于独立旅的施压,苏皖省委和新四军已做安排,第五支队罗司令率兵进驻大通、铜城镇一线,第四支队徐海东司令率部东移汉涧一线,这样既防日本人,又拒独立旅。"周为民喝了一口茶,望着周星汉说,"所以,星汉同志……"陈家国、夏春雨却感意外,周为民继续说,"周星汉既然同夏春雨、陈家国志同道合,我们也就是一条战壕里的战友。星汉同志不必再同国民党联系了,我倒建议你去县城设法营救夏营长的大哥,但这是深入虎穴。"周星汉被共产党人的胆识和品格所折服,心畅之际,又得周为民的信赖,说道:"我去,毕竟城里我熟悉。"周为民安排说:"一是带一笔款子打点,二是物色可靠的人从中斡旋。"夏春雨说:"钱没问题,只要能救出大哥。"陈家国也说:"有一个人很是可靠,他叫林铁。"周星汉赞同说:"是的,他值得信赖。"

外面的雄鸡报晓了,周为民把灯拨亮,庄重地说:"我还要讲几件大事,你们听后思考,再提建议。第一,发展党员,杨柳镇首批十三名。需要说明的是,夏春雨、周星汉稍缓,因为我们党在天长的属于地下活动,你们俩暂不入党,是为了安全起见,也是为了把党的活动的大本营放在这里,同时,将来成立抗日民主政府,也好安排你们的工作。"三人未表态,周为民接着说,"第二,成立十三个党支部。第三,成立中共天长中心县委,辖盱眙、金湖、高邮、宝应、仪征等地。第四,成立县、区、乡抗日民族政府。第五,改编抗日军队。"夏春雨听后说:"这五条我都没意见,就是陈家国二弟能加入你们,我却不能加入?"周为民用坚毅的目光望着夏春雨说:"入党的事,天亮后我再同你详谈。关于抗日后备二营加入共产党阵营,我们再讨论一下,看今天能否确定下来。我的意见是越早越好,当断不断反受其乱,既脱离国民党又绝了日本人的野心,公开竖起抗日的旗帜,团结一切力量抗日。"陈家国已几日未休息好,眼睛里布满血丝,但仍语气坚定地说:"大哥,已到柳暗花明又一村的时候了,只有跟着共产党,后备二营才能获得新生。"夏春雨又望着周星汉,周星汉也说:"大哥,确实到了紧要关头,是时候做决断了。"夏春雨霍地站起身说:"好吧,我听共产党的,这一步既迈出去了,就再也不回头了。"周为民也站起来,紧握着夏春雨的手说:"我代表共产党感谢你,夏春雨同志!"又转向周星汉二人说:"现在我宣布第五款决定,夏家营后备二营及其他抗日武装改编为共产党领导下的天长独立营,营长夏春雨,教导员陈家国,副营长周运三,连长以下指挥员由夏营长提出书面意见,报经研究任命。"

天亮了,夏春雨如释重负,陪周为民向父亲通报了情况。

这几天,来夏家营的人特别多,有请示的、汇报的,也有听取指示、意见的,活动异常频繁。杨柳镇首批入党的有陈家国、纪涛、纪春来、缪文蔚、王巨成、夏有田等十三人,其他各县各地加起来计有百人。成立了中共天长中心县委,县委书记周为民,委员陈家国、陈德军。陈家国负责行政、统战工作,陈德军负责组织、宣传工作。

民国二十九年(1940)的春天,夏家营的活动似乎公开化了,后备二营改编为天长抗日独立营,队伍扩充至四百余人,建制配备完整。县委交给独立营一项任务,有一百余人的党员培训班,既要负责安全保障,又要供给食宿,夏春雨觉得有了用武之地。

天长独立营这支队伍壮大起来了,县城的日军不敢轻举妄动,扬州的日军旅团暂无暇顾及。但又有风云骤起,江苏韩主席坐不住了,他看到津浦路东共产党开辟了敌后根据地,将来必成心腹之患,在蒋介石的命令下,组织万余兵力企图"围剿"新四军第五支队。而留守半塔的新四军只有两千兵力。情况十分危急,中共津浦路东省委(苏皖省委改设路东、路西省委)要求天长中心县委全力组织武装力量支援半塔保卫战。

铜城镇"三义行"门面冷冷清清,尤其国民县政府撤离铜城镇后,仅剩的十辆自行车也无人问津,一些客户远走他乡。照相、钟表、收音机等生意也日渐冷清。周星汉召集部门经理商议应对办法,他首先说:"今天我们要讨论两个问题:一是人员要不要精减,二是下一步生意如何去做。"话音一落,照相经理石祥瑞说:"周老板,眼下不是图赚钱的问题,而是保命,镇江那边我是回不去了。"收音机经理吕永年跟着说:"我也是,跟着周老板,再困难也不后悔。"崇峻过来添茶说:"天长城里我更回不去了,我同日本人不共戴天,如果生意做不成,我去找独立营,打日本人去。"钟表经理王再林望了一眼周星汉说:"反正,我听周老板的,眼下勒紧裤带,渡过难关。"

周云峰晃着二郎腿说:"大哥,既然大家相信你,精减人员的事就免谈了。目前,'三义行'的账上确无多积蓄,且有枯竭之势。为了大家能生存,我提议转行,经销生活用品,或许有一线生机。"一直未发言的李文银说:"我看行,不能在一棵树上吊死。"见大家都赞成,周星汉说道:"时下的情况大家都知道,如果改行就要同镇上的其他商店竞争,还有出去进货,日本人的封锁也是一道关。"见大家垂下头,又鼓气道,"不过,也不要担心。我们有的是智慧,有的是拧成一股绳的精神。原先的生意继续保留,待日后形势好转,再行开张。我们继续讨论下一步改行的问题。"

崇峻又来经理室,对周星汉耳语说:"外面有个姓夏的说是你大哥。"周星汉即站起安排道:"今天就议到这里,请大家再想想办法。"

夏春雨在看着一排自行车,等周星汉来了故意说:"这车卖不卖?"周星汉苦笑道："大哥，我不卖难道做样子？"夏春雨数着说："十辆我全要，部队通讯、紧急任务少不了这飞毛腿。"周星汉领着夏春雨来到经理室。

夏春雨坐下，放下礼帽又故意说："三弟，又开诸葛亮会，准备做大生意了？"周星汉递茶，回道："别笑话我了，三弟已是山穷水尽，刚才还讨论维持生存如何转行的事。"听周星汉这么一说，夏春雨反而轻松道："柳暗花明又一村，大哥给你指条路，你看可行？"周星汉洗耳恭听，夏春雨故意喝着茶，又抽起烟来，才说："三弟，你转行就对了，总不能被日本人憋死。我的队伍有四百余人，每天吃喝拉撒花销不少，这生意就包给你了。令尊前几日去苏州帮我采购布匹，用作军服。本来想请你做这趟生意的，家父说途经长江、运河，又有日本人检查，怕你有风险。"周星汉却说："家父这趟生意是有风险，如果由我来做，或许也能完成。"夏春雨来了精神，说："好！三弟有胆量，怪不得家国二弟说你可堪大用，将来如遇大事，必要仰仗你。"周星汉又委婉地说："大哥，刚才我把话说过了，一是怕家父遇险，二是我'三义行'里各色人才俱有，倒不是我有多大能耐。"夏春雨笑道："你就别和大哥谦虚了，刚才来时，我同你手下聊了，他们都服你，你的优势在于你人气旺，这是将来做大生意的根本，其实这也是经营各业的根本，譬如我的部队，譬如共产党抗日。"周星汉忽然疑道："今天大哥怎么有闲暇，来我这里云山雾罩地海谈？你原先不是这样的风格。"夏春雨正经道："当然不是，我还想请你转重要的一行。"掩好门窗继续说，"国民党部队要'围剿'新四军第五支队司令部，目的是阻止共产党在敌后开辟根据地。周书记正忙着组织津浦路东抗日武装支援，我的独立营首当其冲，承担主要作战任务。"周星汉道："我不会打仗，手下也无兵卒，能帮上什么忙？"夏春雨又畅快起来说："你能帮大忙。你想，要作战就得有枪支，枪支损坏了就要维修。所以我请示周书记，成立枪械所。"周星汉还是不解，说："我也没有修过枪，何谈成立枪械所？"

夏春雨仰起头，在盘算着，用手指弹一下桌面，说："你能成立枪械所的。周家渡的缪卫华擅长打猎，是修猎枪的行家，他父亲曾是令尊的马帮队长。崇峻在城里曾参加过红帮，耍过枪，也会修枪。扬州的吕永年虽经营收音机，也曾贩过枪。杨树青你晓得，他也喜好玩枪。你二舅李文银更是此道中人。不多举例了,再说一个人,你更清楚,王碧亭,他在上海参加过淞沪会战,打过鬼子,进过兵工厂,是枪械专家。再说,你父亲精于枪弹原理,曾是夏家营自卫队军事教官,你也有令尊的遗传基因。我说得不错吧?"

周星汉恍然大悟,更佩服夏春雨的用心调查。但他一时还没有思想准备,照直说:"大哥,你说得不错,可我这一摊子脱不了身,说句实心话,搞军事,谈政治,我确是外行,做做生意,我还有些兴趣。"夏春雨也知道要周星汉立马掉转船头,也有困难,便留有余地地说:"这样,你先别着急答复我,考虑两天我再来同你商量;你也不要因为我们仨是好兄弟,就有心理压力,勉为其难。"周星汉点头允诺。

晚上,镇上一片静寂,昔日的热闹景象已然消失,对面的酒楼里,灯火暗淡,全无往日的喧嚣。周星汉在寝室里转了几圈,既无睡意,又无心览书,索性去街面上走走,或许能去掉心中的块垒。要弃商从戎,跟着共产党去打鬼子,彻底丢掉生意? 如何抉择在心底里不断荡漾。不经意间,周星汉逛到后街上,一座深宅大院的后屋里有灯光亮着,这不是董潮平秘书的卧室吗? 他说两天前就撤走了。周星汉悄悄蹩近窗户,从窗缝里探得是他,便敲敲窗棂,细语道:"董秘书,董秘书。"董潮平问得是周老板,叫他从东院侧门进来。

等周星汉进屋,董潮平把门闩好,进到卧室,小声说:"周老兄,生意不太好做,睡不好觉吧?"周星汉觉得正是,答道:"是战争所致,各业萧条。"又关心问道,"你不是随县政府撤走了吗?"董潮平叫周星汉坐下,说:"是撤走了,回来拿些书籍和文件。"又听外面无动静,断断续续地说,"没完没了的战争,国民党又要同共产党开战了,地点在半塔。"周星汉点着头说:"这个情况,我也是刚知道,天长的百姓又要遭殃了。"董潮平正色道:"如果遇见陈家国,你告诉他,这回国民党是花了本钱了。他们从东、北、西三个方面合围半塔,兵力万余。别的方面进攻路线我不太清楚,北、西北、西三个方向进攻路线我告诉你。北面是独立旅十三、十六团约两千人,从铜城镇、杨柳镇经过,尔后折向西南;西北一一七师六九七、六九八团约三千人,从东阳、张铺经过,直扑半塔;西面盱眙常备旅约两千人从马坝、平安进入。"周星汉凭着过人的毅力用心记住,问道:"你为什么要帮助共产党?"董潮平解释说:"因为国民党腐败,不能为民造福;你看人家共产党,是来抗日的,国民党反而要除之而后快。孰是孰非不很清楚吗?再者,天长是我家乡,我不希望即将发生的战争给百姓带来痛苦。还有,你的两位同学,与我也是同乡,他们的所为都是正义的、为着天长百姓的。"周星汉感激地说:"我替他们谢谢你了,情报我会尽快送给他们的。"董潮平又补充说:"同上次一样,这样的军情你不要说是我透露给你的。"周星汉理解地说:"我知道你的处境。"董潮平吹了灯,锁好门,同周星汉从侧门出去。夜晚一片漆黑,镇上一片死寂,两人各奔东西。

第二天上午,周星汉准备回杨柳镇送情报,刚跨过普济桥,看到前面有一个高个子男子走来,待稍微走近,看是陈家国,心里笑道:同上次一样,说要寻他,他就来了。陈家国先招呼说:"三弟,你又要找我?"周星汉高兴道:"你不是又要见我?"两人相视而笑。

铜龙河岸边,杨柳嫩绿,枝条轻拂,河水清澈,鱼儿竞游。周星汉把董潮平密告他的军情,几乎一字不落地告诉陈家国,陈家国全神贯注地听后,十分高兴地说:"三弟,你还是秉持正义,帮助共产党的嘛。"周星汉手抚着垂挂的柳条,兴致勃勃道:"谁叫我们是同学加挚友呢!"陈家国侧过脸来,说:"不完全是吧,你的心底里涌动着一股正义,你和董秘书一样是倾向共产党的,至于日本人,你们更是鄙视的。"周星汉忙说:"董秘书冒着危险,把情报透露给你,你不能暴露他。"陈家国应道:"这是当然,他是我们的朋友,也是共产党的朋友,我们要保护他。"周星汉佩服陈家国及共产党人的品格,悠然问道:"眼下大战在即,你怎么有空过来?"陈家国回道:"正因为急迫,我才过来请你的。"看看四周无人,说道,"春雨大哥已同你说了,要成立枪械所,现时的枪械需要维修,一旦进入战争状态,更需要保证有质量的枪械送上前线。他说给你两天时间考虑,我说不能再等了。你有什么顾虑尽管说出来,我们好帮助解决。"

周星汉判断战争如此紧张,两位兄长亲自来请,肯定是非同小可,便坦诚地说:"按理讲,我应毫无条件地帮助两位兄长,可我有两方面的顾虑:一是'三义行'的摊子脱不了身,尤其在现时困难的情况下;二是若我从戎,周家的祖业就会被抛弃,家父是把希望寄托于我的。"陈家国扶着周星汉沿河边向东走,慢慢说道:"三弟呀,要不是日本人来了,百姓安居乐业多好,你们的生意也会越做越旺。可如今,大半个中国都被日本人占了,他们烧杀抢掠,无恶不作。他们的目的是侵占全中国,奴役中国人民,掠夺中国资源。在这严酷的环境下,诸业衰败,百姓流离,性命尚难苟全。一句话,没有国,哪有家?生在这种时代里,谁都不能置身事外,树欲静而风不止,只有投身到抗日的洪流中,才能保国保家。"看着周星汉昂起的头、挺起的胸膛,和有力的步伐,陈家国又说道,"三弟呀,你所说的两方面的顾虑,可以并为一个方面考虑。共产党来苏北、淮南、淮北开辟抗日根据地,将来需要大量的物资,包括百姓生活所需,为抗日、为百姓,你何愁无用武之地?既为国家、人民,又振兴你周家百年基业,岂不美哉,壮哉!"周星汉忽然站定说:"二哥,听你的!"陈家国回道:"不,我们都要听共产党的。"周星汉望着南方说:"在县城的胭脂山上,我曾答应过你,有朝一日你举抗日旗帜,要支持你,今天我该兑现了。"陈家国兴奋地说:"我们弟兄仨又走到一起了!"

第四章　湖畔血色

　　半塔保卫战取得重大胜利,津浦路东出现了新的生机,国民党既失面子又失里子,日本人暂不敢轻举妄动。各县、区、乡成立抗日民主政府,党的活动由地下转为地上,敌后抗日根据地由此建立。

　　周为民把活动中心由杨柳镇夏家营迁到铜城镇,抗日民主政府也在铜城镇挂牌。陈家国任县长,夏春雨任税务局局长,从独立营拨一百多人组成稽查队,归税务局管理。又从独立营中划几十人组成县委县政府警卫队,再调几十人任区、乡民兵中队、分队长。余下的一百多人再行扩编为独立营,周运三仍任一连连长,夏有田仍任二连连长,王巨成任三连连长,杜长河任军事教官。

　　政局稳定,民心也随之稳定。外流人员陆续还乡,钱庄营业,百货生产开张,铜城镇又恢复了往日的繁华景象。

　　陈家国一早来到"三义行",了解商贸和枪械所的情况,从周星汉满是喜气的脸上看出,他的生意和工作有序地开展着。周星汉越来越佩服陈家国早年所选择的道路,以及今天坚定地举抗日大旗,由衷地夸道:"还是二哥有眼光。"陈家国并未自豪,而是关切道:"三弟,现在还有什么困难?"周星汉沏好茶,请陈家国坐下,说:"蒙大哥、二哥关照。"陈家国笑了笑,周星汉又改称呼说,"蒙陈县长、夏局长关照,一切正常。枪械所那边由王碧亭负责我放心,这边的生意有吕永年操持我也不烦神。"陈家国静静地听着,周星汉像是报告说,"陈县长,现在我们的人手不够用了。我二舅李文银受委托去沂湖边筹办机米厂、货物中转站,尤其是机米厂,需要从苏南购进机器设备。"陈家国听着,疲惫的脸上露出喜悦,问道:"你怎么想起办机米厂和中转站?"周星汉回道:"这是家父交代我的任务,说办机米厂方便群众生活,建物资中转站便于储存大量物资,家父还说下一步要办炼油厂,省得经常从外地采购燃油,又能降低群众照明成本。"陈家国兴奋起来,说:"好!周叔真乃有远见之人,看得远,想得周到。我们部队、机关也需要机米,也需要物资,周家的生意将同抗日大业连成一体,密不可分。"周星汉为之一振,想到周家的生意从此会兴旺起来,心底如湖水一样泛起波澜。少顷,他问道:"陈县长,今天来不单单是了解我'三义行'生意上的事吧?有任务尽管安排。"陈家国却说:"三弟,以后我们单独相处,不要称我县长,听着不舒服,还叫我二哥,多亲切。"周星汉敬重地点点头。陈家国说:"是有一件事同你商量。新四军五支队罗炳辉司令写信给我,五支队野外作战,枪械所工作不能正常运转,维修所需器材采购也很困难,想委托我们给予帮助。"周星汉即表态说:"没有问题,所需器材我们外出进货时一并带回来。"陈家国关照道:"有一点我要说清楚,给他们维修枪械不计报酬,但成本照收。部队经费特别紧张,我们地方应当给予考虑。当然,枪械所人员的生活补贴县政府解决。"周星汉站起来说:"二哥,你说过没有国哪有家,部队保家卫国,我们做点贡献在情理之中。再说,我们现在生意好起来,枪械所人员的生活费用可以从利润中腾出部分。"陈家国知道周星汉同自己人是不说虚假话的,这是出自他内心的一种报国之情。

　　陈家国又想起一件重要而又不寻常的事来,说道:"三弟,差点忘了,这次半塔保卫战,表彰有功单位和人员,周书记单独提名你,说你能以民族利益为重,不计得失,不辞辛劳,不怕牺牲,号召路东党员干部及群众都要以你为榜样,向你学习,支持抗日事业。"周星汉似乎不好意思。

　　陈家国起身准备走,周星汉因惦记着夏春雨,关心起一件事来,问道:"春雨大哥这次改行,他舍得吗?"陈家国复又坐下说:"这个问题,关心他的人都会有疑问。要知道夏家营建立武装是有历史渊源的,对自卫队、后备二营或独立营,春雨大哥是倾注了大量心血的。他掌握着这支武装,初衷也是为了保家卫国,他是不舍得离开他的部队的。但是,周书记说了,根据地三大建设,即党的建设、武装建设、经济建设,缺一不可。党的建设是保证,武装建设是保障,经济建设是基础。税务局局长是根据地的大管家,要具备三个条件:一是懂经济,二是本地人,三是能把军事和经济结合起来。此三者兼备的唯有春雨大哥。"周星汉担心地问:"周书记说得在理,可春雨大哥就有心结了。"陈家国一笑说:"我们的大哥你还不了解吗?他是豪爽、豁达之人,也是极具爱国心、正义感之人,在根据地重要建设和民族大义面前再次做出了抉择。"周星汉肃然起敬,竖起拇指说:"大哥乃人中豪杰也。"陈家国凝视着周星汉说:"三弟不必自谦,大哥在我面前曾预言,你将来是风云人物,说你的潜力很大。你还别说,董松茂老师也曾这样评价过你。"周星汉淡淡笑着,又问:"春雨大哥,他现在一定很忙吧?"陈家国思考着说:"我到他的办公室去过几趟,未见人影。你想,在我们的区域生产、税收他要亲自管理、详察;在与敌占区、顽军及相邻之地缉私、督查他要亲自过问,且有几十处;在敌占区、异地商贸活动他要掌握情况,处理突出突发问题。他的局里现有一百多号人,比原来管理四百多号人都要费心、耗神。"周星汉佩服地说:"这我知道,我'三义行'每个行业的经营情况,他都了解得很清楚,所定税额合情合理。周书记和你看重他,是慧眼识珠,经济行当不能没有他。"陈家国笑道:"你们俩真是惺惺相惜,难怪周书记称赞你们俩是一对抗日精英。"周星汉诧异道:"还有我?这么高的评价?"陈家国面露喜色道:"你别意外,周书记还说将来根据地还要委重于你,只怕你到时连二哥都顾不上了!"陈家国丢下话,喜滋滋地走了。周星汉目送陈家国挺直的身影远去,心中升腾起一股力量。

"三义行"的生意正常运转,周星汉要回老家周家渡筹建机米厂和货运中心,还要筹划新的行业。

周思武妻赵爱莲在前门楼看到周星汉回来了,迎道:"大大正和一位远客谈着事。"周星汉一想,说:"那我去渡口看看,告诉大大一声,说我回来了。"堂屋里传来声音,喊道:"星汉,过来吧。"周星汉听是父亲在叫他。

那位远客见周星汉稳重而有力地进了厅堂,站起来相迎。周运三向客人介绍说:"他就是我同你说的大儿子,最近也在为抗日政府做事。"客人说:"小老板果然一表人才。"周运三摇摇手说:"别夸孩子。"对周星汉说,"快来见见杨叔。"被称作杨叔的自我介绍说:"鄙人杨德水,苏州人,避难贵府,幸得令尊不弃相留。"周星汉赶忙接话说："杨叔，您客气了，若不嫌陋宅，当如自家。"杨德水满意地说："贤侄德才兼备，周家之幸也……"周运三打断话说："杨兄，从今以后星汉有欠缺之处，务请提示他，也是为他好。"又对周星汉说，"我聘请你杨叔为周家的管家，今后他说的话就是我的话，须要记住。"周星汉一愣，应道："记住了！"

院外又有人来了，一个女的领着一个男的朝堂屋走来。周星汉一看女的是杨依依，连忙向父亲及杨叔告辞，领着他们来到西厢房客厅。男的自我介绍说："我叫戚胜庆，新四军第五支队二营营长，是陈县长叫我来的。"说完递给周星汉天长军事部的介绍信。周星汉望了望戚胜庆，问道："介绍信是谁签发的？"戚胜庆即答："是纪涛部长。"又指着杨依依说，"她是杨柳镇的交通员，你该相信了吧？"杨依依抿着嘴笑，又解释说："做生意的人总是谨慎，这是习惯，戚营长你不要见怪。"戚胜庆也没有生气，反而赞同说："应该的，何况是枪械所的事情，更应该有警惕性。"周星汉这才说："戚营长，你就安排任务吧。"戚胜庆对枪支数量、交货时间以及修枪质量做了交代，然后说："困难是缺少铜材和枪栓。"周星汉略一想，回道："我们来想办法，可能周边地区就有材料和配件。"戚胜庆看周星汉非常干练，由衷兴奋，表态说："成本和修枪费用一应照付。"周星汉却说："只收成本，不计费用，这是陈县长特地交代的。"周星汉的话干脆，毫无商人味道，戚胜庆也未坚持，只握着周星汉的手说："谢谢！"

戚胜庆先走了，杨依依转过身来，周星汉问："依依，你在望什么呢？"杨依依不冷不热道："我望湖边的芦苇，还有飞过的白鹭，还能望什么？"周星汉平视着望不到尽头的翠绿的芦苇、对飞而去的白鹭，似有所悟。周星汉自知有好长时间未去杨柳镇上，人家有怨也在情理之中，便解释道："自前年以来，日本人侵占天长，我们的'三义行'迁到铜城镇，接着生意萧条，那时我很茫然，看不到前景。去年春天，共产党来夏家营，我自然而然地参与其中，后来又给独立营承担枪械所的任务。今天你知道的，又给新四军第五支队承担修枪任务。陈县长指示，将来抗日根据队经济发展要我周家出大力，家父也指望我从此振兴周家的产业。"周星汉说了这么多，杨依依依旧不悦地概括了一句："你就知道恋着你的生意！"周星汉也知道自己太钟情于生意了，以至于自己的老家周家渡都回去得少,每次回去都要向父母亲致歉,母亲说只要照顾好自己就行了,父亲却说做生意就是练本领,要达到庖丁解牛的境界。杨依依见周星汉沉默,也似乎看出来他心底里的歉意,轻言道:"我只是一时怨话,不要往心里去。你有你的志向,这没有什么不对的。"周星汉觉得杨依依是个讲情讲理的姑娘,转而问道:"你现在是共产党在杨柳镇的交通员了?"杨依依很光荣,高兴起来,说道:"纪涛的妹妹、陈家国的女友纪春来是县妇抗会的主任,你二弟的妻子赵爱莲是我们杨柳镇的妇抗会主任,同她们相比我算落后了。"周星汉故意逗她说:"那我什么也不是,进步还不如你。"杨依依捶了他一拳说:"你做的事是别人不好代替的,夏家营后备二营的事、陈家国避难的事,全亏你及时送出情报。半塔保卫战你又立功,县里的人都夸你。"周星汉轻巧地说:"这些事你怎么知道?"杨依依莞尔一笑,回道:"关心你,打听得来的呗!"周星汉注视着杨依依说:"你在背后打听我的事?"杨依依依然愉快地说:"我还听到一件事,是我哥从税务局缉私回来说的。县里各抗敌协会会长都定下来了,唯独工商业抗敌协会没有最后定下来。本来是要由夏家营夏老爷子担任的,夏老爷子说儿子任税务局局长,自己不便出任,又说他年龄大了,反正是各种托词。后来夏老爷子就推荐你,说让后生挑重担,你大大说你做生意头绪多,可以让其他人担任。县里来人我又问他们,他们说这个担子可能只有你来挑。"周星汉听后说:"依依,你现在为共产党做事,就是共产党的人,以后不要打听与自己无关的事。"杨依依觉得有些委屈,说:"我就是打听你的事情,别的情况我从来不打听。"周星汉转忧为笑,说:"又是我错了,你罚我吧。"杨依依故意提高声音说:"罚你以后注意休息!"周星汉回道:"你也是,以后要注意安全。"杨依依依依不舍地说:"等这阵子忙过了,你再陪我去穿柳林、踏红草滩,可以吗?"周星汉点点头,谁知这竟是永别的话。

　　夏日的暖风吹着姑娘纤秀的身体,连片的池塘里荷花映着她通红的面庞,杨依依不时回头看着仍旧立在湖岸边的那人。蓝天下,白云悠悠;平湖上,碧水东流。

　　湖风荡荡,红草随波涌动,夕阳的余晖洒落在湖面的一块皋地上。缪卫华折叠苇叶做个口哨,吹了一下,发出尖脆的声音,他碰了一下王碧亭说:"副所长,独立营的这批枪修好了,我们十几人就要歇业了,不如着一批人做木匠,着一批人随周老板做生意去,闲在这里真不是滋味。"王碧亭平素很少抽烟,从半包烟盒里摸出一支,点燃后用力吸着,眺望着湖面,幽幽说道:"你以为我想闷在这里?我要参加罗司令的部队,周老板不同意。"缪卫华说:"我去找周老板。"崇峻过来说:"要是能打鬼子多痛快!"王碧亭把目光从湖面上收回,叫他俩坐下,说:"等周老板回来再说吧,我们虽不是部队,但也要讲纪律。"

缪卫华忽然手一指说:"看,周老板回来了。"三人从木制瞭望台上下来,齐向周星汉跑去。周星汉亲切说道:"这地方还安全吧?"王碧亭即说:"安全倒不用担心。"周星汉拍一下缪卫华的肩膀说:"缪老弟选的地方不会有错。"缪卫华自夸道:"高邮湖、沂湖新旧水道,哪块的深浅我闭着眼都清楚。这块地方做枪械所再适合不过了,位居沂湖中部,原是胡匪朱水龙的老窝,后备二营也驻防过这一带,朱水龙只得挪窝了。"王碧亭夸道:"不错,这朱家嘴进可攻,退可守,撤可离。"崇峻也附和道:"小鬼子要是来了,还能和他们摆迷魂阵。"周星汉看看他们三人,好像发现了什么,对王碧亭说:"碧亭,你刚才说安全倒不用担心,似乎话里有话。"王碧亭是当兵的出身,直接回道:"我们想出去打日本人,闲在这里派不上用场。"周星汉问:"如果现在有修枪的活计,你们乐意干吗?"缪卫华喜道:"我和枪有交情,只要修枪我就来劲。"王碧亭和崇峻勉强点头。

湖荡里腾着炊烟,也飘来鱼香。周星汉把两瓶酒递给王碧亭说:"晚上喜欢喝酒的乐一乐。"王碧亭邀请道:"周老板能和大家同乐?"周星汉说:"我想大家了。不过吃过饭碧亭同我一起上岸,明天一大早去南京。"王碧亭一听有任务,来了精神。周星汉安排说:"新四军第五支队有一批枪需要维修,后天有交通员在码头与我们接头,为保证枪械所安全,交货地点须在别处。所里的工作暂由缪卫华、崇峻负责。"王碧亭立刻转向他们说:"你们两位听着,我陪周老板去执行任务,家里的事不能出半点纰漏。"两人向王碧亭行了个不太标准的军礼。

去南京要越过天扬公路日本人的封锁线,还要穿过六合一带的敌占区。周星汉头戴礼帽,身着银灰色长衫,脚踏黑色皮鞋,王碧亭上身穿黄色对襟小褂,下套黑色长筒裤,手提行李箱。他俩急着赶路,穿越几道封锁线,来到马集镇的一个日本鬼子检查站。两个伪军用刺刀拦着,喝道:"检查,良民证。"周星汉上前脱下礼帽,躬身道:"老总,去南京做趟生意,忘了带良民证。"王碧亭上前说:"'太君'有时检查也不问良民证的。"一个伪军竖起三八枪,大声道:"你嚷什么?这回必须检查。"旁边两个鬼子闻声过来,一个说:"带走。"另一个要拽周星汉的膀子。周星汉掏出香烟,递给两个日本鬼子和两个伪军,打着火说:"马家集的,走亲戚的。"伪军问道:"什么人家?"周星汉答道:"李文魁,镇上的大户人家。"另一个伪军说,"稍等一下。"

一会儿,伪军领来个穿黑色金丝衣的胖老头。周星汉从未见过这位胖老头。那伪军对胖老头说:"他是你外甥?"胖老头摘下金丝眼镜迟疑地认着,周星汉上前道:"大舅,我二舅李文银前几日去南京采购货物,我是来接应他的。"胖老头戴上眼镜笑道:"好!好!如果不耽搁的话应该今天到这里,到我家里去等他。"转身对一伪军说,"大侄子,这是你表兄,让他们通行。"那个伪军同日本鬼子嘀咕了几句,也就放行了。

太阳偏西的时候,李文银、周思武带着几个人运着机器来到李文魁家。李文银安顿好一行人后,和周思武来到李文魁的书房。烟茶上好后,李文魁挥手让用人退出。周星汉说:"二舅,你们辛苦了。"李文银连连扇着扇子说:"不说这话,就是路上盘查得紧,好在这一带我人熟事熟,地形又熟,多花了些打点的钱。"周星汉即说:"这没事,人安全,货物回来就好。这回日本人盘查得好像紧些。"李文银停下扇子说:"江南、江北都是,货物只进不出,尤其是粮食、食盐等物品。"李文魁仰起头来想了想说:"日本人好像有什么行动,扬州那边也有这样的迹象。"周星汉因下午同他这位堂舅叙了家常,又谢道:"大舅,外甥此来做生意,多亏了您,今后这条线我要经常踩,还会给您添麻烦的。"李文魁也念亲情,客气道:"那我就拿大了。星汉,如有用得着的地方,尽管开口,这块地面上我还是有活动余地的。"周星汉感谢不已。

李文银忽然说:"星汉,你怎么想起来要来接我?"周星汉浅笑道:"二舅,这块地面上还愁你办不成事?只是我想去南京采购一些紧缺的货。"李文魁要离开书房,周星汉站起来请留,低声说:"这批货只能在屋里说,是铜材、枪栓等一些物品。"李文魁一惊,李文银却说:"去南京购货很困难,主要是当下情势不对,要是往日或许可以。"王碧亭说:"枪栓只要有部队的地方就能弄到,铜材就得去南京了。"周思武劝道:"大哥,南京你不能去,要去我去,我熟悉一些情况。"李文银断然说:"你们都不要去,枪栓我去二亭山上秘购一部分,另在邻近乡镇的'皇协军'中购买一部分。铜材也由我来想办法,到此地界,不能让外甥有任何闪失,否则对不起我姐夫、姐姐。"李文魁听到此话,也觉责任重大,轻吐着烟说:"'皇协军'大队长金宝财是个财迷,我来同他做这笔生意,他只要开具证明,剩下的事情就好办了。"

商议妥当,周星汉晚上在马集镇选了个最好的酒家答谢李文魁舅太爷,并准备邀请金宝财大队长。李文魁说:"外甥,这个金大队长今天就不要请他了,你以后还要走这条线,一般的生意无关痛痒,要是特别生意是不能让他知道的。我与他就不一样了,纯属利益上的关系。"周星汉觉得有道理,姜还是老的辣。

几天以后,货物齐备,周星汉领一批人准备返程。除了感谢的话,他还邀请堂舅得便去杨柳镇周家渡会亲做客。李文魁看到外甥是有出息之人,也知书达理,对他喜爱有加,便连连答应。临别前,李文魁特地单独关照:"星汉外甥,这趟货很有风险,一般情况下是做不成的。金大队长向我透露了消息,近期'皇军'正在筹备大的军事行动,做生意也要看风向,你最近两三月最好不要外出。从今而后,一切要以化解风险为要,切记!"周星汉察人识事,知晓堂舅的话是真心关切,于是再三感谢,拜别。

自中国共产党成立抗日民主政府以来,周家渡码头出现了前所未有的繁忙景象。周运三四子周月明因天长城中学停办而失学,就加入了做生意的行列,在码头上记账及管理货物。见到大哥带着一帮人回来,周月明憨笑着说:"大哥,大大叫我跟你学生意,你肯收我吗?"周星汉抚摸着四弟的头说:"你才十五六岁,正是读书的年龄,可惜了!"周月明仰着头说:"大哥,你不是也想读书,现在还是选择做生意了吗?大大说了,我们周家世代经商,要传承下去。"周星汉笑了起来:"连四弟也有此志,将来我周家祖业定能兴旺。"又问道,"大大要在湖边开机米厂和炼油厂,财务管理需一本分之人,你愿意吗?"周月明喜道:"大哥,我愿意,就是财务知识还未掌握。"周星汉提示说:"你三哥不是现成的师傅吗?"周月明开心地笑得像一尊佛。

周家大院内,周运三招呼杨德水说:"他杨叔,明日请你把部门的几个人叫过来,我们议个事。"杨德水知道周大老板要喊的是哪几个人,立即去安排了。

古色的柏树堂桌上,上首坐着周运三、杨德水,再依次而坐的是李文银、周鸿三、周星汉、王碧亭、吕永年、石祥瑞,周家老二、老三、老四傍在旁边。周运三道:"各位辛苦了,今天把你们请来耽搁你们一些事情,我要郑重说明一件事,从今而后周家经营之事我不再过问,由我长子星汉全权负责,他二舅、杨叔、三叔共同辅佐,杨叔为管家。"管家杨德水站起来说:"江淮大商人周老板这是要传位于周星汉大公子,我等愿意忠心辅佐,响应的鼓掌欢迎!"掌声响起,杨德水才稳稳坐下。周运三接着说:"目前军事为要,我已答应夏家营夏老爷和周书记、陈县长,一心致力于驱逐日寇的军旅之业。从今而后,我周家的主业及星汉领头之事就拜托诸位了。星汉初出茅庐,定有心智未及之处,恭请不吝赐教,还有礼数不周、欠缺之处,恳请海涵。你们议事吧。"说完,随警卫员大步而去。

杨德水请周星汉坐上正位,并请他就任讲话。一番谦辞过后,周星汉请各位畅言下一步各自的工商业发展计划。大家的计划都有根有据,有信心,有前景,会议一致通过可以实施。周星汉做了归类、肯定和补充,也做了具体安排、调度和建议。在座的都认可周星汉的成熟。末了,周鸿三想起一件其他事,说道:"近几日,我在高邮那边进货,感到小鬼子最近有异常,部队、调运物资,好像有大的行动。"吕永年跟着说:"不错,扬州那边也是。"石祥瑞一拍手说:"对了,日本鬼子在镇江那边向南京调动,城里的罗翻译同我是远方表亲,说最近日本人有行动。"李文银也说了南京、六合方面的见闻。杨德水锁着眉头说:"鬼子怕是又要祸害哪里。请大家把所见所闻再详细地说一遍。"

吕永年、石祥瑞、周云峰要回铜城镇,周星汉把四弟也一块叫上。向北去的路上,周星汉说:"三弟,跟你说个事,四弟想学会计,你肯收徒吗?"周云峰戏道:"四弟不是在码头上干得好好的?再说教会了徒弟就会饿死师父,我的饭碗就保不住了。"周月明知道三哥在调侃他,回道:"我哪有三哥的天赋?能学成一半就可在沂湖边上混事了。"说完,紧跟着周云峰一起走。

周云峰赶上周星汉说:"大哥,刚才几位经理说了,日本人有异常举动。近日我在天长办事,日本人正在备货,城里的兵力也在增加,形势好像特别紧张。"周星汉感到事态严重，回头对大家说："你们各自行事，我去找陈县长他们。"

陈家国的办公室不断有人进进出出，等一拨人走了，周星汉乘机去里屋，说："陈县长，我有急事找你。"黄秘书拿着茶瓶和杯子过来，陈家国亲自倒着白开水，说："看你着急的样子，说吧。"看周星汉欲言又止，陈家国解释说，"这位黄秘书是罗司令那边派过来的，你尽管说。"周星汉把日军囤积物资和军事调动的情况详说了一番，陈家国立即走到地图前，望着地图说："东、南方向有异动，似在长江以北、运河之西，这是要对我津浦路东及淮南根据地有较大的军事行动。"他转过身来果断地说，"黄秘书，请纪涛部长去周书记那里，我马上过去。"又对周星汉说，"三弟，你平常回来少，今天我不能陪你了。你提供的情报非常重要，这很可能就是日军将要开展的军事'扫荡'。顺便跟你说，你的生意及经营场所都要做妥善安排，以防不测。"周星汉也站起来，往外走着说："感谢陈县长的提醒。"陈家国等周星汉走远了，才去县委那边。

民国二十九年（1940），夏秋之际，日军华中派遣军在南京纠集一万五千余名日伪军，对津浦路东及淮南根据地实行大规模"扫荡"，采取拉网、梳篦式"围剿"，妄图一举摧毁淮南根据地。战事空前激烈，根据地遭受严重损失。

侵犯天长的日军由扬州铃木大佐统辖南京、扬州、六合、天长、高邮等地驻军，参战日伪军三千余人。为了减少天长方面的损失，罗炳辉司令把第五支队主力放在天长，便于机动作战。天长独立营和各武装一方面掩护县委县政府机关人员撤退转移，一方面避敌锋芒，充分运用游击战术，保存自身力量。

独立营一连的任务非常艰巨，既要做战略上的牵制，又要保护县委县政府机关安全，沂杨区武工队协助一连执行任务。作为中心区域的杨柳镇只有民兵分队负责安全保护。可是在日军如此严密的"扫荡"下，区乡干部和群众的安全还是顾头顾不了尾，一些干部和群众被捕，不少人被杀害。

铃木大佐下令把未及转移的杨柳镇群众赶到镇南的广场上，四周用刺刀围着，屋顶上还架着机枪。杨依依为了动员群众转移，夹在人群之中也未脱险。翻译官翻译着铃木大佐的讲话："皇军这次'扫荡'主要是消灭共产党的县委县政府首脑人员，还有新四军第五支队主力，只要你们说出首脑人员及独立营在什么地方,还有新四军主力在什么地方,就通通放你们走。"

另有几个日军头目也做了类似的训话,四五百群众无声地怒视着。日军下令把街南一百多户房屋全部烧毁,火光冲天,焦味呛人,有老人和孩童被大火无情吞没。一日军头目从人群中抓出两人,问道:"叫什么名字?干什么的?"一个叫王常生,烤烧饼的,一个叫李富贵,卖卤鹅的,如实回答后,敌人觉得无情报价值,啪啪两枪把他俩打死。翻译官又说:"太君说了,如没有人说出真实情况,通通枪毙。还是说了吧,免得白送这么多性命。"

凶残的日军见群众一直不吭声,又从人群中拽出几个小孩,用刺刀对着。小孩的父母亲无法忍受,冲上去拼死护住,被日军捅死。人群涌动起来,只听一声大喊:"住手!"镇长杨永烈分开人群,走近铃木大佐,大声说,"我知道情况,你放了他们。"铃木同县城的伪军大队长商量了几句,开始放人。放了一半人的时候,铃木狡猾地命令:"放人的不要。"日军又把放人通道封闭起来。铃木客气地对杨永烈说:"你的良民镇长,把情况说了,剩下的人通通放走。"杨永烈坚持说:"说好的人通通放走,我才说出情况。"铃木又追问了几句,杨永烈默不作声,铃木举起屠刀杀死了杨永烈镇长。

人群又涌动起来,翻译官说:"乡亲们,静一静,如有人说出共产党的情况,通通放走;如果抗拒,再没有人说,你们通通要死。"人群中传来一个姑娘的声音:"我知道。"人们都知道是杨柳镇上开春风商店的杨依依,还有人知道她是镇上的妇抗会副主任,还有少数人知道她是共产党的交通员。杨依依走到日军头目跟前,大声地说:"我是共产党员,县里的交通员,有什么话跟我说,这些群众是无辜的,你放了他们。"伪军大队长问道:"你知道共产党的情况?"杨依依不惧地答道:"知道,周为民、陈家国及县委县政府机关的临时地点,天长独立营一连、二连、三连所在位置,还有新四军的情况,我都知道。"铃木狐疑地打量着杨依依,绕她转了一圈,杨依依纹丝不动。铃木突然抽出军刀,架在杨依依的脖子上,威吓道:"你的不要骗我。"杨依依镇定地说:"我知道新四军主力团八团在什么地方,在执行什么任务。"翻译官立即翻译,铃木面露喜色,放下军刀,满脸堆笑着问:"大大的好,你快快地说。"杨依依说:"他们都是良民,你放了他们,我带你去找。"铃木翻眼说:"不要骗我,他们通通在这里,只要找到了新四军,还有周为民、陈家国,通通地放走。"杨依依在拖延着、盘算着,和铃木交涉着。她又说知道新四军五支队枪械所在什么地方,铃木又放走了几十号人,他怕贻误战机,指挥大队人马尾随着杨依依。

队伍过了镇南的木桥,沿着柳河向红草滩、芦苇荡前进。此时,镇上传来密集的响声,原来独立营二连在夏有田连长的带领下来营救群众了。夏有田早一刻钟就到了群众被围场地外围,等待时机。当杨依依带着日军向南出发的时候,他便开始组织人员实施营救。夏有田和几个枪法好的战士撂倒了几个日军,一起喊:"乡亲们,快跑呀!"连声大喊,场地上二百多群众一起突围,绝大部分人都避入街巷内。二连却被日军咬住了,设法突围。夏有田大声令道:"一排长杨树青组织突围,我来断后。"杨树青请求道:"连长,你带大家突围,我来断后,全连都依靠你哪!"夏有田吼道:"这是命令!"杨树青擦了擦眼睛,命令道:"一排、二排跟我撤。"

狭长街巷里,日军的机枪不停地扫射,夏有田和三排的战士被子弹压得抬不起头来,他向三排长说:"你带一班、二班向后撤,时间长了,鬼子会从两旁的民房夹击我们。"果然,民房上的战士说:"连长,鬼子从两旁进攻过来。"夏有田命令道:"快撤!"

日军又用小钢炮轰击巷道,又有战士牺牲或负伤。日军二十几人猛冲过来,这边甩出了十多枚手榴弹,日军倒下一片。夏有田跟剩下的几名负伤的战士说:"你们先撤吧。"负伤的战士齐声说道:"连长不走,我们不走!"夏有田大笑道:"好!为了保存二连,我们'光荣'也值了。"

撤已经撤不出去了,日军从三个方向聚拢过来,夏有田和负伤的战士同日军展开肉搏,力竭而亡!

杨依依见铃木分派日军回援杨柳镇,乘机滚下河坡,急奔红草滩。不料日军枪弹齐发,红草滩上爆炸声不断,一片火海,年轻的杨依依英勇牺牲!

日军仗着兵力优势,又急于寻找新四军第五支队主力,深入沂湖腹地进行拉网式"扫荡"。缪卫华从瞭望台上看到日军大队人马向东而来,立刻下来向周星汉报告说:"所长,小鬼子来了。"周星汉即说:"碧亭,组织人员撤离。"崇峻拍拍手中的一挺轻机枪,说道:"先杀几个解解恨!"缪卫华也说:"我们的枪法都不赖,包管一枪一个准。"王碧亭考虑着说:"我也手痒痒,可一旦被小鬼子咬住了,就很难脱身。"周星汉盯着他们三人,说:"我们这次的任务不是同鬼子打仗,是要保存实力,这是上级的命令,还是撤吧。"王碧亭立即集合二十多人的队伍,安排说:"分水陆两路向东,快撤二十里,两路相互照应,没有命令不准同鬼子打仗。"周星汉带一队沿湖岸走,王碧亭带一队从水上穿行。

  日军推进的速度很快,先头部队同独立营一连接上了火,一连的使命是保障县委县政府机关安全。这次,日军的先头部队百十余人孤军突进,又气势正旺,见到我方部队猛打猛冲。哪知,独立营的战士大部分是夏家营后备二营的班底,尤其是一连训练有素,骁勇善战,日军冲得凶,倒得快,报销了一半。

  半小时光景,日军的后援匆匆赶上来了,蜂拥而上,重机枪压着一连的火力。周运三对警卫员说:"快,报告周书记、陈县长迅速撤离。"又对副连长说,"吩咐各排检查武器弹药,注意隐蔽,尽量拖延时间。"

  情势越发严重了。日军估计我方约一连的兵力,而且是打狙击,可能有重要的掩护任务,迅速发动了新的进攻,成百的士兵往前冲锋。一连已感吃力,不断有伤亡。周运三命令:"各排拼死坚持十分钟。"一连玩命了,阵地前横躺着一批日伪军尸体,我方也有数名战士倒下。

  突然,在一连和日军激战地点的南侧枪声骤起,日军被打个措手不及,攻势立刻减弱。

  原来周星汉判断是独立营和日军展开激战,立即组织枪械所全体人员,从一旁杀出,而后又向独立营一连阵地移动。此时,警卫员赶来报告,周书记命令一连立刻撤退。

  在日军晕头转向之际,周运三命令二排、三排先撤,一排断后。日军缓过神来后,又向一连阵地卷来。此时,枪械所的人员赶了上来,填补阵地中央的位置。周运三一看是周星汉带枪械所人员来参战了,沉下脸道:"赶快撤,枪械所周书记有交代,这个本钱不能动。"周星汉见冲锋的日军离阵地不远了,率枪械所人员投入战斗。

  前方有二十多名日军已冲至距阵地五十米处,周运三端起机枪猛烈扫射,日军倒下一片。不幸发生了,敌人的重机枪子弹如蝗虫般飞过来,周运三连中几弹,扑倒在地。王碧亭见状,夺过崇峻手中的轻机枪,又一阵横扫,枪械所战士个个红了眼拼死杀敌。

周运三半睁着眼睛断续道:"快……撤!"他慢慢掏出一把钥匙,递到周星汉手上,闭上了眼睛。一排长周连山奔过来,驮起周运三命令道:"全部撤出阵地!"

周星汉边跑边看着牺牲的父亲,泪如雨下。王碧亭挽着他的手,说:"小日本也炸死了我的大大,这个仇会报的!"周星汉趔趄着奔跑,心里在流血、疼痛。缪卫华、崇峻擦了擦眼睛,护着周星汉向湖里撤。

枪械所人员潜入湖东,再向东十里就是高邮湖了。沂湖愈往东水域愈广且深,且近岸芦苇密布,易于隐藏。日军"扫荡"之前,湖上湖下的船只已经全部隐藏,破旧船只一律拆散。湖上两日还算安全,第四天晚上,杨德水和周思武撑着小船寻了过来。

初秋的河上,水面宽阔,苇草丰茂,波浪涌动。周星汉一脚踏上杨德水的船,杨德水挨着周星汉坐下。从杨德水脸上悲伤的神情可以看出周运三确实牺牲了,周星汉动了动嘴唇,杨德水沉痛道:"令尊已安息了,在周家的老茔上。"周星汉的眼眶里涌出了泪水。杨德水又说:"陈县长派黄秘书来过,询问了情况,建议暂不发丧,以防鬼子回头再次拉网,待鬼子撤退后由县委县政府开追悼会。"周星汉含泪点点头。周思武去送干粮给枪械所人员。杨德水见周星汉勉强忍住了悲痛,缓缓道:"周老板,令尊已故去,请节哀。他的仇还未报,多少人望你振作精神,带领我们去完成他的遗愿。"周星汉感动地抓着杨德水的手,杨德水这才汇报说:"铜城镇的'三义行',周云峰和吕永年、石祥瑞在那里负责,应该没有问题。机米厂的设备,周思武已安排藏好,周月明负责看管。货物中转站基建已停工,物资已妥善保管好。"周星汉问道:"家母的安全……"杨德水又说:"你放心,你二舅李文银护着呢。"周星汉悬着的心才放下来,他摇了一下杨德水的手说:"杨叔,此次家变多亏了你,我真的感谢你!"杨德水苦笑道:"同道中人,又同病相怜,再说与令尊在世相处时为知己,从今而后,就不要与我说客气话了。"

周思武发完了食物,过来说:"大哥,刚才我同王碧亭、崇峻他们说了,等鬼子撤走,我要参加独立营或新四军,为大大和死去的乡亲们报仇。"周星汉未做声,杨德水婉言道:"我沾年龄的光,多句嘴,眼下头绪还多,等过了这阵子再做计议吧。"周星汉点点头。

时间一天天地熬过去了,湖上等来了好消息,也有坏消息。日军折腾了半个月的时间,到处杀人、放火、抢掳牛、猪及粮食。抗日根据地也遭受损失。

四弟周月明带来了几个不幸的消息,杨柳镇杨永烈镇长为掩护乡亲们壮烈牺牲,二连连长夏有田为掩护乡亲,又为掩护二连,带一个班的战士同日军血战到最后一刻,区民兵中队、乡民兵分队战士牺牲的也不少。枪械所人员听了更加义愤填膺,个个摩拳擦掌,要出去报仇,被杨管家和周星汉制止了。

日军完全撤走后,周云峰领夏春雨来到湖上,带来了陈家国县长的指示:一是枪械所人员返回驻地,有大量的枪械需要维修;二是近期县委县政府在周家渡召开周运三烈士追悼会,具体事宜由夏春雨同周星汉商量。

追悼会的前一天下午,夏老爷和夏春雨来周家慰问。周鸿三领着他父子俩来灵堂拜祭,周星汉默默跪在一旁。祭毕,夏老爷来到东厢房看望周李氏,劝道:"大妹子,运三走了,他走得很壮烈,也很值得。当年沃公在天长也是抗倭,为国捐躯,天长百姓至今不忘,建祠永纪。我的亲侄子夏有田也是好样的,他把生留给他的战士,把死留给自己,是我夏家营的光荣。"他又望望周星汉说,"贤侄,你要忍住悲伤,坚强下去,周家渡、夏家营定会兴旺发达起来的。"望了一眼夏春雨,接着说,"跟着共产党,赶走东洋小鬼子,还百姓一个太平天下。"

夏老爷又来到周家老坟地,对夏春雨说:"你周叔在世时人脉极广,前来吊唁的人会很多。你是追悼会的筹办人,此地不便聚众,可在渡口码头设会场,搭好台子,写上标语,既醒目,又有场面。"夏春雨即应道:"大大的安排如此周到,有场面,我马上去办。"周星汉打心底里感动。

早上,参加追悼会的从四面八方聚拢过来,一时间有好几百人到场,周边的盱眙、金湖、高邮、仪征、扬州、六合等县市工商界朋友都来吊唁。夏春雨、周鸿三、周星汉三人接待各路来宾,周书记、陈县长早早赶了过来,新四军第五支队负责人、江北指挥部也派员匆匆过来,沂杨区委、杨柳镇负责人忙着安排。凡来吊唁的自觉排队,秩序井然。杨树青副连长率一连负责警戒。

主席台上方置有庄严横幅"周运三同志追悼会",两侧挂有竖标,翠绿的松枝上缀着白花、黄花、绿花和红花。夏春雨以低沉的声音主持追悼会,陈家国饱含深情地致悼词。周为民语调悲怆又铿锵,一面提出加强根据地经济、组织、军事建设,一面号召各界以周运三为楷模,并继承他的遗志,坚决抗日到底,打败日本侵略者。第五支队负责人、江北指挥部代表也做了发言,追悼会无形中开成抗日动员会及誓师大会。周家渡码头上群情激昂、同仇敌忾、天地动容、湖波涌动。

追悼会结束后,周为民书记、陈家国县长陪同第五支队负责人、江北指挥部代表慰问周家,又去周运三墓地敬献了花圈。临走时,周为民握着周星汉的手说:"周老板,平常我们就这样称呼你,但在我们组织内部已把你当成同志、战友,本来准备请你担任工商抗敌协会会长,家国县长和春雨局长建议暂不任命,而是选配一名副会长主持工作,意图是掩护你在外经商活动,便于保护你的安全。"陈家国、夏春雨两个人点点头,周为民接着说:"日军此番残酷'扫荡',根据地军民遭受损失,战争留下的创伤需要我们尽快医治。国破山河在,重大而又艰巨的任务是恢复和发展经济,这项光荣而又繁重的任务从某种程度上要依靠你周家,周星汉同志。"陈家国握着周星汉的手说:"日军强盗破坏我们的家园,我们齐心协力恢复重建。"夏春雨也说:"我和陈县长一道为你保驾护航。"周星汉既感宽慰,又觉得责任重大。他挥手送别各路人员,想着今天的追悼会规格这么高,人员这么多,从未见过,尤其是渡口、湖面上的沸腾场景仍在震撼着他的心灵。

杨树青完成警戒任务后,过来道别。望着周星汉,杨树青心情愈加沉重,嚅动着嘴唇说:"我小妹……"周星汉伤心地说:"多好的一个人,这帮强盗天诛地灭……"沉默了一阵,杨树青要走,周星汉忽问:"依依的坟地在什么地方?"杨树青回过头来,又西望沂湖答道:"湖边柳林与红草滩相接之处。"周星汉眼里沁出了泪水。杨树青动情地说:"小妹牺牲前常说喜欢那个地方,无边的红草、成片的柳林,还有那碧绿的湖面。"周星汉摇摇手,轻声道:"别说了,我欠她的,已无法偿还了……"只见杨树青紧握着拳头,青筋暴突,怒道:"小鬼子只要在中国一日,我就会打下去!"周星汉的怒火这时也在心底里燃烧,他暗暗发誓:

"要竭尽全力痛击日本强盗。"

待所有的领导、朋友、同事走后,周星汉独自一人来到他父亲的墓前,想着与父亲相处的日子。在兄弟四人中,他与父亲相处的时间最少,念私塾,进城读天中,接着在柳镇经营百货店,而后又在天长城、铜城镇经营生意,算下来与父亲相处的机会并不太多,父亲过问得也很少。但有一点很特别,父亲经常在背后关注他,也从不对他啰唆,取得成绩时父亲至多轻轻一笑,处置不当时父亲也只轻轻一点。在周星汉的记忆里,有一件事父亲与他交代时很严肃,就是人品,具体列举了三条禁律:不准喝酒、不准抽烟、不准和女人有不正当关系。父亲生前所做的大事、善事、繁重之事还是较多的,父亲的稳重、干练及智慧也逐渐清晰起来。

"周大哥,干妈叫你回去。"周星汉从回忆中回过神来,转头一看,是张秀沂来了。连日来张秀沂一直在陪伴周星汉的母亲,干女儿孝敬干娘或许是应该的。周星汉"嗯"了一声,仍旧坐着。张秀沂身材稍胖,皮肤白皙,身着孝服,愈加庄重。她多日来服侍干娘、勤操事务,显得有些无精打采。"周大哥,干爹已走了,你不要老是难过,会影响身体的,往后多少大事还等你拿主张。"张秀沂劝着。周星汉把父亲的祭品整理一遍,磕起头来,张秀沂即并肩而行。

周星汉十分感激张秀沂多年来真心走亲戚,尤其是父亲去世后,她就像周家人一样操心。但有一件事令周星汉不解,他这干妹二十四五岁了,一直不肯谈婚论嫁。"干妹,辛苦你了。"周星汉终于说了一句使张秀沂感到暖心的话。张秀沂的心田仿佛得到了滋润,多少天的愁容也消退了一些。"干爸走了,这么多人来祭拜他,这是周家的名望,我也觉得脸上有光。"周星汉望了一眼张秀沂,她的话似乎给了他一些宽慰,而张秀沂呢,从周星汉的眼光中也得到了一些信心。

上好香,周星汉小心地从衣袋中摸出钥匙,打开箱子,里面有一只精致的小木盒,掀开小木盒,里面有折合着的一张纸。周星汉以为是父亲的遗嘱,展开一看,是一张地图,地图上有两条长长的弯曲线,一条朝南北,一条向东西。周星汉查看所有地名,方知是大运河和长江。父亲为何在临走前非要郑重地把这物件交给自己?肯定有什么意图,或者有要事托付。再仔细看,两条曲线上的圆圈处有小字体，很工整，易辨认，是许多人名。如扬州的柳云斋，瓜洲的黎志成，镇江的法应海，苏州的陈运河、卢福祥。上海的就多了，如王笑春、刘浦江、徐宝山，还有十六号码头李茂龄、黑道人物朱顺、日商会社三井煤栈、江防副司令汤守仁。原来父亲要我跑这么多码头、结识这么多要人，这分明是做生意的必备联络图。

  周星汉把这张图拿到东厢房，展给他母亲看。周李氏看过，脸上露出欣慰的表情，说道："星汉，你大大之前跟我提起过这张图，说很重要，将来会有大用处的。"周星汉重复道："会有大用处？"周李氏又说："是你大大用一生心血换来的，他走南闯北，结交的各类朋友，就在这张图上。"又高兴地说，"这张图，你大大画了又画，改了又改，人名换了又换，这是他的法宝。"周星汉见他母亲露出连日来少有的微笑，也笑道："妈，星汉明白了，这是大大在教我将来怎么做生意，是给我做生意铺好了一条大道。"周李氏点点头说："你大大说你会知道将来该知道怎么去做。"

  张秀沂又过来问事，周李氏道："星汉，你去和秀沂姑娘商量着办吧！"

第五章 江淮红商

日军对津浦路东大规模的"扫荡"结束后,自感没有大的战果,又实施经济物资封锁计划,妄图困死抗日军民。军需物资不必说,连生活物资都加以控制、封锁,食盐、煤油、布匹等禁止流入抗日区域,形势十分严峻。

周星汉在家守孝旬余,两位老同学、好朋友急着登门来了。陈家国、夏春雨两人祭拜了周运三的灵位后,沉默了一阵,还是夏春雨先说:"三弟,去外面走走吧。"周星汉请管家杨德水把周思武找来守灵,便带头向湖边走去。秋天的湖上艳阳高照,白鹭盘桓,码头上行人稀少,偶有渔帆过往。周星汉望着远方的湖面,主动说道:"两位哥哥来,应该有什么要紧的事。"陈家国思虑周星汉还没有完全从悲伤中回过神来,回道:"三弟,照理讲守孝期间我们不应来打扰你,何况周叔'六七'期未了,我们就更唐突无礼了。"夏春雨接过话说:"临来时,家国有此顾虑,是我性急要来的。"周星汉仍向前走着,说:"鬼子'扫荡'过后,你们必定有诸多事要做。如果有用得着我的地方,二位兄长尽管吩咐。"夏春雨为三弟的义举感到高兴,走向他说:"三弟义气、爽快。时下,小鬼子又出一招,封锁我们的经济和物资。县委县政府当前的主要任务是恢复经济,恢复根据地的元气。"陈家国也跟上来,说道:"三弟,上次周书记说了,根据地的恢复和发展要仰仗你,现在确实需要你出马。"周星汉停下脚步,站定说:"你们说要我怎么做,只要是同日本人较量。"陈家国喜道:"三弟,当然是同日本人较量。日军要封锁我们,我们就发展工业、商业、服务业,搞对外贸易,打破他们的美梦。"

太阳升到了中天,鸥鹭振翅飞翔,湖面上波光激滟。他们弟兄三人谈得很投机,周星汉留陈家国、夏春雨吃了午饭,商量具体事宜。

"三义行"改成"三艺社",一是把结义改成服务广大群众、满足抗日需要,二是同县政府合营"行"改成"社"。县政府投资一部分,更重要的是一些重要物资通过"三艺社"中转经营。总负责人敲定周思武。定负责人的时候,周星汉建议县政府派员过来总负责,但陈家国执意要周思武承担。而后,周星汉坚持财务负责人应为县政府人员,这样才算商定下来。

下午,杨德水把周鸿三、李文银、周思武、周云峰、周月明分别找来,开个家庭会议。杨德水道:"本来老先生还未过'六七',诸事不宜开张,但县长大人都来了,有重要事项需要商定,恐对老先生不敬了。"周星汉接上说:"时下,县里要发展经济,打破日本人封锁。照相、镶牙、钟表原有的'三义行'改成'三艺社',和县政府合营,许多大宗物资也走'三艺社'。二弟任总经理,三弟的会计工作移交给县政府人员。"周思武即说:"大哥,我怕无法胜任。"周星汉只回了一句:"谁都会面临新的行当。"周星汉继续说:"陈县长、夏局长鼓励我们开办炼油厂、粮食加工厂,部队和民用都需要。炼油厂由杨叔杨管家负责,三弟协助;粮食加工厂由三叔负责;两个厂的财务由三弟负责,四弟协助。"周云峰站起来说:"大哥,你上次分派我搞财务我就嫌烦,你说暂时没有合适人选,现在又要压我双重担子。"周思武快人快语道:"三弟,那你要干什么好呢?"周云峰回道:"一是跑外线,二是在柳镇上开茶社,固定不变的行当的确令我难熬。"周星汉对他说:"三弟,你先把四弟会计教会了,便让你脱身,之后你随我跑外线。"周鸿三最后说:"云峰,就按你大哥说的办。"周月明附和说:"三哥,上回说好的,拜你为师会教我计业务的。"周云峰坐了下来。

分工之后,周星汉又说:"按照各自负责行事,选址、清理场地、基建。机械设备我和二舅外出采购,现在外面情况不明,准备从枪械所抽调王碧亭副所长一同参加。"见大家齐声答应,杨德水放下手中记录的笔,宣布散会。

晚饭过后,周星汉准备找二弟聊聊,没料到周思武准备去铜城镇赴任。初夏的风吹到身上很凉爽,周星汉送着二弟说:"下午看你还有意见,现在又急着要去上任。"周思武笑了一下说:"谁叫你是大哥呢?当初大大常带我出去,我以为将来叫我领头呢,后来大大还是选中了你。"周星汉抚着二弟的肩膀,说:

"二弟,其实,我也没有什么本事,甚至经验都不如你。大大叫我领头确实勉为其难,但大大的仇,永远在我心中深埋着。"周思武用力点点头,说:"经验是人积累出来的,大大说人要闯,刀要磨,何况你有天赋,这也是大大说的。"周星汉感激地说:"谢谢二弟对我的信任,我们一起振兴周家,支持抗日。"周思武叫周星汉不要再送了,说还有繁重的事等着他处理。周星汉也提醒二弟,多与县政府的人沟通,有疑难时,向夏春雨局长请教。

湖上的月亮悬到了天空,清辉洒满湖面,泛着银色的光亮。

周星汉也不觉着累,到后院找杨德水,杨德水不在房间,定是安排事情去了。在一块空地上,杨德水和周鸿三在商量着什么事。周星汉请教了一下两位长辈,周鸿三说:"星汉,你杨叔晚上来找我,先初看一下粮食加工厂、炼油厂的厂址。脚下这块地建粮食加工厂,东边那块地靠湖边,适合建炼油厂。"周星汉往前走着,来到东边,四周看了看。李文银在湖边练了几套拳,爬上坡子,对三人说:"是块好地方,但要砌上几排房子,再植上成片的树林做隐蔽。"几人都赞同。杨德水建议说:"粮食加工厂、炼油厂都需要的电力机械设备,去南京能采购到,炼油厂的设备要去江苏的常州。"周星汉从心底里感谢三位长辈的操劳,便说:"难为你们一片真心。去南京请二舅帮着找找路子,去常州请杨叔看看有没有线子。"杨德水介绍说:"苏州原纱厂董事长严福祥老板与常州老板交情深厚,应有办法。"李文银跟着说:"我想起来了,六合马集我堂哥李文魁同南京电厂一个工程师是多年的朋友,不妨蹚蹚这路子。"周星汉振奋起来,说:"那就好办了,明天准备,后天动身,三叔二舅同王碧亭去南京,我陪杨叔去苏州。"三位长辈同声答应。

大清早,周家渡码头上,薄雾在湖面上升腾,远方的水天蒙上了一层轻纱。周鸿三用竹篙用力一撑,帆船利索离岸。吕永年感慨地说:"好长时间未回扬州老家了,也不知现在情形如何?"杨德水深有同感地说:"是啊,我从苏州逃难来此,女儿和女婿流落他乡,也不知现在何处……"杨树青看杨德水没有说下去,心里更痛恨日本人,小妹依依多活泼可爱,她和眼前的周星汉又是多么匹配。周星汉知晓大家的苦,打破沉默说:"吕老板,扬州的良民证和过江轮渡应该没有问题吧?"吕永年答道:"应该没有问题。"周星汉说:"我们通过了检查站,过了江,再从镇江乘火车,你去淮阴那边看看家人,心里踏实些。"吕永年拱拱手表示感谢。周星汉又对杨树青说:"杨副连长,这次屈尊你大驾了,让你来保护我们。"杨树青拍了周星汉一巴掌,说:"周老板,我现在是排长了。""怎么回事?"周星汉关心问道。杨树青说:"是这样的,津浦路东为扩大军事力量,以天长独立团为基础,成立独立旅。天长独立团又改为独立营。"周星汉点点头,杨树青补充说:"不管是排长连长,都是战士,只要打日本鬼子就行。"说着,举起他刚劲有力的臂膀,周星汉敬佩起杨树青来。

扬州运河水运码头上,上下的客人众多,一片繁忙。伪军检查良民证,也略作搜身。上轮船时,船员检票,方可入舱。周星汉、杨树青、杨德水三人已进入船舱,检票员同吕永年争执起来。检票员说:"没票不能坐船,你不要强人所难。"吕永年则说:"不是我为难你,是你们没有票了,而且我们四个人是一起走的。"吕永年仗着自己是扬州人,胆气壮一点,同船员发生争执,引来了伪军。伪军用枪对着吕永年说:"扬州城是'皇军'的治安模范城,哪能大吵大闹的?"吕永年也是见过世面的人,摸出香烟笑着给他们打火,说:"两位老总,都是扬州人,行个方便吧。"一个穿水警服的人过来说:"吕老板,好长时间不见,要去哪里?"吕永年一看是总调度员徐行舟,立马说:"徐调度,真是遇上菩萨了,去镇江的这趟船没有票了。"徐行舟掏出钞票递给乘务员说:"加一个座吧。"周星汉已站在徐行舟旁边,吕永年介绍说:"淮南八大商人——周运三的长子周星汉。"徐行舟立马抱拳道:"幸会!幸会!"周星汉回礼道:"不敢!不敢!给徐调度添麻烦了。"徐行舟大度地说:"一句话的事,请上船吧。"周星汉又向徐行舟行了礼,转身上了船。

沿着古运河向南,两旁垂柳如帘,清风一过,婀娜多姿。吕永年介绍说:"这是最早的运河,有两千多年了吧,能贯通长江和淮河,解决南北运输难题。"见周星汉看得很专注,他又继续说,"其实,你要去苏州,从镇江乘船走运河线也是可以的,只不过速度慢些。"周星汉饶有兴趣,答道:"以后,肯定会走的。"吕永年扬了扬头说:"说不准,你们回来时就要走这运河了。"杨德水没有应声,像在思考什么,杨树青则观察着舱内的人群。

船过瓜洲,经长江,到了对面镇江码头,下船时也遇到类似的检查。到镇江火车站时，已是傍晚，一行人买了第二天的车票。火车站对面有一"迎客居"饭店，四人进入店内。经理笑容可掬地迎了上来，听口音他感觉很耳熟，便问周星汉他们："你们是苏北人？"周星汉答道："差不多，天长人。"经理喜滋滋地说："我就是天长人，今天遇到老乡了。我姓孙，名财源。"周星汉也很高兴，做了自我介绍。孙财源喜不自禁，说道："今天晚上管吃管住，概不付账，一定要赏光。"

孙财源把周星汉四人引到二楼单间，招呼稍等片刻。刚落座，楼道内传来叽里呱啦的声音，杨德水小声说："是日本人。"一个日本军官、一个翻译、两个伪军进来，吕永年迎道："长官，你们也来用餐。"翻译官翻译了一下，日本军官手一挥："出去的干活。"杨德水赶忙说："'皇军'，我们不知道你的光临。"两个伪军要撵周星汉四人出去，杨树青上前挡住说："吃饭分先来后到，凭什么要我们走？"日本军官怒道："八嘎！"吕永年向翻译官解释说："长官，我们是扬州人，我经常来镇江，同石祥瑞老板是朋友。"翻译官推了推近视眼镜，打断话说："你同石祥瑞是朋友，他现在在哪里？"杨德水接话道："我们和石老板都是朋友，现在在高邮县做照相生意。"翻译官叽里呱啦地向日本军官说了一通，日本军官手一挥去另一包间了。

孙财源亲自上菜，也知道刚才的情况，小声说道："不要咬他们日本人，幸亏今天罗翻译帮忙解了围。你们知道他为什么要打圆场？"吕永年着急地问："为什么？"孙财源听到另一包间已吆五喝六的了，便说："罗翻译同石老板是老表，你们同石老板又是朋友，所以就给了面子。"周星汉轻声问："罗翻译此人如何？"孙财源答道："此人倒不坏，镇江地面上的人只要不沾上反日的，他都尽可能地保护。"

第二天早上，周星汉一行吃过早饭往柜台处结账，店员说孙经理打过招呼了，一切费用一文不准收。周星汉执意要付钱，双方正相持不下时，孙财源来了，只好象征性地收了一些费用。亲不亲家乡人，周星汉再三道谢。

镇江火车站查得比扬州的码头要严格得多了。伪军验票，日本人搜身，旁边另有两个日本人荷枪实弹，还牵着一条狼狗。周星汉三人通过检票口，向里面走去，吕永年才吁了口气。

铜城镇县政府办公室里,陈家国县长和夏春雨局长在商量着发展经济的事。陈家国说:"昨天晚上,周为民书记同我谈得很晚,说根据地要发展壮大,经济是保障,而日本人又千方百计封锁、控制我们。要发展经济只能立足于自身,创办工商业,进而搞对外贸易。"夏春雨担忧地说:"我们的三弟,昨天已出发了,采购炼油、粮食加工设备,如能顺利就好办了。现在的问题是如能购到设备,又该如何运回来。"陈家国也跟着担忧地说:"是啊,人空手来回不成问题,带着设备,又有重重封锁,困难就大多了。"夏春雨又道:"他们从江南采购贵重物品走哪条路方便又安全呢?是经铁路、运河。从长江回来又走哪条路?"陈家国打断夏春雨的思考,说:"你疑问重重是怀疑三弟的能力?"夏春雨仍说:"不是,是日军封锁太严密了,这样的阵势三弟又是第一回经历。"其实陈家国心里也挺担忧,但还是风趣地说:"就看他第一仗了,要是能打赢了,他就是我们的红色资本家。"又对隔壁的黄秘书说:"把军事部长纪涛同志请来。"黄秘书应着去了。夏春雨问道:"你是想叫独立营派人接应?"陈家国走到地图前,指着说:"一连在运河岸边向南搜寻,在邵伯镇至扬州一线接应;二连从夏家营穿过天滁路,绕过六合,向马集一线接应。"夏春雨也过来仔细看着,说:"我同意,这次重载物品大概就是这两条线路。"陈家国见夏春雨少了些担忧,又说:"大哥,你缉私队有百十号人,做预备队,随时待命。"夏春雨愉快地说:"遵命,二弟。"陈家国说:"等纪涛部长来了,由他履行调动手续并向周书记报告。"夏春雨竖起了大拇指。

周星汉他们三人到了苏州,晚上悄悄进入严福祥老板私邸。用人把客人引进客厅,又到书房又把严福祥请了过来。严福祥一看是杨德水,立马上前双手扶着他的臂膀,动情地说:"你还好吗?"杨德水连说:"好!好!"转头介绍说,"这是周运三长子周星汉。"又指着杨树青说,"这是他的随从。"严福祥同他们握手,吩咐用人看茶、上烟。杨德水说道:"我从苏州逃离后,一直向北,过了长江,进入苏北,想着你先前说的一位朋友周运三,就去那里暂避。未料到,周老板真是够朋友,不但留下我,还命我当他的管家。"严福祥忙问:"周大老板此次怎么没来?"杨德水摆摆手,沉痛地说:"被日本人害了!"严福祥腾地站起,怒道:"你的老伴被他们害死,苏州、无锡、常州多少人被他们害死,我的棉纱公司也被他们夺去。"杨德水扶着严福祥,安慰他坐下。严福祥缓过神来说:"我都蒙了,你们用饭了没有?"周星汉答道:"蒙严老板关心,用过了。"严福祥又问:"此来苏州为生意上的事吧?你们尽管说,只要我能办到。"周星汉客气道:"此来给您添麻烦了。"严福祥说道:"我的公司董事长丢了,现在日本人硬要我挂个董事会成员的头衔,兼苏州商会副会长。就这些头衔,还能办些事情。"杨德水接着说:"严老板,有事相求,周老板想办炼油厂,到江南来采购设备。"严福祥站起来,踱着步子,自语道:"常州有卖的,盛玉龙老板是金融家,也经销大宗机械设备,不妨和他接洽。"

周星汉出道不久,明白自己去常州拜访盛大老板,并请他帮助购买设备未免唐突,且未必能行得通,就说:"严老板,感谢您老指点。办炼油厂是家父的心愿,作为人子,我想替他完成夙愿。"严福祥注视着周星汉,感叹道:"有乃父风范!当年你父亲跑上海码头,总要来看我,一代儒商天不假年啊!"略思一会儿,说道,"杨管家,你暂不能露面,日本人那里影响未消。明早,我们三人去常州,拜访盛玉龙老板。"周星汉站起身来,来到严福祥身边,抱拳道:"严老前辈,晚辈德才俱疏,真是受宠了。"严福祥回道:"周老板虽年少,但也不必过谦,凭你的孝心和志向,这个忙值得帮。"杨德水、杨树青抱拳行礼。

好在苏州离常州不远,驱车两个多小时便到达。严福祥头戴白色礼帽,身着吊衫,手执文明棍,脚踏白色皮鞋,大商人气质十足。周星汉就不同了,平顶头,灰色长衫,圆头布鞋,还是母亲制作的。司机去里面通报了,周星汉在观赏洋房别墅的派头,这还是第一次见到,目接之处无不新奇。大概是盛玉龙来了,一肥胖的管家陪着,两名健壮的保镖出现在门外。严福祥快步上迎,盛玉龙连跨台阶,周星汉和杨树青缓步随后。盛玉龙朗声道:"严兄,来前也不发个电报,好让我去迎你!"严福祥道:"盛老板,哪敢,惊扰你来了!"

进了豪华客厅,他们依次而坐,严福祥向盛玉龙介绍了周星汉和杨树青。烟、茶、果一应置放,管家一边坐着笑陪。盛玉龙不紧不慢道:"周运三老板我知道,在码头上很有名气。小老板秀外慧中,不错,不错。"严福祥解释说:"盛老板,你阅人无数,初次见面,就夸奖周老板了。可惜,他的父亲在战乱中离世,要是太平盛世该多好啊!"盛玉龙点点头,应道:"唉,有什么办法。我在常州及江苏地界上能立足,原因有二:一是有日本留学背景;二是常州株式会社井上社长和我是在日本时的同学。"说到这里,气氛有点不和谐。管家笑着说:"盛老板虽然有些背景,但不忘为民族实业奋力,他的先祖是晚清实业之父、商业之父,他是在继承先祖的宏业。"严福祥接着说:"都言常州是龙城,盛老板是能起能伏的巨龙。"气氛又上升起来了,盛玉龙热情地说:"严兄,此来龙城有何贵干,能否告知于我?"

严福祥看了一眼周星汉,说道:"盛老板,非但要告诉你,还要请你帮忙。"盛玉龙打了一个手势道:"但说无妨。"严福祥说:"周老板在苏北想办炼油厂,现无设备,不知盛老板好不好成全?"盛玉龙一听苏北,立马警觉起来,问道:"是日占区,还是共区?"周星汉答道:"盛老板,请容我禀报一下。我周家办炼油厂,是家父在世时的愿望,现今我想完成家父的遗愿。炼成成品油,日占区及其他区域都可来做生意。我也学着盛老板办民族实业,效仿一二。"盛玉龙面露喜色,即道:"好!周老板,你列个清单,我帮你全套购置。"转向管家说:"一周内办齐,不计利润,算是给贤侄的见面礼!"

中午,盛玉龙在天宁寺旁的万盛大酒店,招待严福祥一行。天宁寺有"天下第一佛塔"之称,与镇江金山寺、扬州高旻寺、宁波天童寺并称中国禅宗四大丛林。井上社长信佛教,所以选择了此名胜一旁的酒店。席间,井上听说周星汉也是生意人,便多了几分兴趣和热情。周星汉平素极少喝酒,今天却例外,陪井上多饮了几杯。乘酒兴之际,严福祥提出货物运行安全保障问题,井上问走哪条线路,周星汉说要从运河出行。井上微红着脸,翻着白眼,手一挥,说:"没问题,我给你开具一张特别通行证。"又狐疑地望着杨树青,说,"'大日本皇军'有规定,违禁品不能营运,共产党的生意更不能做。"坐在严福祥一边的管家说:"井上社长,这你就大可放心,生意人只图盈利,不问政治。'大日本皇军'颁布了新规,生意人都知道。"

严福祥下午就回苏州了。周星汉和杨树青在常州盘桓了几日,事情大体上差不多了,又和管家谈妥了具体交接事宜。临走时,周星汉向管家讨教购一些礼品,谢赠盛玉龙老板。管家很自豪地说他家老爷什么都不缺,也不在乎别人馈赠。但周星汉过意不去,说这是初次登门的礼节。管家略思一下,只好说老爷平素喜爱安徽黄山的毛峰茶。于是,周星汉在常州最好的茶行购买了茶叶和当地特产,分送给盛玉龙、管家及井上。

等到货物齐备,手续停当,周星汉从邮局发电报给苏州严福祥,转杨德水,让他坐火车返回镇江碰面。另发电报给天长警察局副局长林铁,说有货物回家查收。

日本入侵天长后,戎局长晋升自治会副会长兼警察局局长,他提拔能干事的林铁为副局长。林铁也是投其所好,常送些烟酒之类的物品,得到戎局长的重用。去年冬天,周为民书记在天长城里发展了几名党员,其中一名就是林铁。林铁的主要任务是负责收集日伪情报,这无疑是安插在敌人内部的眼线。

从常州运河至长江一切还算无虞,尽管有几拨小股土匪骚扰,但有管家派人押运,自然就化解了。可是,船到镇江口的时候,周星汉就犯难了,过镇江没问题,有井上株式会社的特别通行证;过瓜洲也没问题,有常州自治会的证明,注明货物是去苏北高邮。问题是从瓜洲运河向北,还是从仪征江面上岸?杨树青发表了看法:货物较多,又是重载,陆路运输不便。杨德水提示:货船出了扬州,由运河向邵伯镇,再向前行,这一路土匪和杂牌武装有没有风险;再有,邵伯镇码头是几千里运河关隘,检查站会不会作梗。这确实不太好选择,毕竟是首次闯关,不可预料之事随时有可能发生。杨德水又说:"如果,撇开体积大又重的物品,从仪征江面上岸,风险可能小些。但,这么多重货上岸后,如遇紧急情况,难以处置。如果出了邵伯镇向高邮湖航行,就要安全多了。"一直未发话的周星汉等他们两人反复假设之后,安排道:"这样,我去镇江邮局发报,走运河线请求武装接应。"杨树青和杨德水同时点了点头。

船过镇江、瓜洲,查验证件和证明,一路向邵伯镇航行。船老大和他的随员一路观赏运河风光,甚是惬意,扬州城内的繁华令人羡慕。

邵伯镇运河检查站的陈金水抽着烟,盘算着今天去哪家酒店。日本人来之前,他是正站长,之后站长由自治会的会长兼,会长公务繁多,实际上还是陈金水负责,不过陈金水总是觉得有点不舒坦。他眺望着宽阔碧绿的邵伯湖,精神又愉悦了许多。

货船行至闸口,检查站的人立即围了上来,大呼小叫。杨树青上前说:"老总,我们是给'皇军'办事的,有证明。"杨德水利索地递上通行证和证明。领头的晃着腿说:"证明不假,但有没有夹带违禁品就不好说了,还是检查一下吧。"接受检查也无大碍,但容易暴露机械用途,将来会有麻烦。杨德水又是递烟又是给小费。领头的也是猴精,似乎看出有点什么门道,用手往下一劈,说:"扣船。"就走人了。

陈金水正悠闲着,手下来报告了。陈金水道:"小根子,有麻烦事了?"小根子叫陈金根,是陈金水的堂弟。陈金根得意地说:"哪是麻烦,是好事。"于是介绍了情况。陈金水扔掉烟头,说:"去看看,哪路神仙。"

杨德水正在同检查站的人交涉,检查站的人似乎也嫌麻烦了。陈金水昂着头踏上船,拿腔道:"嘀咕什么呢?按章办事。"杨德水不厌其烦地说:"老总,我已说过多少遍了,这是给'皇军'办事,证件齐全,您给做做主吧!"陈金水斜着眼,瞄了几秒钟,哼道:"例行公事,也不影响你们为'皇军'办事。"舱内,周星汉见陈金水站长来了,即出来搭腔:"是陈站长大驾,不知您来,还请恕罪!"陈金水一看是周运三老板公子,脸上的肌肉立刻松弛下来,抱了抱拳道:"三十年河东,三十年河西,如今小老板也独闯天下了。"周星汉回道:"哪里,哪里,初出学道,还请前辈赐教!"他望着杨德水说:"杨管家,把检查站的弟兄全请上来,还是去那家'甘棠酒家',让老总们放松放松。"杨德水轻声应道:"好嘞。"杨树青也过来请教道:"陈站长,我也有幸同您见过面,只怕您贵人多忘事。"陈金水微微一笑道:"朋友多了,有时真还记不上来。"杨树青说道:"那我们去那边边饮边聊吧。"陈金水望了一下弟兄们,对陈金根说:"小根子,收队,中午都去吧。"船上的六七个检查人员,斜背着枪,迈着鹅一般的步伐向湖边走去。

酒饭之后,周星汉同杨德水耳语几句,杨德水示意杨树青回船上。周星汉似乎别有兴致,对陈金水道:"陈站长,趁着酒兴,我们在这里对弈几局,如何?"陈金水估计小老板有下文,应道:"好嘞。"对身后的下属吩咐:"你们回去休息,下午不能脱岗出岗。"

半小时不到,周星汉连败两局。第二局也开局不利,待杨德水夹着皮包来了,周星汉发起进攻,险胜了一局。周星汉起身说:"姜还是老的辣,晚辈不是对手,这局是您给我面子。"杨德水把皮包放在陈金水的棋子上,周星汉说:"些许银圆,还请笑纳。"陈金水眼望皮包,推辞道:"酒也喝了,饭也吃了,这些就免了吧。"周星汉出门就走,杨德水在屋内请示道:"站长,您看下午检查的事?"陈金水的手又是一挥,道:"你们为'皇军'办事,我们岂敢怠慢,放行,我就不送了。"

在邵伯湖口向高邮湖过渡时,突然来了几十个土匪,手握钢叉,有黑龙旗一面,为首的拎一盒子炮,嚷道:"我是高邮湖黑龙会的,但凡走水路的,丢下买路钱,否则连人带货一起带走。"杨树青不惧,喊道:"吵什么,江湖上谁没蹚过,缴会费我们好商量。"杨德水打圆场道:"各位好汉,这次去江南置办货物,钱财所剩无几,就剩十几块大洋充当会费,如还不够,下趟补缴,可好?"头目不屑一顾,道:"笑话,打发叫花子呢,两条'黄鱼'。"说完,竖起两根手指。杨树青怒道:"你可知盱眙龙王山张天龙的,我们是给他运货,苦脚力钱,要是货物丢了,我们送命,你们项上人头也要搬家。"头目对天上开了一枪,壮胆道:"井水不犯河水,各走各的道,货物押下,去附近的商会、钱庄凑钱,好生交易。"周星汉上得岸来,请求道:"各位好汉,不才周星汉,家父周运三,想必你们知道。我们做生意的也不容易,恳请你们高抬贵手。"头目仔细辨认,抱拳道:"好说,就冲周运三大老板的声望,我们只收一根'黄鱼',外加些许银圆。"杨德水又圆场道:"好汉,确实没有这么多钱,如若我们生意做好了,将来会补上的。"头目瞪圆了眼睛,喝道:"别当和事佬,站一边去。"又对周星汉说:"对不住了,去湖心岛上,和我们大当家的理论吧。"一二十人鸭子似的上了船,准备押运货船。头目对周星汉说:"请吧,周老板,这是道上的规矩。"

就在这时,高邮湖西岸北面,来了百十号人,有的端着长枪,有的抡着大刀,有的握着土铳,一路奔袭过来,犹如风卷。杨树青喜道:"独立营人来了!"待到近前,杨树青又说:"一连的夏连山连长。"土匪全被包围了。杨树青上前向夏连山敬了个军礼,夏连山回礼说:"全部带走。"周星汉求情道:"夏连长,他们也是被生活所迫,拿贼不如放贼,说不定今后我们的生意他们还能帮上忙。"夏连山一想,说:"行,给周老板一个面子。现在日本人在中国到处横行,你们这些团伙若能打劫他们,就是英雄好汉。"黑龙会的人顿时作鸟兽散。

机器设备运到码头上,周鸿三带着几十个民工卸货,又转运到工地上。苏州来的工程师负责设备安装和调试，一切都在有序进行。杨德水对周星汉说："周老板，这次我们外出，云峰在家里也一直忙个不停。现在厂房和机器都有了，就差原料，我准备同云峰一起外出采购，争取早日投产。"周星汉看周云峰在那边安排着，过去说道："三弟，杨叔要出去购原料，他特别点你一起去，你可愿意？"周云峰故作不快地说："大哥，你不是说以后同你一起出去吗？好事情来得这么快！"周星汉知道三弟半真半假，就说："这次不是我安排你出去的，是杨叔看你在家里辛苦了。"周云峰拍拍手上的泥土，说："那行，还是杨叔理解我。"

粮食加工厂那边开始营业了，临近几个村的人，挑的挑，扛的扛，还有赶毛驴，拖板车的，不亦乐乎。周鸿三笑得合不拢嘴，露出洁白的大门牙，偶尔也帮人家接接东西。周星汉过来说："三叔，这回你又辛苦了！"周鸿三摇摇手，说："不辛苦，还算顺利。"周星汉知道，三叔做事从不讲困难，周家生意能做大，响遍江湖，三叔可谓砥柱。便问道："南京那边购货和运输应该不容易？"周鸿三知道侄子想了解一些情况，便于今后有个思想准备。工棚里有机器和碾米声，周鸿三拽着周星汉在湖边一棵百年榆树下坐下，说道："星汉，与你们这次出差相比，我们好多了。去南京的一路上就不说了。到了南京，全靠你二舅李文银活络，他把他堂哥的信件带着，找到了江宁机械设备厂的工程师，叫江海涛。江海涛是知识分子，乐于助人。设备在市内通行顺畅，全靠江海涛安排，他有个表兄是商会的秘书长，发来通行证。但到了下关检查站，遇到了麻烦，被警备司令部下属侦缉处碰到了。也算有惊无险，侦缉处处长与江海涛表兄是'麻友'（麻将朋友），一个电话过去也就放行了。过了长江，到六合地界，虽有磕碰，但让你堂舅李文魁给摆平了。"周星汉认真听着，然后说："我星汉德能微薄，全靠众亲和朋友帮忙，劳烦人哪！"周鸿三望着湖面上的木船，说道："星汉，你不必自谦，众人划桨好行船嘛。"

叔侄俩又谈着将来的工商业发展计划，这时王再林兴冲冲地寻来了，因是夏天，跑得满头大汗。周鸿三递条毛巾给他擦擦，他说："周老板，陈县长派我送信来，明天或后天，'三艺社'举办开业典礼，由县政府和周家联合举办，请你定时间。"周星汉不假思索地说："就明天上午吧，九时我准时到。"周鸿三喜道：

"历史上官府和私家联合做生意还未有过,起码我从未见过,也只有共产党有此胸怀,与民创业。"王再林赞同说:"还真是,县委县政府及部门主要领导均到场祝贺,估计声势不小。"周星汉安排说:"老同学,你回去复命吧,另叫我二弟筹备好。"又说,"到厨房吃饱饭再走,路上要几个小时的。"王再林拎拎手中的布包,说:"不用了,我这里有干粮,喝足水就行了。"

王碧亭也找过来了,说要回枪械所,看不到枪心里痒痒的。周星汉试探着说:"你还惦记着打仗,现在我们这里局势安定下来了。"王碧亭手一摊说:"这里我帮不上什么忙,闲着不自在。"周星汉很喜欢做事的人,就说:"不会闲着的,砌房子你会不会?"王碧亭答道:"简易的厂房我会砌,在河南巩县兵工厂帮我大大盖过小型厂房和职工宿舍。"周鸿三乐道:"想不到王所长还是多面手。我们想在这片空旷的荒地上砌两排房子,迎面而建,像一条小街。"说完,背朝河面,两手平行向西指着,仿佛两条街道一会儿就建成了。周星汉平视着西面,太阳红彤彤的,像个大圆盘,被密密的树杈遮挡着,形成一幅乡村晚景图。周星汉一边观赏着,一边说:"我们的炼油厂、粮食加工厂、贸易公司办起来,要招收许多工人;将来还要开办更多的工商业,这沂湖边上将来到处都是繁忙的景象。"王碧亭也受到感染,说:"那我先把这条小街建起来,让更多的人住好,好就业。"又来了一些人参与议论,人们憧憬着未来。

第二天东方还未发白,周星汉就往北向铜城镇方向赶。他从斜刺里迈上天铜公路时,赶早的人已三三两两,怀揣着希望,加快着步伐。前面已看得见两尊石狮,铜龙河上,一架大桥清晰可见。从两边河堤上陆续而来的人,一起汇向镇内。周星汉看了看怀表,时针指向八点,也顾不得小腿上乏力,快速过桥奔向人声嘈杂的镇上。"三艺社"坐落在山海街上,有门面十余间,街后有几排仓库,一块偌大的广场便是各种生意交易集散地。

周星汉径直走到后街广场上,广场上的彩门早已搭好,上有"庆贺抗日三艺社成立仪式",两边挂有竖标,台上桌凳布置停当。一会儿,一队队人齐聚过来,有工商界代表、农民代表、邻县富商,有新四军第五支队负责人及战士代表、天长独立营一连、县政府警卫队等,还有其他各界代表。时至九点,周为民书记、陈家国县长、夏春雨局长、纪涛部长等领导健步而来,与周星汉、周思武在广场门口一一握手。新四军第五支队供给处胡弼亮处长、织布厂负责人缪坚等也来了。周为民拽着胡弼亮的手一起跨上主席台。

陈家国主持"三艺社"成立仪式，广场一侧锣鼓齐鸣，鞭炮声声。周为民做了热情洋溢的讲话，主要内容是阐述发展经济对建设和巩固根据地的意义，此外，还宣传了如何打败日本侵略者，宣传了毛泽东的《论持久战》思想。胡弼亮处长应邀讲话，他说："罗炳辉司令员派我来表示祝贺，表示感谢，也表达请求合作之意。"掌声过后，他继续说，"周星汉先生抗日有功，对共产党有助。半塔保卫战中，为了粉碎国民党右派的进攻，周星汉先生提供了情报和物资支援。今年粉碎日伪铁壁扫荡，又帮助修理枪械。抗日战争现在处于艰苦时期，日本人想从经济上、物资上困死我们，我们就自己动手，寻找出路。听说，周先生在沂湖边开办了炼油厂、粮食加工厂、贸易公司等，这也给我们五支队带来了喜讯，我们有两个团需要粮食，需要照明，需要其他日常生活用品。所以，我今天是代表罗司令来洽谈生意的……"胡弼亮风趣的话又赢来掌声。

周为民建议周星汉代表"三艺社"发言，周星汉推辞，陈家国鼓动台下给掌声，周星汉勉强站起来说道："我不太适合讲话，我怎么想的就怎么说。我周家世代经商，家父也曾与国民县政府合作过，但并不愉快。家父临终前曾示喻我继承他的事业，那是在同日寇战斗牺牲前的遗嘱，他把掌握秘密的钥匙交付与我，里面是一份运河与长江的生意联络图，是家父毕生的人脉与市场资源。今天我与共产党合作，原因有三：一是受陈县长、夏局长的影响；二是感到共产党真心抗日；三是替父老乡亲们报仇。"周为民带头鼓掌，台下一片掌声。周星汉流露出平常少有的激动，举起左手说："我不懂打仗，但我喜爱经商、办企业，我要用我的方式同日寇较量，相信中国人一定会战胜日本人！"台下的人纷纷站起来，响应道："好！好！好！"

庆贺仪式举办得很成功，文教局长缪文卫安排了舞龙灯、花船、小戏等节目，文化搭台，经济唱戏，好不热闹。

白天，周星汉同周思武、县政府代表共商"三艺社"经营上的事，妥当之后准备返回周家渡。夏春雨过来了，说不用着急走，晚上一起吃饭。夏春雨又把周思武叫上一起去山海楼酒家。周为民、陈家国、纪涛、胡弼亮、缪坚等在简朴的房间里等候,周星汉一到,大家都站起来迎接。周为民书记特地叫周星汉和他坐一起,并说:"本家就不要分开了。"陈家国也说:"我们三个曾结拜兄弟。"周为民又说:"现在就是大家庭了!"一桌人都笑了起来。

简单的几样菜上来了,周为民问:"本家可有兴趣饮酒?"周星汉摇摇手,说:"家父在世时约法三章,不准饮酒。"周为民赞成说:"忠厚世家,那我们都不饮酒。"大家边吃边谈,陈家国说:"今天晚上,周书记不但请你吃饭,还想请你谈谈生意上的计划。"

大家很快便吃完了,在一间小型会议室里,大家又围坐在一张放桌旁,谈起事来。黄秘书做记录,周星汉谈了自己的计划,他说:"照目前的军用、民生情况来看,需做的事很多。'三艺社'照相、钟表、镶牙、收音机这是小宗生意,是块招牌,我们要为政府经营大宗生意。我想在铜城镇再增加几个行业,如盐行、布匹行、百货行、猪毛加工厂等,军用民用都需要。"夏春雨问道:"沂湖那边,还有什么打算?"周星汉回道:"先把炼油厂办起来,提炼煤油、柴油。接着我想办发电厂、油坊,解决照明、食用油等群众的生活问题。"

周为民欣然道:"不愧为淮南八大商人的传人,很有眼光。有什么困难尽管提出来,我们尽量满足你。"周星汉盘算着:"这样一来,就需要资金、人员,还有房间和门面。"陈家国即表态说:"这些问题,都好解决。"周星汉又汇报说:"经营方式还是'三艺社'模式,公私合营,抗日政府派人员共同经营。"周为民也表态说:"就按你的意见办。"

陈家国望了一下周为民,说:"周书记有一个设想,不知能不能实现?现在区乡公所都能固定办公,龙岗镇那里自古就是税务关口,又是水上交通要道。"陈家国停了一下,接着说:"杨柳镇虽不是沂杨区公所所在地,但位置很重要。沂湖周家渡是水上交通的总枢纽,也是货物的集散地。因此,如果能把区乡公所和重要地方的电话架设起来,县委、县政府及各部门指挥安排工作就迅捷多了,也可应对突发事件。"夏春雨对周星汉说:"还是请周老板出马。"周星汉没有想过架设电话的事,这在大城市里才有,他在思考着。胡弼亮处长这时说:"如果能架设电话,我们两个团同天长联系工作也省事多了。"缪坚点点头,说:"我们织布厂就能及时同周老板洽谈商议,战士们不至于光屁股、受冻。"大家笑了起来。

周为民看周星汉未表态,就说:"周老板,如果难度较大,暂且不议这件事。你现在身上有千斤重担,应量力而行,待时机成熟再考虑下一拨事情。"周星汉回道:"不,现在我就考虑这件事,这回去苏南采购物品时,一并筹措。"周思武一直没发言,因为这会是主要领导研究重要事情,他不便插话,也不便表态,但看到大哥身上的担子很重,心有不忍,便说道:"各位领导,我有一个建议,看是否可行。我想从'三艺社'抽身回道沂湖边,协助我大哥办理各项事情。"夏春雨接话道:"'三艺社'摊子也很大,马上在铜城镇又要成立几个行,这边任务也不轻。"纪涛部长却说:"家父做生意的时候,有时也忙不过来,我给他打打下手,等头绪理顺了,我就忙我的事。因此,现在百业待兴,待几个厂、行办起来,再让周思武回到这边来。"

陈家国询问周星汉,周星汉点点头,周为民才说:"就这样定吧,兴办的几个厂行地皮、资金、人员及施工分派到各部门落实,越快越好。"夏春雨说:"'三艺社'看看由哪位负责?"周星汉已考虑好,建议由扬州的吕永年负责,镇江石祥瑞协助。周为民和陈家国都表示同意。

周思武和他大哥一同回到周家渡。赵爱莲忙着打扫卫生,生火做饭。到了晚上,赵爱莲怪说:"要不是大哥把你带回来,你都想不起来回来,铜城镇上多热闹。"周思武回道:"先前走不开,这次是我要回来的。"赵爱莲嗔道:"你要回来,我还不知道你,你是看大哥实在太累了,才回来帮忙的,哪是想着我?"周思武回道:"你现在是杨柳镇的妇抗会主任,工作第一嘛。"说着要吹灯休息。赵爱莲捂着灯火,说:"我还有事同你说呢。你看大哥从前那么忙,也没人照顾他。我同妈说了,把湖南边的张秀沂接过来,一来照顾好妈,二来同大哥多接触接触。"周思武疑问:"人家张姑娘住在我们家不太合适吧?"赵爱莲说:"怎么不合适?她是妈的干女儿,妈也是这么想的。"周思武又提示:"大哥心里有疙瘩,杨依依牺牲后,他心里痛着呢!"赵爱莲说:"这事我知道,大哥会慢慢养好心病的。如果有了张秀沂,说不定大哥的伤痛会抚平的。"周思武也是急性子的人,立刻说:"你最近腾点工夫,先把张姑娘接过来,如有好苗头,赶紧撮合,这是头等大事。"赵爱莲笑着吹了灯。

杨德水和周云峰去外地采购炼油原料去了,周星汉准备出差采购布匹、百货、食盐等商品。周思武建议说:"大哥,上回你去苏州、常州,这回让我们去见见世面,你在家里总调度、总安排。"周星汉说:"二弟,你以为外出是观光? 很辛苦的,在家事事好,出外时时难。"周思武回道:"我知道,这些物品我能购回来,你不用担心。大大在的时候,我经常帮他购货,也认识不少客户,这些对我来说是轻车熟路。"二弟一向还是稳重的,今天怎么有点反常,周星汉考虑着,又说:"这回我出去了,还有一个任务,了解一下架设电话的行情。"周思武仍乐观地说:"没事,上海、苏州电话、电报单位我都去过,把情况弄清楚了,回来由你定夺。"

　　兄弟俩正讨论着,周鸿三过来了,一问情况后,说:"星汉,既然你二弟执意替你外出,我看也行,我同他一起出去,家里头绪繁多,你也走不开。"周星汉只得应允了。

　　两组人马外出,周星汉的左膀右臂都被分出去了,家里的事情愈来愈多。幸亏铜城镇那边有抗日民主政府的人帮着忙,吕永年、石祥瑞、王再林等也鼎力相助。四弟周月明既要总理财务,又要忙着后勤。工地上、厂房里、小街处、码头上到处都是人,白天时间不够,夜晚加班,用煤油灯或篝火照明,劳作的人们挥汗如雨。

　　有一大姑娘,长得端庄,挑一副水桶一步步过来。周星汉正口渴,见送水的过来,招呼道:"姑娘,是送水的吗?"那姑娘装未听到,待走近轻轻放下,舀一瓢水道:"慢点喝,别呛着。"又说,"这边桶里有茶叶,你喜欢的。"周星汉开始未注意她,但听话语这么亲切又熟悉,便抬头打量起来,才知道是张秀沂姑娘。张秀沂被人瞧着,尤其是干哥哥瞧着,满脸羞红,言语不切,道:"喝吧,喝吧。"周星汉舀着桶里的凉茶水,一咕噜喝下去,抹抹嘴,才说:"你怎么来周家渡的,又是晚上?"大家相互传递着消息,来喝水的人逐渐多了。

　　张秀沂两手捋着辫子,移步到一棵大枣树下,周星汉出于好奇和关心,也跟了过来。周星汉又重复了一句:"问你话呢。"张秀沂甜声说道:"是干嫂子叫我来的,说你们家太忙了,需要人照应。"周星汉一转脑筋想起来了,怪不得二弟这回执意替我出差,原来他们早就谋划好了的。见周星汉想着别的事,张秀沂有些不悦,说:"干哥,你不愿我来这里帮忙?"周星汉答她:"不是,你一个姑娘家不太方便。你看,这都是男人干的粗活。"张秀沂倔强地回道:"做饭、洗衣服,还有送开水,总可以吧?"周星汉仍劝道:"就这两桶水,少说也有七八十斤,女孩子家会闪了腰、崴了脚的。"张秀沂听他说话的语气,是真关心人,而不是撵人的意思,就笑道:"干哥,那我做饭、洗衣服、服侍干妈总可以吧?"周星汉也没有理由拒绝,便点了点头。

晚上十一点,周星汉才从工地上回来,身子有些疲惫,准备用井水冲一把睡觉。张秀沂手里捧着衣服敲门进来了,说:"这是换的衣服,你不能再用井水冲洗了,虽然是夏天,但容易伤身子,再说哪有温开水洗得舒服。"把衣服放在椅子上,又照应说,"你别出去了,开水已烧好,稍等一下就送来。"累了一天的周星汉也只有听从安排的份了。

等周星汉洗完澡,张秀沂又端来银耳莲子汤。此时的周星汉既饥又渴,也顾不得说客套话,连吃带喝。他吃完了问:"我妈那里有吗?"张秀沂感到劳动被人认可,回道:"干妈先用了,已经入睡。"周星汉洗过热水澡,又刚吃过,顿觉浑身舒坦,问道:"这银耳在哪里买的,我家已用完了。"张秀沂一笑,说:"你家没有,我家就不能有?临来时,是我妈硬塞给我的。这莲子是你家的,干妈在湖里采的,晒成干子,好藏好用。"周星汉收收衣服,说道:"很晚了,你抓紧休息吧,白天还有事。"张秀沂拽过周星汉手中换下来的衣服,说:"我虽然忙,但不瞌睡。"往外走着说,"你要休息了,明天好多事都等着你呢!"她把房门轻轻带上。

天刚亮,周星汉就悄悄地出去了,以至于张秀沂生火做饭时都未看到。早饭做好了,周李氏起来洗漱,张秀沂赶忙去请安。周李氏怪道:"秀沂,以后别起得太早,年轻人要多睡一会儿。"张秀沂高兴道:"干妈,年轻人有的是力气,用完了又有了,你看我身体很好的。"周李氏笑眯着眼睛,说:"秀沂,你要是把'干'字丢掉就好了!"张秀沂脸上绯红起来,试探道:"干哥心大着呢。"周李氏认真地说:"大天大地,我的秀沂姑娘哪里找。"拢好头发,又说,"这事我做主,不由他信马由缰。"张秀沂用发夹把干妈头上夹好,脸上露出灿烂的笑容。

张秀沂遵干妈的盼咐去湖边把周星汉寻回来吃早饭,周李氏一旁问道:

"大子,秀沂姑娘来了,周家是不是便当多了?"周星汉边吃边答道:"就是辛苦人家了。"张秀沂去后院搞卫生去了,周李氏说道:"张家姑娘,打着灯笼都难找,在我们家一天忙到晚,还笑嘻嘻的。"周星汉应道:"她岁数也不小了,有二十开外了,帮她寻个婆家吧。"周李氏用手指点了下周星汉的头,说:"你这混账,人家等你好几个年头了,县城里的富商、高邮的船王、西乡的地主、北乡的大户都跑破门了,人家姑娘连看都不看一眼。"周星汉应道:"妈,等这阵子忙完了,我再考虑这件事。"周李氏不让步,说:"考虑归考虑,首先考虑我干女儿,妈就替你做主了。"周星汉回道:"妈,你把身体照顾好,我也顾不上你,好在干妹也在你身旁。"周李氏又转笑道:"妈不用你操心,你答应了这事,妈就顺心了。"周星汉吃好了早饭,站起来扶着他妈,说:"以后重活别叫人家干,伤了身子。"周李氏道:"劝都劝不动,她为了送水到东湖边,在院子里挑桶练了好几回。"周星汉叹道:"也真是!"张秀沂来到前院,听到母子俩末尾的对话,抿着嘴偷笑。

半个月左右,两组外出的人相继回来了。先是杨德水、周云峰运回来炼油原料,炼油厂可以投产了。接着周鸿三、周思武叔侄俩也回来了,采购了许多先前计划的物品,装了好几只大船,有食盐、布匹等日用品,还有发电设备。周鸿三夸道:"二侄子到底是常跑码头的,办事挺干练,我只能做做样子。"周星汉对他二弟笑道:"你这回是一举两得,既做了大生意,又安排了巧妙的事情,有空找你'算账'。"周鸿三说道:"这都是赵爱莲安排的,你要怪就怪你弟媳吧。"码头上热火朝天,号子声不断,震荡着波浪翻滚的湖面。

沂湖这边连天加夜地施工,渡口街基本成型,可住一百多人。油坊设备已安装好,就等调集菜籽榨油的设备。炼油厂已初步产油,初验合格,现在求购数量还不能满足。

铜城镇那边,陈家国县长几乎每天都去检查几个新开行、厂的筹备情况,哪个部门工作未到位,就让部门负责人停下手中其他工作,把进度赶上来,方可离开。

过了几天,周星汉也来铜城镇看看几个行、厂的进展情况。盐行、布匹行、百货行、猪毛加工厂等招牌已挂出来,门面、仓库、生活用房也已停当。陈家国在后面拍了拍周星汉的肩膀,说:"三弟,怎么样,你可满意?"周星汉越看越兴奋,感叹道:"两重天啊!以前我在城里,国民党不关心,警察局揩油,地痞流氓敲诈,商人大多寒心。"陈家国说:"现在该叫周思武回铜城了吧。"周星汉却说:"他又去高邮、苏南一带购货去了,非要同我争着去。"夏春雨又来说:"打仗还得亲兄弟吗。他是让你养精蓄锐呢。"陈家国担忧地说:"哪有时间养精蓄锐,现在是和日本人赛跑。"周星汉想起来一件事,说:"架设电话的事要往后延,苏锡常一带暂时器材不完备,需要去上海,请给我点时间,我会办好的。"陈家国笑道:"三弟,不要这么着急,我们杨柳镇有句俗话,叫心急吃不了热豆腐。周书记那里我会向他解释的。"夏春雨说:"有一件事我倒是着急,现在新房好了,就等新郎官了。"周星汉回道:"能不能就近或从区乡抽调人员过来经营,人员审查后就可使用。"陈家国跨进盐行,说:"我还是有言在先,经商还是三弟在行,你从枪械所那边抽些人过来负责,一般人员我们从区乡抽调。"周星汉犹豫着说:"枪械所人员本来就不多,这一抽更单薄了。"陈家国缓缓说道:"现在,战争局势相对平稳,五支队枪械所在来安大山里已正常营业了。"想了想说,"这样,三弟,你把枪械所调到铜城这边来,有枪修枪,任务不紧,就以生意为主,你看可行?"夏春雨跟着说:"这倒两全其美。"周星汉觉得这也是办法。

于是,从"三艺社"仓库把货物往几个行、厂运输,大家扛的扛,挑的挑,也有用板车拖、毛驴驮的,来往穿梭不绝。

铜城的生意吸引了邻县外商,盱眙、金湖、宝应、来安,甚至淮南、淮北一些县镇的客商都来进货。沂湖边也是一样,部队来加工大米,商户采购煤油、柴油,小商小贩批发日用品。人们争相传颂着,淮南八大商人又回来了。

周为民书记根据群众的传闻称赞说:"周家乃江淮红商!"

第六章　瓜洲觅渡

夜晚,天长图书馆里灯火亮着,小日本的太阳旗被风吹得哗啦作响。这幢楼造型别致,是留美学者、天长知事刘铭设计建造的。日本人占领天长,这里就成了他们的司令部,上万册图书毁于一旦。司令官平野手握电话叽里呱啦讲了一通。扬州旅团司令冈田听完汇报,吩咐道:"既然天长共产党从苏南购进大量设备,发展工商业,你们就要采取措施加以解决。"平野弓着腰,挂着东洋刀,连声称是。冈田又打电话给高邮日军司令龟川,命令其对运河水道严加盘查、严密封锁,又同镇江旅团司令商量封锁长江、运河的主要措施。

周星汉在沂湖边徘徊着,自语道:"二弟应该回来了。"周鸿三在码头上装货,忽遇到一个熟人,那人对他耳语了几句,周鸿三立刻带着那人来见周星汉。三人在堂屋里落座,周鸿三介绍说:"他叫仇玉林,在扬州一线跑单帮。以前你大大在世的时候,他帮过不少忙。"仇玉林有点不耐烦,说:"先不说这个了,救人如救火,周思武老板被扣押在镇江稽查大队那边,快想想办法。"周鸿三心里也急。周星汉一惊,本能地站起,周鸿三问道:"仇老板,你有什么办法施救?"仇玉林说:"办法倒是有,瓜洲的黎志成老板和瓜洲稽查大队长高大江关系较铁,高大江又与镇江的稽查大队长于万贯是把兄弟。"周星汉急说:"三叔,我们赶紧去瓜洲找人。"仇玉林摇摇手说:"这样去不行,我在六合马集的二亭山落过草,知道道上的规矩。"周鸿三说:"大概要多少银两?"仇玉林估摸着说:"大约十条'黄鱼'。"周星汉说:"不能再等了,一边告知县政府,一边筹款。"仇玉林又说:"想起来了,还有一位被押的叫叶茂,是桥湾乡张老板的管家。"周星汉把张秀沂找来,安排说:"你赶紧回去告诉你大大,尽可能多带些钱去,回来我想办法补上。"又派人去县政府那里报告情况。

周星汉和周鸿三急奔扬州,从扬州乘船去瓜洲。到了黎志成家大院门口,周鸿三把礼品递给周星汉。管家黎明认识周鸿三,便引进院内。前院花草树木繁多,后院有夹道亭台、水榭,甚是幽静。周星汉大步来到客厅,见黎志成和一个军人在谈事,悄悄站定,迟疑。黎志成立刻相迎道:"周老板,真是稀客,请坐。"周星汉握拳道:"晚辈此来唐突,还请见谅!"坐下后,黎志成道:"扬州一别,有几年未见。那次本是约好的,可你大大有急事,从此未再聚!"又说,"伤心事不提了,今天来有何贵干?"周星汉欲言又止。黎志成说:"我忘了介绍,这位是我的朋友,长江运河稽查大队大队长高大江。"又向高大江介绍了周星汉和周鸿三。双方客气了一番,周鸿三说:"黎老板,既然高大队长和你是朋友,有件事我就直说了。"黎志成和高大江点了点头。周鸿三说:"我的二侄周思武和张春山家的管家叶茂去苏南购货,被扣押在镇江。"高大江即问:"在稽查大队于万贯那里?"周星汉答道:"高大队长,正是,能否请你出手援助?"高大江和黎志成相视无语。黎志成问道:"请把事情的原委说一下。"周星汉说道:"我二弟和叶茂还有仇玉林去江南采购,行至镇江检查站被扣,仇玉林被放出来,因他在扬州、镇江地面上很熟,我二弟就没有这样的运气了。"黎志成望着高大江说:"高大队,能不能看在我的面子上给通融通融?"高大江从茶几旁取了根烟,用火柴点上,慢慢吐了口烟雾,缓缓道:"昨晚我和于万贯一起喝酒时得知此事,他说日本人最近有所警觉,对苏北、淮南的货船、客商特别严查,怕是有些难度。"周星汉有点着急,说:"毕竟是我二弟,烦请二位贵人相救,一切所需都好安排。"黎志成又言:"高大队,请鼎力相助。"高大江快速吸完了烟,回道:"好吧,看在众位朋友的面上,我蹚这浑水。"站起来往外走,回头又照应了一句,"你们这边要有个准备。"

杨德水去县政府那边报告,周为民、陈家国给两条意见:第一,县政府筹集十根金条;第二,请镇江的石祥瑞先生回去一趟,妥善处理此事。周云峰在家未告诉老母亲,就说生意上等着钱用,凑了五根金条。湖对岸张春山家几乎倾其所有,拿出三根金条。

杨德水连夜带着王碧亭、李文银奔赴瓜洲,家里委托周云峰临时负责,铜城那边有吕永年负责。

周为民和陈家国、夏春雨在县委办公室里商量着。周为民沉重地说:"营救周思武关系重大,不仅是他个人的性命,还关系到周家将来的生意。而周家的生意直接与我们抗日根据地的生存和发展息息相关。因此,我们要集中财力、精力处理好这件事。建议组成工作小组,由夏春雨负责,纪涛、杨树青协助前往瓜洲紧急处理,刻不容缓。"陈家国赞成,夏春雨同意,也是连夜行动。

在瓜洲古渡旅馆,先后来了两拨人,便是杨德水和夏春雨,他们相遇。夏春雨安排说:"先着一人去黎府打探消息,其他人在旅馆不要随意走动,注意保密和安全。"杨德水建议由他去黎志成家接头,再回来报告,夏春雨同意。

黎明领着杨德水进了黎家大院。自日本人来了以后,黎志成深居简出,生意上的事委托别人处理,他和管家大多在院内接待各方重要客人。黎明介绍后,杨德水说:"黎先生,我想打听一下我家二少爷周思武现在的境况。"黎志成回道:"你先喝茶吧,等有消息会告诉你们的。"杨德水又问:"那我家老板现在何处?我好去与他们会合。"黎明答道:"杨管家,你家周老板去航运码头了,他未告诉我们什么事,你也别着急。"黎志成觉着有点怠慢了杨管家,便主动搭话:"听口音杨管家像是苏州人士?"杨德水即回:"黎先生到底阅历深广,我确是苏州人。因家遭不幸,我投奔了周运三老板,后来周运三老板也遭厄运。"说着用手揉了揉眼睛。黎志成宽慰道:"杨管家,世事难料,如今又社会动荡,还是保重自己吧!"杨德水道:"谢谢黎先生启导!"

太阳偏西的时候,周星汉和他三叔回到了黎家大院。杨德水准备返回旅馆,正好遇见了,又回客厅再议。杨德水说和李文银一块儿来的,铜城镇那边又来人了。周星汉谢过黎志成,一起去旅馆。

在旅馆里,李文银和杨树青分别在楼下和楼上望风。夏春雨说:"到目前为止,既没有好消息,也没有坏消息,我们想想应该采取什么好的方案。"周星汉寻思道:"要是石祥瑞经理在,就能有两种方案。"纪涛说:"石祥瑞老板,陈县长已派他潜回镇江,专做营救工作。"周星汉觉得多了一条营救之路,请示说:"我想过江同石经理一起商量,或许能起效果,黎老板这里就有劳你们了。"夏春雨和纪涛相视点头。

高大江到镇江稽查大队同于万贯商谈着,于万贯说:"高大队长,你我是拜把兄弟,我就实话实说了。日本人最近很是敏感,对苏北、淮南封锁级别提高了,明天我就准备把江北的周思武移送给日本宪兵队审问,我既交了差,又落得清净。"高大江给于万贯点着烟,又坐下说:"大哥,你先不要交给日本人,如果不是什么违禁品就可自行处理。"于万贯说:"有食盐、机器设备,要在以前还好办些,现在连这些物品也算违禁品,你叫我咋办?"高大江放轻了语气,说:"你得帮我这个忙,黎志成那里我已答应办妥此事。"于万贯按捺不住了,说:"我的好兄弟,你答应了黎大老板,可日本人那里我如何交差?"高大江走近于万贯,耳语道:"大哥,我已暗示黎老板,叫那边准备十五条'黄鱼'。"于万贯放下二郎腿,不再言语,过一会儿说:"十五根?"高大江疑问:"嫌少?"于万贯终于表态说:"这样吧,明天先不交给宪兵队,等把情况弄清楚了再说。你啊,亏得是今天来,再迟一天就没有回旋的余地了。"高大江又递来一支烟,说:"我说大哥有办法嘛,这样我在江北那边说话就有底气了。"

镇江三山之一的北固山,北临长江,险固峻秀,山上有一名寺——甘露寺。老方丈圆通,与石祥瑞交好,因石祥瑞不能居住在镇江市区,故暂居甘露寺。看着石祥瑞一脸愁容,圆通劝慰,又想帮他解难。石祥瑞曲折地说了要请他表弟罗翻译帮忙一事。圆通闭目说道:"你那位表弟,虽然给日本人做事,但良心未泯,如求他帮忙也未尝不可。"石祥瑞道:"既然如此,烦请大师帮我约来寺内议事,如何?"圆通睁开眼道:"你我性情相通,不必疑问,老衲举手之事,去去就回。"

到了晚上,圆通把罗翻译领到山上甘露寺内。圆通替代小和尚敲着木鱼,水泊之声和敲击声相应着。在一间偏房内,罗翻译有点惊诧,问道:"表哥,你怎么回来了,还住在寺内?"石祥瑞说:"离开镇江之后,我就向北与周星汉老板相遇,周老板心地善良,收留了我和扬州的吕永年,且委以重任。他的二弟周思武在江南购货,现连人带货被于万贯大队长扣押,请你来就是帮我想想办法,妥善处理此事。"罗翻译道:"怎么摊上这等棘手的事?现在日本人正愁抓不到把柄。"石祥瑞说:"要不是急难之事,我怎么能回来,又要约你?"罗翻译推一推眼镜,问道:"那周老板他们打算如何处置?"石祥瑞道:"他们走瓜洲,找高大江大队长,再同于万贯交涉。"罗翻译仰脸想着说:"于万贯,正如其名,他是棺材里伸手——死要钱。"石祥瑞即说:"这个周老板已有准备。"罗翻译想了一会儿,说:"这样,你先暂避于这里,我为你准备衣服和一些食物,等我把事情弄出个眉目,再与你商议。"石祥瑞说:"表弟,我在这里便当,你就不要操心了,唯有请你帮一把周老板。"罗翻译重重望了一下石祥瑞,下山去了。

于万贯亲自盘问周思武,问及是否为共产党或国民党采购物资,周思武坚说不是,是正常的生意,只图赚钱。下午又最后再问一次,仍是原话。高大江见于万贯下班回来了,立即凑上去问:"大哥,事情搞清楚了?"于万贯一屁股坐在沙发上,晃着腿说:"这事骑虎难下了,当初要是不扣,倒也好办;现在如果放了,日本人要是知道了,我是吃不了兜着走。"高大江在屋内转了一圈,说:"如果事情不严重,就有变通的余地,再者有十五条'黄鱼',不就摆平了?"于万贯忽地站起来说:"那我就冒一次险,你叫对方带二十条'黄鱼'来,一边交钱一边放人。"高大江迟疑道:"我叫黎老板安排人家准备十五条的,现在……"于万贯不容再议,说:"就这样了,我还要上下左右打点,确保妥善安全处理,这不是很好的结果吗?"高大江有点不悦地说:"好,好,依你办,依你办。"回江北去了。

杨管家把从黎家大院内得知的消息告诉了大家,夏春雨表态说:"我的意见是连夜过江,带钱保人,以防夜长梦多。"杨德水说道:"应该如此,就是金条只有十八根,还差两根。"黎志成在旅馆门外说道:"没问题,我叫黎管家取来便是。"

杨德水、杨树青、李文银三人跟着高大江过江,到了于万贯家。高大江先进去了,门卫只允杨德水一人进去。二十根金条交付后,于万贯写了一张便条,交与杨德水。杨德水顺便问了一句:"于大队长,我们的货船在什么地方?"于万贯像没听懂似的,反问:"什么,还要货船?我问你,是人重要还是货物重要?"杨德水对高大江说:"高大队长,在黎老板家不是说好的,连人带货一起放行?"于万贯摔下军帽,说:"大江,你办的什么事?我说不能办,你非要缠着我,现在倒好,得寸进尺了。"高大江正要说什么,于万贯制止说,"不要再说了,我把金条还你,你把便条退回。明早把周思武送到宪兵司令部去,我也落得清闲。"杨德水来到屋外,同杨树青、李文银商量了一番,又回到屋内。高大江在同于万贯说着,于万贯背对着他,说了一句:"我要休息了,你们也回江北去吧。"杨德水央求道:"于大队长,是我们不懂规矩,冒犯了你,就按你的便条行事吧。"于万贯转过身来,语气缓和道:"不是我不讲义气,周老板和货船扣在镇江已有几天了,没有不透风的墙。现在我把人放了,日本人要是问起来,我只好说是看守未尽责,让人逃跑了。"杨德水感谢道:"给高大队长添麻烦了!"快速退至室外。

周星汉和周鸿三在镇江市区未寻到石祥瑞,很是焦急。周星汉说:"不如我们直接去找罗翻译,看看能有什么转机。"周鸿三也在考虑着,说:"有些不妥,一则现在情况不明,二则罗翻译和我们只是一面之交。还是先找到石祥瑞经理再做决定,比较稳妥些。"周星汉觉得三叔的话有道理,寻思道:"石经理他能到什么地方?"周鸿三提醒说:"他有没有同你说过,在镇江他和谁关系很好,且经常来往?"周星汉在脑海里搜索起来,一会儿说:"有一个人,甘露寺的方丈圆通大师,和他关系融洽,且常有往来。"周鸿三拔腿朝北固山方向走。

北固山景色秀丽,临茫茫大江,江山形势诡异。圆通方丈见来了老少两人,定有不寻常之事。周星汉请教:"敢问长老,贵寺可有石祥瑞先生来过?"圆通答道:"他原先和我是朋友,不知二位施主寻他何事?"周鸿三直接道:"长老,您可是圆通大师?昔日石祥瑞先生曾与您相交甚厚,我们和他也是至交。"圆通仍问:"你们寻他,应有紧要之事?"周星汉答道:"长老,您不愧为天下名寺大师,我们确有困难需他化解。"圆通审视二人,是厚诚之人,又儒雅,不应是奸邪之人,就带到一侧室。

石祥瑞看到他叔侄二人也来了,喜忧参半。一半是高兴,力量增加了;一半是担忧,事情还没有眉目。双方互通了情况,觉得难题可以破解,但阻力仍不小。圆通方丈敲门进来,说:"几位施主,请随我来。"圆通方丈在前引导着,来到朝北的多景楼,临江眺望,山光水色,奇景异姿,宛若仙境。但谁也无心观赏,大家只顾向前行走。过了多景楼,前面是凌云亭,有三四个人在一石刻前议论。

待走近一看,双方都很欣喜。原来,罗翻译带着杨德水、杨树青、李文银来了。杨德水道:"周老板,你二弟人已自由,现和叶茂及随员都在船上。还有一个难题,于万贯放人不放货。"石祥瑞转向罗翻译说:"表弟,送佛送到西,还请你成全此事。"罗翻译说："这个于万贯，吃人不吐骨头，我再同他说合说合吧。"杨德水抱拳道："罗先生，我们已出了二十条'黄鱼'，要是货没了，就血本无归了，还请你贵手相援，日后定当报答。"罗翻译应着，在石刻前欣赏辛弃疾的《京口北固亭怀古》，说道："现在的形势正如词人辛弃疾所感慨的那样，千古江山，英雄无觅，到处烽火，不堪回首。"石祥瑞上前接道："表弟不必悲观，战争总会结束的。"圆通方丈自吟道："世事如潮水，有涨有退，各自为之。"杨树青也过来说："我不懂什么诗词，但罗先生确有忧国忧民之心。现在国不像国，家也不成家，都因日寇侵略所致。如果我们能各自出力，这千古江山处处都是英雄！"圆通方丈双手作揖："各位施主，勿要异言，本寺乃清净之地，从不惹是非，休怪老衲多言。"罗翻译审视着杨树青，又看看其他人，然后对石祥瑞说："表哥，借一步说话。"

罗翻译在一隐蔽处停下，说道："表哥，我知道这些人都是好人，我也不想帮日本人做事，可没有办法。早年我在日本留学，学的是医学，回国后遇到战争，救世无门。我要不当翻译，他们就会在镇江杀了我的许多亲戚。自从当了宪兵队的翻译，我暗中保护了不少百姓和乡绅，这你是知道的。"石祥瑞说："表弟，他们请你帮忙，但绝不会为难你。你若有能力，就尽力帮忙他们，日后也留个好名声。"罗翻译小声说："好在人已放了，我再想办法把货物弄出来。"

罗翻译走了，也未和大家招呼。石祥瑞对周星汉耳语了几句，大家仍旧在山上逗留；周星汉和杨树青商量一会儿，杨树青就回江北报告去了。

晚上，罗翻译来到于万贯住处。于万贯先是一惊，然后镇定下来说："罗翻译，罗老弟，这么晚了还有公干？"罗翻译说："公干谈不上，受人之托，说合一桩事情。"不是公事，于万贯定当下来，说："好办，只要罗翻译开口，我尽量照办就是。"罗翻译说了周世武货物的事。于万贯试探道："那几船货物，大多是违禁品，我是遵'皇军'的旨意扣押的。"罗翻译坐下来说："于大队长，'皇军'严令的事我是知道的，但今天我来是为你着想。"于万贯竖起了耳朵，好像未听懂，问道："为我着想？说来听听。"罗翻译道："是亲必顾，如你所说，那几船货物多是违禁品，但你把人放了，'皇军'要是知道了，你能担当得起？"于万贯疑惑："那依你之见？"罗翻译直接道："一不做，二不休，一起把货物也放了，这样不留尾巴,也无后患。"于万贯却说:"那我把人再抓起来,不就完事了?"罗翻译哼了一声,说:"你想得轻巧,你拿了人家的'黄鱼',又把人抓起来,这道上的规矩,你又不是不懂,江湖上能放过你?再说,你反复折腾,'大日本皇军'要是知道原委,照样不会放过你。"于万贯额头上沁出汗来,原打算把货物扣下来,当作一步棋,'大日本皇军'如果知道了,就说人跑了,现在看来是掩耳盗铃,此地无银三百两。罗翻译见他犹豫,劝道:"于大队长,不是沾亲带故,大晚上我来干什么?我早就洗澡睡觉了。"于万贯左右不定,罗翻译再劝,"旅团司令和宪兵司令这几天都去南京开会了,明天上午就回来,今晚你赶紧把事情搞定了,否则就是定时炸弹。"

于万贯是真的坐不住了,又想起了什么,说:"你说受人之托,放行也可以,叫对方再出五条'黄鱼',我心里才能平衡。"罗翻译用力扇着江苏名扇——檀香扇,烦躁地说:"我说于大队,都什么时候了,是钱重要还是你的前途重要?当断不断,反受其乱。赶紧的,我要回家了。"于万贯连忙跟着一起出门。

长江上的巡逻艇亮着刺眼的光芒,在夜幕下更觉阴森恐怖,所有在江南的营救人员,都撤回了江北。一夜无话。第二天中午,黎志成在瓜洲古渡酒家里为周星汉一行摆酒压惊。夏春雨和纪涛先回去了,留下杨树青继续执行保护任务。

对岸的于万贯中午也过来,和高大江一道参加压惊宴。酒桌上虽各怀心思,气氛却是十分热烈。嗜酒的人自然就饮得飘飘然。

下午,杨树青把昨天夜里夏春雨的交代传达给周星汉,并说是县委县政府的意见。周星汉听后说:"县委县政府的处置完全符合我们这里的情况。现在整个淮南、苏中,包括淮北、苏北运输通道都被堵死,物资进不来出不去,我们办的工厂、商行都将面临停产、关闭。"杨树青说:"所以,打开苏南的通道是很着急也很重要的大事,纪涛部长说要秘密进行,通过各种手段建立关系网,相关的费用政府那边全力支持。"周星汉愧疚地说:"县政府带来十根金条,帮了大忙,以后再还吧。"杨树青摆摆手,说:"临来时,陈县长特地交代,钱不用还了,算作抗日政府的探路费。"周星汉立刻摇头,说道:"这肯定不行,以后我会从利润中逐步还给政府的。"杨树青笑道:"你对我讲不作数的,以后再说吧。"

长江边上,杨树青和周星汉边走边谈。周星汉望着波涛滚滚的江水,想起一件事来,说道:"杨排长,回去有空的话,请代我去依依的坟上烧点纸钱,把话也带到,我一定用我所有的能力同日本鬼子较量,替她报仇,替我父亲报仇,替家乡死难者报仇!"杨树青苦笑了一下,劝道:"我照办,但你今后要过上新的生活,不必陷入以往的感情。我是共产党员,为广大群众翻身解放而奋斗是我的理想和目标。"周星汉默然记在心里。

根据县委的指示,周星汉做了安排,留下王碧亭、李文银,协同他开辟地下秘密运输通道。其他人员返回,按照分工就位。

周星汉又要去黎志成家夜访,王碧亭和李文银要同去。周星汉解释同去有些话人家可能不好说,人愈少愈容易交流。王碧亭道:"周老板,既然你把我们俩留下,我们就有责任保护你,瓜洲地面上人生地不熟,水也不知深浅,须防着点。"周星汉微笑着说:"你们的好意我领了,但这几天你们累了,需要休整一下。再者,黎老板这尊菩萨我也观察过,此人很讲义气,所以在江湖上能够立足,左右逢源。因此,我要向他请教,将来好借船出海。"李文银倒调和起来,说:"王所长,那就依星汉的话,我们望风就是。"周星汉又道:"二舅,黎家大院壁垒森严,望风也是无意义的,你们只管休息,明天我们一起逛瓜洲。"

黎家大院门外,两个穿黑衣马褂的人一动不动地立在那里,周星汉报了姓名,由一人去通报。管家黎明小步快走出来迎接,虽然是夜晚,但院内灯火点着,通道上尤为光亮。进入后面客厅,黎志成端坐在八仙桌旁,坐北朝南,手夹雪茄,纹丝不动。周星汉轻声请了安,黎志成也应了。周星汉谦虚道:"夜晚来访,打扰了黎老板,请包涵!"黎志成回道:"日本人来了以后,一切都改变了,我的睡眠也少了,谈谈也好。"周星汉谢道:"这次我周家化险为夷,全仰仗黎老板,还借了你两根金条。"黎志成挪动一下身子,说道:"想你周家也是显赫家庭,闻名于淮南及苏北,你父亲和我又是朋友,这回遇点麻烦,我当尽力排除。"又吸了口烟,慢慢吐出青圈,说道,"至于那两条'黄鱼',算作给贤侄经营江南的见面礼。"周星汉惊讶道:"黎老前辈,您真是洞若观火,知道我从此要往返南北。"黎志成又动了一下腿脚,说道:"不妨直说了,你周家这回出了点岔子,都有几拨人马来解围,据此可见你周家的重要,还有你们背后的景况。既然你周家根系发达,想必有展宏图之势,取道江南就是自然的了。"周星汉站起来一拜,说:"前辈眼光深远,令晚辈敬仰,今后还靠前辈多多提携。"

黎志成目光转向黎明说:"你把瓜洲的情况向他多介绍一些,于此后有益处的。"说过便不作声了。

黎明呷了一下茶,缓缓而道:"这瓜洲形似瓜果,是千里运河、万里长江上的'神果'。这种'瓜'福气可真大了,它是运河和长江的水共同养育的,它也像长江和运河的一把金钥匙,锁着长江和运河的通道。"黎志成打岔道:"管家,老是运河和长江的,像是说童话似的。"黎明转移话题,说道:"单说这大运河,是历朝历代的血管,而瓜洲便是血管的总枢。湖广的稻米、江南的丝绸、苏杭的美女等都从这里沿运河北上。再说万里长江,鸦片战争那时,英国人为挟持清政府,发起长江战役,攻占镇江,封锁瓜洲渡口,扼住了清政府咽喉,切断了运河大动脉,迫使清政府签订不平等条约。再说宋代和明代……"

黎志成又睁开了眼,提示道:"管家,历史上的事,周老板多少知道些,你就说眼前的事。"

黎明笑着说:"眼前的事对周老板有用处的。日本人来了以后,虽在扬州码头设卡检查,但重点还是放在瓜洲。对面途经瓜洲的镇江货船、客商必严加盘查,东西长江的商船转道而来,连只苍蝇都要看看公母。"黎明风趣的话,让周星汉不由得一笑,但笑过之后立觉形势严峻。黎明越发有谈兴,说道:"扬州那边的检查,有'皇协军'和商会共同负责。瓜洲这边头绪就多了,有稽查大队,高大江你是知道的,还有夜袭队、'皇协军',宪兵队负总责。"周星汉请教道:"黎管家,这些军警各有什么职能?"黎明习惯性地摸了一下下巴,说:"周老板,这就问到点上了。稽查大队,主要在长江上游,检查过往行船。瓜洲渡口有'皇协军'和日本兵共同驻防和检查。夜袭队奉扬州旅团司令部旨意,随时突击检查、突击行动、突袭违规违禁船只。宪兵队是督战队,哪个部门、环节出了问题,他们都要追查责任,可斩立决。"

黎志成闭目养神了一会儿,轻言道:"所以,要想在广阔的运河与长江上通行,等于在狭缝里行走。"周星汉着急地问:"前辈,如此说来,黄金水道是荆棘之道,处处暗礁?"黎志成又道:"虽然苦海,但自有渡法。如长江上挂有英国、法国国旗,尤其是日本旗的,免于检查。走运河的各个环节需寻钥匙投锁,虽然难解,但总有妙法。这不是一日之功,它将要耗费你的全部精力。"

周星汉大约领会了,在思考着如何破解难题。黎志成站起来,走两步,手里攥着两个康乐球,盼咐道:"管家,自明日起,你陪周老板穿行于镇江、瓜洲、扬州一线,必要时踩常州、无锡两地。至于苏州、上海就鞭长莫及了。"黎明低眉应道:"是,黎先生。"黎志成又对周星汉道:"周老板,自明日起,你若不弃,就在寒舍小住,一来便当,二则安全,如有随从也可一起过来。"周星汉先谢过黎志成的好意,再做考虑。

周星汉回到旅馆时,已感身心俱疲,见李文银他们俩已睡着,也悄然入睡。

李文银先起来,悄悄出去洗漱,王碧亭也是。睡眠易醒的周星汉,一睁眼天已放亮,立刻坐起,想起昨晚与黎明约定今早在轮航局见面,赶忙起来准备。王碧亭、李文银回到房间,周星汉说:"马上吃点早餐,今天要去会客,顺便看看地理位置。"李文银问:"昨晚谈得怎么样?"王碧亭也关注着。周星汉说:"很好,黎老板既讲义气,又是老江湖,道行不一般。"又商量说,"他邀我们今日起住在他家,方便商谈事情。"王碧亭则说:"周老板,我们就不去了,不仅给人家添麻烦,也不方便。"李文银跟着说:"人多了,目标大,不太安全。"周星汉没表态,带头下楼,准备早餐。

从旅馆向北,经古渡街,折向东,绕过弯头街,再行一千米,前面展现的是一汪水湾,可停船几十艘。有一院门,竖一白底黑漆牌子:瓜洲轮航局。

黎明已在院门口等候,周星汉等人连跨几步,上前请教。院门口朝西,里面三面环楼,两三层高。黎明领着周星汉等人向对面的一座楼上走去。上了二楼,经过了几间房间,他们在一间挂着"副局长办公室"牌子的门前停下。黎明敲了敲门,里面应道:"请进。"黎明跨进去,称道:"徐局长,我们来拜访你了。"徐局长眼尖,认出周星汉,向前两步说:"这不是周老板吗?上次在扬州巧遇。"周星汉认出是徐行舟徐调度,连忙说:"徐调度,不,徐局长,蒙情,你还记得。"徐行舟也是道上人,说道:"怎么不记得?只要见过周老板你一面,就忘不掉的。"周星汉握拳道:"恭喜徐局长高升,我们来为你祝贺的。"徐行舟上茶、递烟。几人都不抽烟,徐行舟夸道:"都是本分人,好处朋友的。"便问,"贵客光临,有什么吩咐？"黎明看看李文银、王碧亭,他们俩领会,退到门外。

黎明介绍道："奉黎先生之命,陪周老板前来拜访,认识门子。"徐行舟握拳道："既是干老头子吩咐,更不敢怠慢了。"周星汉道："瓜洲是水上咽喉,淮南苏北客商、货船必经之地,以后请徐局长多多关照。"徐行舟笑道："周老板是直爽人,好说。不过,只要客商不带违禁品,货船也如此,不会为难的。"周星汉毕竟还不够世故,又直言道："敢问徐局长,如果是说得来说得去的物品,可否变通？"徐行舟略一想回道："这轮航局,大舵还是黄怀水掌着。"又补充道,"周老板可能有所不知,黄怀水是瓜洲镇的'皇协军'大队长,他兼着轮航局局长。要不是干老头子保举,我这副局长的位置也谋不上。"徐行舟说这话有两层意思:一是说给黎明听的,感谢干老头子;二是推辞,黄怀水掌着大舵,有些事他做不了主。周星汉虽涉世不深,但凭智慧判断人和事,还是差不离的。黎明只是"嘿嘿"笑着。

谈笑间,徐行舟似乎觉得有些话对于初来拜访的人有些欠礼数,一边添茶一边又说："周老板,你和扬州的吕永年老板也是朋交,我和他交往多年,关系很好。现在你和我干老头子又搭上线子,放心好了,只要不是大的难题,我会心中有数的。"周星汉致谢道："那就领情了,以后会多有打扰的。"徐行舟邀中午在古渡酒家给周老板接风,黎明乘机说："今天就不客气了,我们还要到别处走走。"随手就把请柬递给徐行舟。徐行舟翻开一阅,明晚在黎志成家聚会,他爽快地答应了。

瓜洲航运码头上可谓人山人海,南来北往汇集于此。乘客的、上岸的、装船的、卸货的、打杂的、兜售的、送茶的、接人的、检查的、收地皮费的,十分繁忙。

黎明来到码头边的平房里,也招呼周星汉三人进来。一伪军负责人见黎家大院大管家来了,赶忙请坐,也招呼其他三人。黎明介绍道："戚排长,这是黎老板的客户周老板,今天闲暇来码头观光,到贵处暂歇一歇。"戚排长更添热情,自我介绍说："我叫戚志远,住瓜洲镇西南,以后有什么需要,尽管招呼。"黎明对周星汉耳语说："他就是大名鼎鼎的戚继光的后代。"这时,外边来了几个日本兵,对着戚志远嚷嚷了一阵,戚志远大概听懂了,也回复了几句。有一个领头的日本兵对周星汉叫道："你的干什么的？检查站的不能停留。"戚志远对外打着手势说:"他们卸货的,都是老板。"黎明站起来,满脸堆笑道:"'太君',我们是商人,大大的良民。"说着递上烟,点着火。日本兵头目吸了一口烟,脸上的横肉松弛下来,转笑道:"好烟。"黎明索性把一包烟塞进他的口袋里,头目手一挥:"开路的。"

戚志远介绍说:"他们是扬州宪兵司令部的,住瓜洲镇宪兵总队,每天都要来检查一遍。还有夜袭队,白天黑夜不分,来了四处搜寻,咋呼一阵。"周星汉搭话道:"戚排长也是够忙的,整日里也脱不开身。"戚志远应道:"驻瓜洲镇'皇协军'有一个大队,其中一个中队负责码头检查,一个中队三个排,每排值日一天一夜。"周星汉又说:"这白天还可以,夜间就辛苦了。"戚志远回道:"是这样的,一个排三个班,上下午各一个班,夜晚一个班,夜晚的一个班有时也分上下半夜。"又聊了一会儿,黎明说:"我们黎先生明晚邀一些头面人物在他府上聚会,你可有空?"戚志远忙说:"有空,黎老板是义气人,叫我去就是抬举我。"

从台阶上了码头,沿着河道向西返回,黎明靠近周星汉说:"戚排长是好人。当年戚继光老英雄在江浙一带抗倭,一些老弱病残的士兵安置在今戚家庄一带,戚排长是老兵的后代,虽然戚家庄有人为日本人做事,但也是为了生存,他们从未做坏事。"周星汉提出:"黎管家,夜袭队里可有能联系的人?"黎明一愣,知道周星汉要全面建立关系网,便说:"最近夜袭队才驻防瓜洲镇的,原先在扬州城里。这夜袭队就是夜猫子,到处乱窜,且人员都是蛇鼠之辈。"周星汉从黎明的语气里知道,夜袭队是不能贸然接触的,以免打草惊蛇。黎明招了招手,拦了两辆黄包车,说:"再去江边码头。"

长江边上有十多只汽艇一字排开,汽艇旁边有士兵站岗。因是夏秋之际,江面上水位较高,浊浪翻滚。江面上有客船、货船,还有东西航行的巨型轮船。远望江边,停留着一些帆船和小鸭漂,另有渔民居住的船只和捕捞用船。停泊和行驶的船只都有秩序,一旦秩序有变化,江面上会发生难以想象的举动。周星汉边走边观察边思考着。

在江边一个高高的瞭望台上,高大江举着望远镜由东向西缓缓移动,再由西向东复视一遍。他交代观察人员说:"发现情况立即报告。"下了瞭望台,准备向营房走去。黎明上前恭维道:"高大队长真是尽心尽责,就是一只苍蝇也逃脱不了啊!"高大江见黎管家来了,笑眯眯地说:"今天是来约喝酒,还是搓麻将?"黎明憨笑着说:"你猜对了,不过是明晚。"说着从衣袋里取出请柬。高大江看了一下,说:"黎老板也太隆重了,喝个酒还下请柬。"黎明笑道:"黎先生做事可认真了,况且明天又都是重要客人。"高大江开始没有注意到周星汉,这才上前寒暄道:"这不是周老板吗?上回喝多了,还让你扶着下楼,真不好意思。"周星汉客气道:"都是朋友嘛,上回要不是高大队长伸出援手,我那批货就打水漂了。"高大江接过周星汉递过来的烟,望着江面说:"是费了些周折,不过总算对黎老板有个交代,也结识了你这位新朋友。"

周星汉上前点了火,说道:"这长江上秩序井然,看上去静悄悄的,应该不会有异动吧?"高大江吐了一口长长的烟雾,说:"表面看起来是这样,实际上如这长江水底暗流涌动。有走私的,有违禁的,最可怕的就是共产党的活动。前天,苏北新四军游击队从江南偷远一批货物,被截获了。共产党还真是硬骨头,两名运输员被宪兵队折磨了两天,宁死不吐半个字,被枪毙了。"周星汉心里一惊,这中国的大江大河,还成了中国人的激流暗礁,可悲可叹!黎明猜出周星汉的心思,便说:"高大队长,不打扰你了,明晚见。"高大江即说:"也好,江边没什么观赏的,我就不留你们了。"

回到镇上,王碧亭和李文银又去旅馆,周星汉仍回黎家大院。

下午去扬州城里,拜访商会副会长柳云斋。周星汉在城里依旧购些礼品,不算贵重,主要是顾及礼节。柳云斋一直未变,本来白胖的身材略添一些粗圆。在院内依山而建的凉亭内,宾主落座。黎明寻话说:"柳会长又发福了,想必平山堂这方净土还真有灵气!"待烟茶上来后,柳云斋笑道:"我现在供着虚职,不太过问生意,再加上这平山堂的护佑,能不发胖吗?"黎明又言:"柳会长乃大智者,隐于山林,傍于名寺,好不清净,如陶潜公在世。"柳云斋开怀笑道:"黎管家取笑了,老朽不问世事,落得安享,哪有大智?"黎明问道:"柳会长可想出去走走?"柳云斋道:"早上还接到何园何庄主的电话,邀我去看看园子。"黎明抱歉道:"那我来得不是时候,难得柳会长动了凡心。"柳云斋摇摇手说:"不碍事,如果你们几位有兴,不妨一起去。"又说,"几年不见,周老板沉稳多了,将来非一般人物。"周星汉站起回礼道:"蒙前辈抬爱。家父在世时曾嘱告,到扬州必要请教柳会长。"柳云斋越发高兴,起身说:"我们一起去拜见何老庄主。"

王碧亭和李文银在前院内假山旁观赏池中红鱼,周星汉说是他的护卫人员,柳云斋也就不带随从了。一辆黑色轿车停在门外,等人上车了,车缓缓向市中心开去。

何园门口,未立岗哨,又无人走动,一副清净的样子。轿车停在门口,鸣了两下喇叭,才算划破了一方寂静。一个老者轻轻开了门,柳云斋向老管家问好。进得园内,虽是秋天,仍有花香溢出,且树木、水味浓浓沁人。也不知过了几道门、几道曲廊、几座假山,老管家手向上一指,说:"老爷在亭子上候着呢。"

王碧亭、李文银自然在园中观赏。柳云斋拄着文明棍,越过廊桥,跨过水榭,拾阶而上一座人工建造的假山。何老爷一眼认出是黎管家,站起来迎道:"你家老爷也不过来?"黎明回道:"何老爷,黎先生同您一样,喜好清净,很少出来。"何老爷点点头,问旁边一位。黎明介绍道:"这位是黎先生的朋友,现在是享誉江淮的大商人。"何老爷端详了一会儿,赞道:"眉清目秀,天庭朗朗,后生可畏啊!"周星汉连忙站起,回道:"何老爷夸赞了,晚生冒昧来访,请多海涵!"

一会儿,清茶而至。柳云斋拉家常道:"贵公子、爱孙有好长时间未回来了吧?"何老爷捋着胡须道:"三代三地方,儿子在无锡,孙子在苏州。"黎明也凑趣道:"何老爷,聚在一起不好吗?"柳云斋替答:"黎管家,这你有所不知,自日本人来扬州以后,烧杀抢掠,何园也曾被日本人强征,住有伤兵,存放物资。何老爷的公子一气之下去了无锡,也给他的儿子在苏州置办了房产和生意。"黎明似有所悟道:"这何园建造,匠心独运,山、水、廊、亭、桥、榭乃至花木,一切散落天成,道法自然,非大隐者所不居。"柳云斋道:"正是,'晚清第一园'之称号,实至名归。"

气氛很融洽,若是闲散之人正好得以慰藉。反正是闲谈,黎明又问:"何老爷,你家外孙现在哪里高就?"何老爷回道:"哪里高就?城内东关街码头值事,什么'皇协军'连副,我是不同意的。"柳云斋解释说:"是这样的,市自治会和商会撮合的,当然也是日本人的旨意,其目的就是让何家不要乱说乱动。"周星汉一直未参与议论,此时漫不经心地说道:"上回我们从码头去瓜洲,有一人未购到船票,同'皇协军'争执起来,如若你外孙在场,就好办多了。"柳云斋接道:

"那是肯定。何老爷外孙叫周正,同你还是本家哩。他虽为'皇协军',但从不为难老百姓,以后进出码头不便,可以找他。"何老爷微微点头。

不觉到了中午,周星汉请道:"晚辈复来扬州,是仰慕各位前辈,今日中午小聚,还请赏光。"柳云斋说:"这是哪里话,扬州地面我们还是地主。"何老爷苦笑笑,黎明却说:"既然周老板诚心而来,我们也不好拂了他的面子。"何老爷也是难得高兴,一个深居简出的老人今天也想看看外面。中午李文银去了码头,找到了周正,把情况一叙,周正也一同参加了老少聚会。

下午四点钟光景,黎明和周星汉在黎家大院凉亭内小憩。黎明说:"刚才,黎先生传我去了一下,问及今天的情况,他好像比较满意。又吩咐我去无锡、常州帮你蹚蹚路子。"周星汉较为疑惑,不知黎志成为何如此关心自己。黎明似乎看出了周星汉的心思,呷了一口茶,说道:"周老板似乎有疑问,那我就说与你听听。令尊当年常去江南经营,瓜洲便是他出发和返回的栖息地,这来来往往的,就和我们黎先生就相识了,时间久了便有了交情。那时我们黎先生还没成家,喜好到处游历,也是受令尊之邀,往北由运河至邵伯湖,转高邮湖再到沂湖。在你老家柳镇上,结识了一位中意的姑娘,只晓得那姑娘姓杨。黎先生把那姑娘娶回来,生了一男一女,过后夫人就离世了。黎先生是个重情重义之人,此后一直未娶。次年我就进了黎家,为黎先生服务。令尊每次经过瓜洲,都要来安慰一番。黎先生也同令尊一起去过柳镇,看望他夫人的亲人,头几年几乎年年都去,后来请令尊带一些物品和银圆过去。"

见周星汉专注地听着,黎明又回忆道:"有一次,长江上水匪来黎家打劫,为首的大瓢把子手持钢刀,叫嚷要黎家出五百大洋保护费。黎先生也未硬扛,说等凑齐了一起交纳。大瓢把子抓住黎先生的公子,欲带往长江。令尊平时温文尔雅,言语不速,从不与人争辩,那天,却做了惊人之举。他大喝一声,说要押人质让他去。大瓢把子不允,准备用刀来砍,令尊从一护院手中夺过短枪,'咣当'一声,几十米开外的大瓢把子手中的钢刀落地。又一江匪举枪来袭,令尊又一枪,打飞了那土匪的帽子。大瓢把子立刻魂飞,带着手下夺门而逃。从那以后,江湖上、坊间都传闻,黎家有神人相助。"周星汉微笑着,似乎很开心。

黎明说着,情绪低落下来,叹道:"可惜,好人不长命,令尊太早辞世,令人深念。黎先生得知令尊遇难,新痛旧伤一起涌上心头,几夜未合眼,老泪纵横。"周星汉望着西边如血的残阳,想着父亲壮烈牺牲的一幕,用拳头抵了抵头,蹦出来几个字:"这帮倭寇!"黎明轻言道:"周老板,请节哀。我是南京人,三年前南京大屠杀时,家人全没了。"说着眼圈红了起来,周星汉又反过来安慰老管家。

晚饭过后,周星汉要去看望黎志成,黎明也跟着进去。黎志成抽着烟,远远地言道:"你们来了!"周星汉快步上前,应道:"来看看黎老板,家弟的事,还有帮我结交各方朋友,都蒙黎老板成全。"黎志成动了动身子,回道:"不是外人,客套话就免了。我和管家都知道你怀有大志,你也正在做大事,需要帮忙,以后尽管开口,不要有顾虑。"周星汉回道:"大恩不言谢。今日准备去江南的无锡、常州,如有可能再去苏州走走。黎老板这里事情繁多,黎管家走不开,好在我们有三人同行。"黎志成道:"是不是黎管家没有照应好?"周星汉立刻站起来,回说:"不是,我是怕耽误您的大事。"黎志成动了动脚,说:"那就好。"又对黎明吩咐道,"周老板此去江南,你顺便替我看看犬子元春。"黎明连连应着。

周星汉准备告辞,又想起一件事来,说:"黎老板,有件事本不想问你,也不该晚辈问。"黎志成一副轻松的样子,说:"在我这里,你不要拘谨。"周星汉才说:"敢问黎夫人是杨柳镇哪家人?"黎志成心头一紧,回道:"就是后街上的,她父亲叫杨永康。"周星汉想着,听杨树青说过,他有个堂姑嫁到瓜洲,当时她父母亲不同意,说是太远了,但他堂姑执意要跟人家走。黎志成来到周星汉跟前,问道:"你想说什么?"周星汉答道:"黎老板,此次随我来的杨树青,就是夫人嫡堂侄子。"黎志成急问:"自岳父母过世,我有好几年未去杨柳镇了,也不知那边的情形如何?"周星汉答道:"可能是黎老板先前的接济,夫人的弟弟搬到北边的铜城大镇上去了,开了店面,生意还算不错。夫人的妹妹嫁到夏家营那边,丈夫也有了职业。"黎志成放下了心,稍有兴致,又道:"明晚这边聚会,你把另两位一起带来吧。"周星汉见黎老板高兴,也就答应了。

扬州、瓜洲、镇江这边算是有了路子,但要真正办起事来,还不知效果如何。周星汉一行继续江南的行程。

帆船从瓜洲码头出发,因无货物,查看一下良民证即放行,又因不是戚志远排长当班,不然要为他们送行的。

船行驶到对面镇江码头,也照例放行。仇玉林说:"我和陈广松两个跑单帮,这一带都熟透了。"陈广松略带神秘地说:"'皇协军'只要稍加打点就便当了,麻烦的是他们经常换岗,又蚀了些钱财。"李文银同仇玉林的话自然多一些,因为他们都是在马集二亭山上落过草的。李文银说:"当土匪始终变不了名声,再有,那时大当家的同我过不去,所以我就投奔姐夫家了。"仇玉林也说:"就是,你幸亏是逃离了,现在大当家的又和日本人勾搭上了。"李文银道:"日本人那是借刀杀人。"仇玉林不屑一顾地说:"不谈二亭山的事了。我向你打听一个人,叫杨树青的。"周星汉接话道:"杨树青也是做生意的,现在混得不错。"仇玉林夸道:"我就说嘛,几年前我在仪征去扬州的路上同他相遇,这人地道。"黎明也过来,入伙助兴,说道:"你们俩都不错,要不,昨天那么多名流士绅的晚宴,黎先生为何请了你们俩?"

帆船行驶在大运河上,两岸风光吸引了船上的人。周星汉想着经过常州要去拜访盛玉龙老板。进入常州城见到的船只不多,一行人上岸后行走在店铺门前,看到生意很冷清。黎明自语:"以前不像这样的。"周星汉问:"那以前是什么样子?"黎明走着,指着说:"原来这里游览的人很多,热热闹闹的;朝街的店面叫卖声一片,逛街的、购货的,甚是忙碌。"王碧亭叽咕了一句:"都是日本人惹的。"周星汉用眼神制止了他。

来到盛家花园洋房,张管家很是热情,又通报给了盛老板。盛玉龙正准备外出,又放下手中的皮包,接待了他们,关心道:"上次回去以后,炼油厂办得如何?"周星汉答道:"承蒙盛老板相助,现在正常生产,而且生意很好。"盛玉龙似觉放心,应道:"那就好。"此时电话铃响了,张管家接着,又交给盛玉龙。盛玉龙"嗯嗯"了几下就挂了,复问:"周老板今天来,可需要我做什么事?"周星汉答道:"哪敢,到江南几个城市蹚蹚路子,此后水路运输便当些,途经常州想看看您。"盛玉龙听着,觉得周老板这年轻人懂礼貌、实诚,又有志向,便对管家说:"带他们去运河码头,找'浪里白条'。"说着盛玉龙瞄了一下立式闹钟,黎明说:"周老板,那我们就去吧。"盛玉龙却说:"坐一会儿吧,你是黎志成老板的管家吧?"黎明答道:"回盛老板,鄙人正是。"周星汉告辞说:"以后我们再来向您请教吧！"

张管家带着周星汉一行绕过几条街道，来到笸箕港大码头。码头旁有一大宅，张管家对门卫说："请通报张大舵，有客人来访。"门卫应着去了。

很快，一个光头老者立在门前，张管家介绍说："这就是张老板张大舵。"张大舵自报家门说："鄙人张雨顺，人称'浪里白条'。"周星汉上前也报："不才周星汉，跑码头的，请多关照。"张雨顺自然豪气，把一班人引进大院。

王碧亭、李文银站在一旁，周星汉同两个管家坐在一排。张管家先说："是这样的，盛老板吩咐我带客人来，会会张大舵，以后水路上的生意多与周老板合作。"张雨顺轻拍堂桌，说道："堂哥，不要抬盛老板的招牌，就你来吩咐就得了。生意上的事，只要周老板瞧得起，一句话的事。"黎明询问："敢问张大舵，现在水路可顺？"张雨顺一拍大腿说："没问题，运河水警队队长张槐，我家侄子。不过……"看了看几个客人，接着说，"不过，你们不像红道上的人，也不像'四爷'。只要不是军火，都好商量。"黎明又问："请教张大舵，'红道'和'四爷'各是什么人？"张雨顺解释道："难怪，你们是北边的人，不知内情。'红道'说的是共产党，'四爷'指的是新四军。"周星汉笑道："这个我们没听说过，我们就是生意人。"

中午，周星汉在龙亭酒家摆了一桌，盛玉龙老板也赶来了。

次日，周星汉一行赶往无锡。无锡有两处要去，一处是黎志成的公子黎元春，一处是何老爷的儿子何潜。

船到市区，迎面一个偌大的湖面，黎明介绍说："这不是湖，因此地汇水容量大，形成了类似湖面，人们习惯称作'芙蓉湖'。"周星汉仰望湖中亭上名胜较多，有水月亭、环翠楼、文昌阁等。

同常州一样，运河穿城而过，居家傍水，前门街市，后门临水淘洗，好一幅"人家尽枕河"风景图。到清明桥码头，泊船，上岸。黎明在前疾走着，后面也随着。到了一店面前，黎明抬脚往里走，周星汉看招牌：江南米行。里面出来一个三十岁左右的人，笑迎道："黎叔，怎不来电报？我好去码头接你。"黎明上下打量着喊黎叔的人，又拽着他的手，说："老家来的人，是周老板一行。"又向周星汉介绍说："他就是黎先生的公子，黎元春。"周星汉一看，小伙子长得敦实，颇像他父亲。黎明又介绍说:"春子,你外婆家的客人,沂湖杨柳镇的。"黎元春赶忙把客人引进后院。

黎元春把客人稍作安排,又出去了一趟,一会儿把何老爷的儿子何潜接来了。

何潜一看是黎明,便知道是老家来人了,自然高兴。黎明又把周星汉三人介绍给何潜,朋友愈多,气氛愈浓。

在运河酒家,黎元春争着给周星汉一行接风。何潜嬉笑道:"元春贤侄到底财大气粗,这回就让你一次。"黎元春回道:"何叔又在吹捧我,哪里财大气粗?"何潜道:"还说不是,举国四大米市,湖南长沙、江西九江、安徽芜湖,这江苏就是无锡了。无锡是什么地位?江南米行也。"黎元春回道:"何叔,无锡米行又不止我一家,我只是分号。"周星汉笑道:"总号还靠分号来支撑嘛。"黎元春高兴道:"今天中午可要一醉方休哦!"

下午何潜领着大家逛芙蓉湖。从码头乘画舫游湖,自然要去湖中游览湖心岛。上岸后,何潜自做导游,介绍说:"这湖心岛过去叫黄埠墩,历朝帝王将相来此兴游。无锡人概括为三帝两相一青天。"黎元春捧道:"何老板是书画大家,文化人士,这无锡城名胜古迹介绍非他莫属。"周星汉似有兴趣道:"请何老板说与我们听听。"何潜乐意地介绍道:"三帝便是吴王夫差,清康熙帝、乾隆帝。二相为战国楚相黄歇、南宋宰相文天祥。一青天就是明代海瑞。"一行人来到玉翠楼旁,何潜说:"黄歇当年在东南一带兴修水利,居住在这里,所以此岛叫黄埠墩,就是为了纪念他的功绩而命名的。"又来到正气楼上,何潜似乎更有兴趣,介绍道:"宋代文天祥在无锡家喻户晓,他四次来无锡均住在此岛上,但四次情况迥异。第一次来是祭拜他的老师,首游此岛;第二次赴京城赶考,中了状元,自然意气风发;第三次率部去北方攻打元军,他是志在必胜;第四次战败被俘,被元军囚禁于岛上,那是无力回天了!"何潜指着墙上刻的诗词,说,"后来,无锡人为了歌颂他宁死不屈的壮举,在此岛建了正气楼,将他的诗词刻于其上,为了永久纪念。"周星汉仰头叹道:"真乃英雄,可惜生不逢时。"黎明看看旁边有无日本人,咳了两声。

晚上回到江南米行休息,黎元春甚是热情,其原因有三:一是周星汉一行人是他外婆家的客人;其二,他们来有管家相陪,分明是他父亲安排的;其三,周星汉一行值得交朋友。周星汉同黎元春叙到深夜方才入睡。

第二天上午,他们逛了南街。南街倒也热闹,是商业街的总汇。之后他们又参观了丝织厂,江南的丝织是全国有名的。中午何潜安排了宴会,他们两人请了无锡工商界的知名人士、水陆码头舵主,还有一些伪军。无锡人饮酒也较文雅,不似北方,强劝硬喝,频频举杯也不乏热情。下午周星汉一行要去苏州,黎元春和何潜反复叮嘱,返回的时候定要再叙,何潜言说磨刀不误砍柴工。

周星汉一行到了苏州,风景名胜较多,运河宽阔,两岸皆是古迹,尽显沧桑历史。黎明又轻叹大好景色,言外之意人气不足。周星汉也知其中意味,这大好河山却看不出无限生机。

在苏州周星汉建议拜访严福祥老板,还有何老爷的孙子何为,另就是周星汉父亲生前的朋友陈运河。严福祥也是周星汉父亲的朋友,现在虽然是苏纶纱厂董事兼苏州市商会副会长,但在苏州城威望却不一般。在苏州的食宿均由严福祥老板一应安排。

晚饭过后,严福祥过来看望周星汉一行。在周星汉的单人房间里,严福祥小坐了一会儿,问及生意上的一些情况。周星汉大致做了介绍,严福祥听后比较高兴,又意味深长地说:"周老板啊,其实生意也是战争,只不过是没有硝烟的。"周星汉警觉道:"您说的是竞争激烈?"严福祥泰然道:"你别紧张,我说的你意识到就行了。今后你们可要谨慎从事,也要借力而行。"周星汉品味着严福祥的话。严福祥询问:"杨德水管家在你那里情形怎样?"周星汉答道:"严老板,您放心,他既是我父亲选定的,又是我所依靠的。"严福祥稍微放心,小声道:"告诉你一件事,杨管家的女儿女婿现在的下落。自从杨管家的老伴被日本人杀死后,杨管家远走他乡,他的女儿、女婿隐避在太湖边上。后来同共产党的太湖游击队产生来往,他的女婿苏强还担任了游击队的排长。这些事你先别告诉他,对你江南的生意有用没用且先放在心里。"周星汉很佩服严福祥的品质,也感谢他多方面的提醒。

陈运河是水上运输舵把子,上至太湖,下至无锡、常州、镇江,水上通行几乎通吃。他的势力很大,与上海的青洪帮、苏州的帮会都有关系网,与苏州的伪军、便衣队、自治会、商会等关节也较为畅通。周星汉去拜访他的时候，一听说是周运三的公子，二话没说，尊为上宾。周星汉自然对他尊敬有加，和他谈了一些生意和运输上的事。由于周星汉生意广博，又连绵不断，陈运河格外看重，两人几近忘年交。

何老爷的孙子何为生逢乱世，挤入大都市，不为他求，只图悬壶济世，开了间中药房，名为"太湖良药"。他还未到而立之年，又家世官宦，却选择了从医，也是受他祖父、父亲的影响，有隐世之风。他的祖父以上都是清朝官员，他的父亲何潜曾任苏州市卫生局主事，日本人占领苏州前，避到无锡，做字画生意。

周星汉同何为谈起了中药经销生意，何为倒也乐于此道，侃侃而谈市面情况，他说："药业行当，现在日本人控制严格，中药稍好，西药困难就很大了。就是中药也不能批量出城，更不能往非控制区域流动。"周星汉试探道："战争物资，日方自然要控制的，但药品关乎治病救人，到处所需。"何为解释道："你说得没错，但日方的意图是严禁用于'反'日人员的，比如国军、共军及其他'反'日武装。你们淮南、苏北那边更是禁运之地。"周星汉又说："我既不是国军，也非共军，是同你心念的一样，救死扶伤，以济苍生。"何为略思考了一下，说："周老板如若执意做这等生意，风险是很大的，比如出城通道、运输通道、检查通道等，哪一环节都不能有闪失，请三思！"周星汉留下话说："何老板，此次来苏州，主要是了解行情，顺带采购一些日用品。下次来时，等我把你所说的通道全打开了，再同你做交易，你看如何？"何为知道，这周老板同扬州、瓜洲老家那边有较深的渊源，也同祖父、父亲的门子熟悉，一点忙不帮也说不过去，于是松口说："好吧，你先把关系理顺了，我可适当与你做一些生意。"

在苏州城转了两天，名胜古迹虽多，但周星汉无心游览，他考虑该回去了。黎明问道："周老板此次南来，觉得效果如何？"周星汉微笑道："在您老人家的指点和帮助下，我自觉满意，不过……"黎明接着说，"不过，这只是在虎穴门前逗留了一下，要想捉到小老虎，还要费一番功夫、冒很大的风险。"周星汉点点头，道："黎老前辈所言极是。"

返回时，周星汉购了一些苏州大米、绸布及其他大量日用品，顺河而下了。

第七章　黄浦风云

冬季到了,沂湖水面上已无波澜,目力所及湛蓝湛蓝的。一些鸥鹭成对飞翔,在喁喁私语。四弟周月明用手平遮着视线,眺望湖中帆船上的人。"是大哥回来了。"周月明高声喊道。在湖岸上忙碌的张秀沂一听说周星汉回来了,忙放下手中的东西奔到水边,也用手遮望着,然后说:"是他,是他!"周月明笑嘻嘻的,用两只大拇指对碰着,说:"二嫂说,你们快要成对了。"张秀沂脸色绯红,轻声说:"四弟,不能乱说的。"周月明坚持说:"秀沂姐,我看你们早有那个意思。"张秀沂假装生气的样子,回说:"不跟你说了。"甩着扎有红头绳的辫子,向岸上走去。

岸边的人们忙着卸货,欢声笑语。周星汉急着上岸,大步流星。杨德水迎道:"周老板回来了!"周星汉急着地问道:"杨叔,家中可好?"杨德水笑眯眯地答道:"放心吧,好着呢。"周星汉来到东厢房见了母亲,张秀沂低着眉站在一旁。周星汉说:"妈,我回来了,您可好?"周李氏笑着,望望张秀沂说:"好,有秀沂姑娘靠着,肯定好!"又说,"秀沂看到你回来了,立马告诉我,她真懂事,妈喜欢。"周星汉对张秀沂说:"这阵子你辛苦了。"

问过安以后,周星汉要到后面的小街和厂房去看看。周李氏说:"星汉,等会儿,妈有事要问你。"周星汉回到他母亲身旁,说:"妈,您说吧。"周李氏说道:"你今年有二十八了吧,自己的事该定了。你大大在世的时候也多次催问你。你看,你二弟成婚了,爱莲她也有了,妈很开心。"张秀沂抿着嘴,去院里忙事了。周李氏向外一努嘴,说:"星汉,张家姑娘长相出众,勤劳能做,又懂人意。"

周星汉没有表态,周李氏又道,"张家同我们家门当户对,将来你要把周家的家业做大,免不了要人家帮忙。"周星汉怕母亲生气,回道:"妈,秀沂干妹一切都好,可我……"周李氏着急道:"可什么?你又要说现在正创业。"周李氏觉得言语过重了,又缓和语气劝道,"星汉,你是周家长子,又挑大梁,古人说,一代无好女,三代无好儿,讨一个好老婆,对你、对周家是很要紧的。"周星汉不吱声。周李氏又道:"星汉,妈知道你还有一个心结,就是镇上的杨依依。杨依依确实不错,但毕竟人已经不在了。要是她泉下有知,能看你独身不成?"周李氏的这一番话考虑很长时间了,似乎也打了不少腹稿,说得周星汉无法拒绝。周星汉用拳头对脑门敲了敲,下决心道:"好吧,这事妈做主。"周李氏转笑道:"还是你懂事,你大大在世的时候没有选错人。"

周鸿三找了本家的一个老学究,把周星汉和张秀沂的生辰八字排了排,老学究道:"就定在大雪吧,大者盛也,瑞雪兆丰年。"又摸着银须说,"此节气,阴者虽盛,但阳者也渐长。"周鸿三满意道:"那就依老先生所言,准备婚典。"老学究含笑道:"他们是富贵之婚。"周鸿三听了尤为得意。

湖边的小街已住了几百人,还嫌不够,又向西延伸,扩建了许多房子,看上去像一条长龙,从西向东伸向湖面。白天街上的人不多,都去厂里干活了。厂里的生意越来越红火,货物中转站、炼油厂、机米厂、油坊等没因冬天的到来而停业,像往常一样正常经营,有时夜里还加班加点。

铜城镇那边的几个厂、行也是一样,规模越做越大,淮南、长江以北、大运河之西的客商俱来洽谈,生意甚是兴隆。

江北新四军和地方抗日武装的正常生活用品和一般军事用品都得到解决,抗日政府基本上做到自给自足,根据地的元气得到恢复和增强。

周星汉来到铜城镇县长办公室。陈家国见周星汉来了,真是开心,握手握了很长时间。正巧,夏春雨也来了,三人像久别重逢,问长问短,说不尽的话题。陈家国说:"周老板是我们的财神爷,连路东省委和罗炳辉司令都夸赞你是红色资本家,红色财神爷。"周星汉回说:"财神爷是春雨局长,他才是聚宝盆。"夏春雨则说:"财神爷是家国县长,他是百姓的大管家。"周为民书记在门外道:"你们都与财有关,我就是门外汉了。"陈家国笑迎道:"真正的红色管家来了,是我们的周书记。"

几个人互相调侃了一会,周星汉从皮包内拿出五根金条,放在陈家国的抽屉内,说:"先还五根,还差五根,争取明年还上。"陈家国一愣,说:"当时不是说好了吗?是抗日民主政府交的路费和学费。"周为民又从抽屉中把金条拿出来,放回周星汉的皮包,叫大家坐下,说道:"我刚从路东省委回来,带来一项重要任务。星汉同志来得正好,你现在可是我们的红人,省委和罗司令郑重交代我们,今后要帮助解决路东的军需和生活物资问题。眼下快要下大雪了,部队有些战士身上还是单衣,缺少布匹和棉花。另外,开春过后,要帮助采购电台、枪支、弹药。"大家面色沉重起来,互相对望着。周为民接着说:"省委还有个设想,现在经济恢复了,拟考虑办我们自己的银行,要设计币样,购置模板。罗司令还建议在天长办个卷烟厂,供战士使用和民间所需。"

周为民把一大堆艰巨任务说了,自己也觉这些任务太重、太险了,而且这些也是从未有过的工作。他对周星汉说:"上次你二弟遇险,是为抗日民主政府,今后周家负重冒险创业,也是为民族抗日大计。所以,这些金条就不用退了,留待以后购置军需、民用物资做垫本吧。"夏春雨看周为民把任务说给大家听,实际上最终还是落在周星汉身上,就点明了说:"三弟,营救你二弟经费的事,组织上已研究定过了,不必再提。下一步,就省委和罗司令安排的任务,你谈谈看法。"

周星汉没有表态,倒不是他不支持共产党的工作,而是这些任务做起来比较艰难,风险也大,是全新的尝试。他转而答道:"不瞒领导说,我这次来铜城是想请你们喝喜酒的。"陈家国兴奋道:"好啊!有什么值得庆贺的?"周星汉有点不好意思,夏春雨则说:"是不是娶到老婆了?哪家的?"陈家国忽然说:"如果我猜得不错的话,应该是桥湾乡张家的。杨树青排长曾向我提起过这事,要我出面做做星汉的工作。要不是事情多,前阶段你又在苏南出差,我可能就同你谈这桩大事了。"夏春雨说:"你们不知道,这张家姑娘是与星汉母亲认过干亲的。当时的干媒一个是张家的管家,叫叶茂,还有一个是杨柳镇的镇长杨永烈,可惜杨镇长在日本人'扫荡'时壮烈牺牲了。"陈家国说:"如果三弟认为可以的话,现在的媒人算我一个。"周为民也乐起来,说:"吃喜酒的日子定了?"周星汉答道:"是大雪那天。"周为民用手指一算,说:"还有四天,到时我们都要去,你就多准备几双筷子吧。"周星汉感到浑身增添了温暖,说道:"你们能这样看重我星汉,我没有什么可说的,大雪过后我就去苏州,趁水面还没有结厚冰,先去购买布匹和棉花,让新四军战士穿上棉衣。"周为民高兴地握着周星汉的手。

　　周星汉临走前又对周为民重提一件事:"周书记,这金条我先收着,算是政府借给我的铺底资金。你们说不要还,那是你们的情义,但我周家的规矩不能改,欠钱还钱,何况是救急难之钱,我肯定要还的。"周为民笑着说:"现在不说这件事,你现在主要的任务是回去准备结婚的大事。"周星汉迈着轻快的步伐走了。周为民说:"这位周老板,做人不可多得,做事是抗日军民的福星。"陈家国笑道:"周书记拔高他了。"周为民郑重说道:"你们看着吧!"

　　自从把八字报给周家以后,张秀沂整日里走路连走带跑,虽然是冬季,脸上却荡漾着春风,有时夜晚睡觉也会笑出声来。

　　农村有个风俗,正式成婚前一天晚上叫暖房,要备上几桌,主要亲戚要来祝贺。周李氏对张秀沂说:"明天你要回去准备,我们这里还要暖房,大后天就要改口叫妈了。"张秀沂应道:"我愿意叫妈,今天下午我就回去,就是这里忙不过来。"周李氏笑道:"有你忙的,只要你不叫苦就行了。"张秀沂回道:"来到你们周家,再苦再累,我也愿意。"

　　下午,周星汉亲自划着小船,送张秀沂到湖对岸。船行湖中,周星汉停下手中两支桨板,张秀沂笑望着说:"不划了,留我在你家?"周星汉认真地说:"你现在改变主意还来得及。"张秀沂生气道:"你这叫什么话?把人丢到半空里。"周星汉微笑道:"不是,我是说你从后天到了周家,注定要吃苦耐劳,因为我就是这个命。"张秀沂似乎明白了周星汉的意思,平静了许多,回道:"我不怕吃苦,那是我自找的。"周星汉又说:"明年开春以后,我准备去上海,到了那里就不是十天半个月能回来的,或许两三个月,或许三五个月,都说不准,你啊,就吃苦了。"张秀沂仰脸回道:"只要你不负心就好,我天天在家等着你。时间长了,我就找事情去做,时间过得就快了。"周星汉又变得严肃起来,说道:"从现在起,我所干的事情,都是冒着很大风险的。上回我二弟被押在镇江,你是知道的。

越往南走,风险就越大。但是,为了抗日我已立下誓言,同日本人较劲到底,一直到打败他们为止。如果我遇到不测……"张秀沂立马捂住周星汉的嘴,连说:"不会的,不会的。"

周星汉又划起了双桨,张秀沂唱起了民间小调:"吃菜要吃白菜心,当兵要当新四军;新四军,保护老百姓,打走鬼子享太平!"静悄悄的湖面被歌声感染,连湖水也起了波澜。周星汉加快了划船的速度。船靠岸了,张秀沂轻盈地跳到岸上。周星汉说:"快回去吧,你大大、妈妈要着急了。"张秀沂回道:"你不划,我不走。"周星汉掉转船头向湖心划去。

张秀沂刚奔下陡坡,就见她父亲张春山来接她了。张秀沂一脸的笑容,喊道:"大大,你还来接我啊。"张春山假装不高兴,回道:"上午我就来湖边等你,你这个丫头,去那边就不想回来。"张秀沂笑道:"大大,看你说的,人家事情多。"张春山又说:"找到理由了?马上嫁过去就不想回来了。"张秀沂挽着她父亲的胳膊,边走边说:"女儿是你们养大的,怎么可能呢?"张春山转笑道:"逗你的。过去后,你要好好过日子,记住相夫教子的责任,人家既是大户人家,又是书香之家。"张秀沂用力点点头。张春山又道:"秀沂,有一桩事我要提醒你。周星汉是个做大事的男子,他将来会经常奔走南北,路行千里,你可不要埋怨他啊!"张秀沂回道:"大大,刚才他送我过湖的时候,在湖心把船停了,都说给我听了,也是最后一次看我的态度。"张春山感叹道:"他不仅是个干大事的人,还是个重情重义的人,也是个诚实的人。你回答他什么态度?"张秀沂昂着头,挺着胸脯,说:"我才不怕呢,只要为着他,我一切都愿意。"

不知不觉来到家门口,张秀沂喊了一声妈,她妈笑得特别开心。

天一放亮,陈家国就起床了,黄秘书连忙跟着起来。陈家国说:"通知夏春雨、纪涛、林铁,吃过早饭就走。"周为民过来了,笑道:"怎么,就不通知我了?"陈家国洗着脸,道:"还有起得更早的人呢。"周为民等陈家国洗漱后,往街上走着说:"罗司令那边来信了,派供给部胡弼亮处长、织布厂厂长缪坚去周家渡祝贺去了。"陈家国笑道:"罗司令也看重周星汉了。"周为民应道:"周星汉可是个能人,更是个坚定的抗日者。"

从铜城镇到周家渡有四五十里,快走也得三个多小时。周为民拍了下陈家国的肩膀,说:"你还是个大媒人,不能迟到。"陈家国答道:"不误事,中午吃过面条,下午去接亲,太阳落山的时候,保管把新娘子接回来。"周为民又说:"把人家的事办好了,接下来就是你自己的事了。"夏春雨乐道:"周书记在下棋,走一步,看两步。"周为民转向纪涛问:"你小妹春来现在工作怎么样?"纪涛答道:"周书记,她现在是龙集乡妇抗会主任,一天到晚回不了家,动员参军、组织做军鞋、慰问军烈属。问她个人的事,她笑而不答。"周为民站住,故意说:"你们看看,我们天长县什么都走在前面,怎么'成家'就走在人家后面呢?我可急着做媒人啊。"夏春雨快步走到陈家国面前说:"陈县长,周书记这是要你表态哪。"纪涛望了一眼陈家国,陈家国似有尴尬,说:"来年春天,我会考虑的。"林铁在后面叽咕了一句:"还要来年再考虑啊。"

  十点光景,到了周家渡,周为民提出先看看工厂、小街。小街有两里多长,墙基是用砖砌的,屋上盖的是红草,这算是最优质的房屋了。街上有炕烧饼的、炸油条的、卖花生的、烤山芋的,买的人也不少。

  周为民询问了住户,他们有高邮的、仪征的、扬州的、镇江的,还有其他邻县邻乡的,大都有一技之长。周为民又问他们生活、住房、劳动等,说一切都很好。周星汉看到县委县政府的主要领导来了,心里暖融融的,又准备陪他们参观炼油厂、油坊。他一抬头,后面几人中,有的是警卫员,有一个人引他注目,他惊喜道:"林铁,林队长。"纪涛补充说:"他离开县城时,是伪警察副局长。"陈家国介绍说:"组织上调他回来了,现在保安处任处长。"周为民招林铁过来,说:"今后啊,林处长就是你的保镖。"周星汉不大相信,说道:"世上竟有这等巧事,在县城就是他保护我,现在又要劳驾他。"林铁握着周星汉的手,说:"老朋友,你客气了,这是组织上安排的,是我的职责。"参观以后,周星汉引着领导去庄园上。

  王碧亭在忙着用遮货物的帆布搭着喜棚,周星汉安排一桌在堂屋里。周为民看着说:"好意领了,我们和大家在一起,气氛多融洽啊。"陈家国也赞同。这时,杨树青过来说:"周书记、陈县长,五支队胡弼亮处长和缪坚厂长他们来了。"周为民立刻带着大家去门口迎接,胡弼亮正在门外一棵松树下拴马。周为民上前迎道:"感谢部队领导的关心,一路辛苦了。"胡弼亮和周为民原是老八团的干部,熟悉他的声音,应道:"周书记,你不也来了吗?我们部队更应当来。"周为民道:"胡处长,此话怎讲?"胡弥亮说:"周星汉老板为我们五支队机米,送煤油,还有其他生活用品。以后我们更重要的物资都要倚靠他,罗司令叫我代表他来表示祝贺和感谢!"

大家中午吃的是面条,喜宴要到晚上才正式开始。周为民和胡弥亮一行祝贺以后,就回去了。陈家国是媒人,要等新娘子进入洞房才能算完成任务。

晚上很是热闹,周围邻居和杨柳镇上的熟人、朋友都被周星汉邀请来了,且不允许他们出礼。铜城镇那边各店、各行、各厂及单位的经理都来了,枪械所和沂湖边的所有职工都过来了,参加婚宴的人一律不允许出礼。

周鸿三不时地到湖边看看风向,感觉有点闷热。他安排不喝酒的人喜宴过后去湖边把船上收拾好,凡有货物的都要遮盖好,说今夜可能有风雪。

赵爱莲忙着洞房的事,见周星汉来了,说:"大哥,有件事妈叫我告诉你,明早你让秀沂先起来,这是规矩。以后,秀沂就一辈子先起床照顾你。"周星汉微微笑道:"你们妇抗会不是说男女都一样吗?谁醒了就谁起床吧。"赵爱莲甩着短发,回道:"我话可带到了。"

杨德水是总管,忙得脚不沾地。

忽然一阵鞭炮响起来,湖边的人叫着:"新娘子来了。"有人议论:"太阳刚落山,回来得蛮早的。"另有女人说:"秀沂姑娘的心早在婆家了。"一阵笑声过后,新娘子进了院子。

张家陪嫁了不少东西,一趟又一趟地往新房里搬。新娘子快进堂屋的时候,周星汉过来搀扶,一旁的人说:"新郎官免礼了,入了洞房才是你的事。"旁边一个中年妇女说:"周老板,你不要搀,照理讲还要关门为难下新娘子。"周星汉只好松手了。

堂屋里设了两桌酒席,陈家国和叶茂还有张家来的亲戚坐在东面的一桌。本来今晚没有周星汉座席的份,但陈家国在席上,周星汉只好来陪。席间,陈家国笑说:"叶茂才是主媒,我是外行,都听他的。"叶茂回说:"哪能?陈县长在张家,我们才知道什么是办事有方。"张家有一老者也附和说:"陈县长开玩笑了,一个大县长处理这等事,还不是小事一桩?"陈家国道:"星汉,这叶茂我不是当面赞他,他无论在本地,或外地都是能手。"桌上谈论的氛围十分融洽。

喜宴之后陈家国要回去,周星汉拿一把手电筒给他照明。送到庄园外,陈家国站下说:"三弟,临来的时候,我们商量过几件事。第一件事,为保障沂湖边工商业的安全,也为了南防县城的日军,独立营一连驻防周家渡一带,其中杨树青的一排就驻在渡口附近。第二件事,天长保安处正常有几人便装住在你们小街上,对你及全家实施暗中保护,防止日伪暗地破坏和侵害。保护小组的组长叫严夫,是五支队警卫处派来的,可见上级的重视和关心。"周星汉很是感动,说:"让上级操心了。"陈家国语气严肃地说:"这不是你个人的事,而是关系到抗日根据地发展的大事。以后你会经常在外奔波,千万要注意安全。"周星汉重重地点头。陈家国伸出手来,说:"三弟,祝你婚姻美满,事业兴旺!"

周星汉回到院内,杨德水、周鸿三在和客人话别,王碧亭带人收拾场子。周星汉安排张家的亲属住后院。不一会儿,周思武、周云峰来向周鸿三报告,说码头上的船只、工厂里的设备和货物都安排好了,下雨下雪均能保证安全。

院子里平静下来,周星汉才回到洞房,见周李氏和赵爱莲陪着张秀沂。周李氏笑道:"星汉,你倒好,在外面转着,我们为你守着新娘子。"张秀沂替周星汉说道:"他也够忙的,这么多客人,不能怠慢人家。"赵爱莲笑起来,说道:"哎哟,嫂子这么快就护着啦。"周李氏打着手势,说:"爱莲,你辛苦一天了,该休息了,明天早点过来说话。"赵爱莲向张秀沂挤了一下眼,连忙回家。周李氏放下窗帘,又把房门关好,回东厢房休息去了。

张秀沂朝床上挪挪,周星汉和她并肩坐着。张秀沂偷望了周星汉一眼,笑出了酒窝,轻声说:"晚上进屋时,你要来搀我,我真开心。"周星汉回道:"人家会笑话的。"张秀沂又用鼻子嗅了嗅,说:"晚上没有喝酒,客人会说话的。"周星汉回道:"我大大在世时,给我定了三条规矩:不吃烟,不喝酒,不碰女人。"张秀沂笑起来,说:"那我也是女人。"周星汉笑道:"你是我的妻子,又不是外人。"张秀沂粉白的圆脸上又绽出了艳红,转身铺开床上的被子。

第二天早上,张秀沂先起床,捂着嘴笑着,轻手轻脚地离开房间,去生火做饭了。

周星汉起来,伸了伸懒腰即起床。外面已是一片银色的世界。夜里果然下了一场大雪,除了湖面,到处白雪皑皑的,树上就像梨花盛开。周星汉踩着厚厚的积雪,在小街上和人们打着招呼,又看了几个厂子,机器已经开始轰鸣,一切都在有秩序地进行着。

周鸿三在机米厂里忙着,周星汉过来请教他,周鸿三说:"星汉,当新郎官了还这么早起来?"周星汉说:"夜里下了场大雪,我过来看看。"周鸿三便说:"五支队的几千斤稻子,要机出米来。现在下了雪,运输上可能有些困难。"周星汉说:"能不能想办法运出去?"周鸿三说道:"我想趁半夜时分路上冻着,运到西边的汊涧镇,再由那边部队接应过去。"周星汉略一想,说:"这样也行,不耽误部队用粮。"周鸿三问:"星汉,前几天你同我说要去苏州购一批棉布过来,打算何时动身?"周星汉答道:"三叔,你同我一起去,还有我二舅。开春以后,我要去上海,家里的事情还有江南一带的采购,就全靠你们了。"

到炼油厂内,杨德水迎上来说:"周老板,这么大的雪,你还起这么早。"周星汉拽着杨德水的手往车间外面走,说道:"你们不也起得早,我年纪轻更要早起。"杨德水说:"去苏州需不需要我去?"周星汉答道:"暂时不需要,我去上海时,你们可能要去的。"杨德水又想说什么,周星汉看出他的心思,轻松地说,"杨叔,上回我去苏州那边,严老板像对你一样对待我,鼎力相助。他还叫我告诉你,你女儿、女婿在太湖边上生活得很好,又有事可做,叫你一切放心。"杨德水听了如释千钧,精神倍增。

张秀沂找来了,说道:"回去吃早饭吧,妈说今天等你一起。"杨德水笑道:"周老板真有福气,夫人体贴入微。"周星汉招呼道:"你们也要早点用饭,雪后天气很冷的。"杨德水今天特有精神。

早上,杨树青过来了,独立营一连一排就住在小街上,职工们看到战士们,心里更加踏实。周星汉问杨树青条件怎么样,杨树青说这是纪涛部长特意安排的。严夫持保安处的介绍信来找周星汉,周星汉很是感激,询问:"你们看住在哪里较为合适?"严夫略有神秘地说:"就住在湖边的渔民家里,平常我们在码头上做一些活,当作掩护,这样汉奸和日伪军不会注意到。"杨树青赞叹道:"严组长是高人。"

到了晚上,张秀沂端了半盆温水给周星汉泡脚,说天气有点冷,泡脚养生。

周星汉想起他父亲在世时,他母亲几乎每天都是如此,又想着昨天中午,胡弼亮处长在湖边和他的一段对话。

胡弼亮说:"今天是大雪节气,天气很快要转冷了,如果雪下下来,就会更冷。"周星汉望着胡弼亮和缪坚一身的单装,担忧地说:"听周书记说,你们的棉衣还没着落,我想尽快去一趟苏州。"胡弼亮摇摇手,说:"你刚成婚,不要急着出差。罗司令已请路东省委考虑这件事了。"周星汉沉思一会说:"要去苏南采购是有风险的,必须具备两个条件:一是有信得过的厂家,二是水陆运输要有安全通道。"一阵湖风吹来,胡弼亮打了个寒噤,说道:"是啊,要不然,哪有难倒我们罗司令的事呢?"周星汉不再陪胡弼亮、缪坚走动,站定说:"还是我来想办法。"胡弼亮掉头说:"不着急,当年红军爬雪山、过草地,那条件才叫艰苦呢!"

张秀沂轻推了一下周星汉,说:"你想什么呢?都发呆了。"周星汉回过神来,说:"秀沂,跟你商量个事,我打算后天出发去苏南。"张秀沂凝视着周星汉说:"这么着急?"周星汉把情况说了,张秀沂挺起胸,说:"我愿意你去,可你要注意安全,今天严组长向我交代的。"周星汉立刻用脚布擦干脚上的水,感动地说:"我的好妻子!"张秀沂一边去倒水,一边说:"早点回来啊!"

第三天出发了,周星汉带着他三叔和他二舅,严夫几个人化装成船夫随同。

县委办公室里,周为民正同夏春雨商量要筹一笔款子和物资支援五支队,陈家国敲门进来了。周为民看陈家国脸上有笑容,问道:"老伙计,有什么喜事?"陈家国回道:"喜事,还是周星汉带来的。"周为民说:"周老板成婚当然是喜事。"陈家国不再卖关子,说:"今天早上林铁告诉我,说周星汉去苏南了。"周为民说:"那保卫的事……?"陈家国说:"林铁安排了。"周为民这才坐下说:"我正愁着这件事,路东省委也很着急,这下有办法了。"

周星汉在冬季把五支队的棉衣布料搞回来了,五支队送来了感谢信。但随后发生了震惊中外的皖南事变,蒋介石"围歼"了新四军军部,又取消了新四军番号。共产党重新组建了新四军,开赴抗日前线,江北有四个师,江南有三个师。淮南津浦路东的第五支队编入新四军二师,张云逸兼任师长,罗炳辉任副师长。

冬去春来,形势一天天好起来。路东的经济条件和物资保障得到较大改善。部队和地方的装备及工作条件需要随之提高。二师副师长罗炳辉、供给部长胡弼亮专程来天长商讨装备购置事宜。

周家渡有几匹快马奔来,严夫立即迎上去向领导敬礼。周为民领着罗炳辉和胡弼亮查看周家渡新建的小街,又参观了几个工厂。周星汉、杨德水、周鸿三在严夫的引导下来见他们。周星汉认得胡弼亮,但有一位材魁梧的人他不认识。周为民介绍说:"他就是经常夸赞你的人,第五支队原司令员,现新四军二师副师长。"周星汉立提精神,握拳道:"久仰大名,今天有幸见到罗副师长。罗副师长的夸赞愧不敢当!"陈家国说:"我建议罗副师长在县里接见你,可他就是要到周家渡来,他要亲自到实地看看。"罗炳辉声如洪钟,说道:"是啊,这个地方对我原五支队有着很大的支持,今后对我二师更是如此。"周星汉又道:"这么远的路,难为部队首长和县里领导,共产党的部队真乃仁义之师!"罗炳辉回说:"共产党和新四军是为人民的,也是依靠人民的,人民才是我们的父母。"周星汉邀请领导去庄园上休息。

罗炳辉看着高大的瓦舍,称道:"怪不得人们说周家是淮南八大商人之一,果然气派。"又远眺湖面,赞道,"湖光水色,灵秀之地,必是不凡之处。"周星汉应道:"哪里,乡村野外,无华之处,只是贵人高看一等。"就请罗副师长一行到堂屋小憩。

众人落座以后,张秀沂端着茶具,忙着上茶。罗炳辉看张秀沂端庄大方,举止有礼,便说:"周老板,上回我没有机会来,想必这就是夫人了。"张秀沂朝罗炳辉笑了笑,周星汉说:"感谢首长厚爱!"

周为民说:"此次罗副师长来天长,到周家渡是有重要工作布置……"杨德水和周鸿三要离开,罗炳辉招招手,说:"都坐下,来就是和大家商量的。"接着说,"现在根据地条件好转,想改善一下军事装备和工作条件,以适应将来的战争。目前紧缺的有通信设施,如收发报机;武器装备,如枪支、弹药;医疗物资,如器材、医药;生活物资,如食盐、布匹等。其他方面所需物资也是很多的。"周为民补充说:"路东省委和二师非常重视周老板的秘密采购工作,给予明确指示。一、保障人身安全。二、价格由周老板确定。三、给予工作方便,必要时动用上海地下党组织同志配合。四、运输通道要有基本保障,必要时派部队接应。"周星汉感激道:"事情还未做,就给了这么多优惠条件,共产党和国民党真是不能比啊。"周鸿三说了原来和国民党做生意的事,受尽了他们的盘剥,而吃苦和风险全是周家的,部队和县领导听了都点头。

周星汉一边喝着茶,一边思考着上海之行。陈家国说:"上海之行非同寻常,我也只是听说,那里是洋人的天下、帮会的天下、日本人的天下。要在那里落脚并站稳脚跟,是很不容易的。要把所需物资采购到手,送出上海滩,再安全运回来,如闯龙潭虎穴。"周鸿三、杨德水听着也吃惊。罗炳辉说道:"就像我们打仗一样,凭勇气和智慧。秘密采购物资,尤其是贵重物资,是一场看不见硝烟的战争。我们之所以选择周老板,是相信你的正义立场,也依据你的人脉资源,同时,你也有纵横南北、广及商家的天赋和智慧。"周为民也说了一些鼓励的话。

周星汉终于思考出了初步方案,说道:"我准备先到上海认认门子、摸摸情况,带周思武、王碧亭、叶茂一起去,分两个组同时开展工作,也是以防万一。工作有进展或有重要情况请示,发电报给天长电报局转可靠人接收,内容多用暗语。"

胡弼亮听了周星汉简洁的汇报,很满意,赞成说:"周老板是个务实的人,这个初步方案,我认为可行。到上海以后,边开展工作,边确定新的方案,相信能开辟出一片新天地来。"周为民、陈家国均赞同。罗炳辉站起来,朗声说道:"就这么办。"建议在院内合影。

警卫人员带了照相机,是从日军那里缴获的。咔嚓一声,留下了珍贵的照片。

民国三十年(1941)春,周星汉带着一帮人来到上海,从十六铺码头上岸,经过检查,在外滩公园停歇了一会儿。黄浦江水翻滚着,一些漂浮物忽上忽下随波而动,阵阵腥风袭向岸边。外滩上南北高楼林立,有外文招牌,也有中文名号。建筑大都是欧式风格,初见时让人觉得稀奇古怪。马路上的人很多,各种各样的外国人,言语和神态各异。公园里有兜售香烟、瓜子的,有叫住旅馆的,也有无事搭讪的,有在一旁观察的,各色人等皆有。

周星汉想着父亲的联络图。上海的王笑春,住法租界,霞飞路116弄。程儒,住公共租界,宁波路。陈生,住闸北区,长兴路。也不知道这些人的近况如何,也不晓得他们是否愿意提供帮助,对他们的性格、爱好等更是一无所知。

八一三淞沪会战时王碧亭在上海活动过一段时间,对上海的地形和出行大致了解。他招了招手,来了几辆黄包车,他们坐上车,向法租界霞飞路而去。

黄包车在"永益电料行"门前停了下来,周星汉观察着周围的情况。有几个巡警过来,其中一个络腮胡子、蓝眼睛的高声嚷道:"干什么,探头探脑的?"王碧亭解释道:"巡警先生,我们是来找王笑春老板的。"蓝眼睛打量着一帮人,摇摇头,说:"王笑春是大老板,凭你们?乡下人。"一副不屑的神情。一华人巡警说:"雅克·伊夫先生,我去见一下王笑春老板就知道了。"说过径直朝屋里走去。不一会儿,有一戴礼帽、手持文明棍、夹着雪茄的人走出来了,打量了一下人群,问道:"哪位先生要找我?"周星汉趋步上前,回道:"我找王笑春老板。"那人摘下金边眼镜,观察着,说:"你是?"周星汉答道:"我是周运三的长子,周星汉。"那人忽笑道:"像,我就是你要找的人。"随后对雅克·伊夫说,"请你代我向安德烈警长问好!"雅克·伊夫点着头,手一挥,就去别处巡逻了。

王笑春带着周星汉一行人,绕至后面的弄堂里,一按门铃,有人开门了,老妈子言语道:"老爷今天回来得早。"王笑春应道:"有贵客来了。"进入客厅,很是气派。几组沙发,雪白的纱巾铺在上面,茶几上放着水果、香烟,巨大的窗帘垂挂着,室内花木错落点缀。老妈子即来斟茶。

王笑春似乎颓然坐在沙发上,说:"星汉贤侄,得到你父亲去世的消息,真是抱憾,一个多好的有用之人。"周星汉回道:"实在感谢王老板还惦念着家父。"王笑春叙道:"你父亲在上海时曾向我说过,你们兄弟四人,将来多数要跑码头。"周星汉回道:"感谢王老板关心我周家,我代表兄弟四人向您表示谢意。"周思武跟着说:"王老板,我是周家次子,家父临终前交与我大哥执事,我们兄弟仨听他的。"王笑春夸道:"周家不乏后来人,我看你们个个都是出类拔萃之人。"又高兴地问道,"说说看,此番来上海需要我帮助什么?"周星汉站起来抱拳道:"王老板,此来上海,一是遵父生前嘱托拜见您,二是为淮南百姓生活之计,采购一些用品。"王笑春来了兴致,说道:"星汉贤侄志向不凡,好!你倒说说,采购哪些用品?"周星汉回道:"让王老板见笑了。现在是战乱时期,百姓生活艰难,如食盐、布匹、服装、照明等一般生活用品都很缺乏。"

王笑春略思,又问:"这些物品苏州、南京,甚至扬州、无锡、江阴都有,为何舍近求远?"周星汉答道:"您说得没错。我们来上海,一是有像您王老板这样重情重义的大老板保护与支持;二是我们需求量很大;三是上海有许多新奇物品,这也是我们生意人的盈利之道。"王笑春注视了一会儿周星汉,不由自主地点点头,说道:"后生可畏,长江后浪推前浪。好!此后我们上海的朋友会支持你的。"

王笑春又关心道:"采购物品问题不大。现在处于战乱,各种势力盘根错节,从上海到淮南一路上很不太平。就水路而言,由黄浦江经长江再转大运河,行程很远。如果从太湖出发,经运河达长江再转运河,环节很多。沿途要经大中城市盘查,水上关卡林立,还有各种势力虎视眈眈,我说着都感到艰辛与胆寒,不知贤侄心中可有数?"周星汉答道:"王老板说的是,也是关心和提醒晚辈。去年下半年,我在苏北及江南做了些准备,主要是搭建运输安全通道。我相信黄浦江码头到吴淞口出口有前辈罩着,应无大碍。"

王笑春觉得不能小看这位小老板了,赞成道:"星汉贤侄不愧是此道中人,年少老成,我还小看你了。你放心,上海这边我们会照应着。"老妈子来添了茶,王笑春从茶几上又抽了根雪茄,点燃,诚恳说道,"不过,你们初来上海,我还是要多说几句话。上海有三张图要熟悉,一是租界势力图,二是帮会势力图,三是地形图。看懂这三张图需要花费时日。就帮会而言,青帮是上海的大帮,黄老板已隐退其后,杜老板在香港遥控指挥,张老板现在很活跃,和日本人打得火热。我要说的是杜老板的'三碗面',就是人面、情面、场面。'三碗面'熟了,三张图懂了,在上海就能得心应手,游刃有余。"

周星汉如饥似渴地听着,其他几人似乎也屏住呼吸。王笑春面目慈祥起来,说道:"今天我说多了,但我是把你们当自己人的,也相信你们能成大事。"王笑春的豪爽坦荡、乐于助人,让周星汉初来上海的陌生感渐渐退去了。中午,王笑春在爱多亚路大世界为周星汉一行接风。大世界是娱乐的王国,也是灯红酒绿的梦园。它的建筑与陈设、它的奢华与人流令人瞠目结舌。今天中午赴宴的有手摇发电机厂陈生老板、无线电研究社程儒老板、江湾镇镇长刘浦江、大世界总经理朱顺。宾主分主次坐两桌，王笑春把周星汉安排在自己与朱顺中间，周星汉执意不从，坐在王笑春一侧。王笑春一一做了介绍，介绍他左侧的朱顺时说："这是朱顺总经理，黄先生的大徒弟。"转向周星汉说，"以后你有什么需要，就请教朱老板。"朱顺方脸、平头，面色红中带紫，肌肉横亘，举起一只滚圆的臂膀说："一举爱哦。"王笑春翻译说："就是一句话的意思。"周星汉抱拳还礼。

周星汉不喝酒，周思武代陪饮。这些上海滩的上层人物喝酒倒也文雅，不动声色，相互尊重，配合默契。这时，一跑堂的过来，向朱顺耳语了一句，朱顺立瞪眼道："哪国的？"跑堂答道："好像是德国的。"朱顺说道："去修理一下。"跑堂欲转身，朱顺交代了一句，"留条命。"跑堂从速而去。朱顺说道："调戏大世界女服务生，胆子也太大了。"王笑春提醒道："朱总经理，不会有国际纠纷吧？"朱顺回说："时下只要不惹恼日本人，其他不管什么国，不必理睬。"又说，"喝酒，不要扫我们的兴。"

周星汉疑惑，一个开娱乐场的，竟然不把外国人，且是德国人放在眼里，这青帮究竟有多大能耐？

又一大堂经理模样的人来报，小声说："十六号码头李茂龄经理来电话，有一批福寿膏被日本人扣下来了。"朱顺放下酒杯，说："打电话给三菱商学会社三井煤栈副社长，让他疏通一下。"王笑春问道："三井煤栈一个生意人，能和军界疏通得来？"朱顺说："王老板，这你应该是知道的，三井煤栈是老头子的座上客，他又同日本人的稽查队队长酒井是好朋友。"王笑春说："既然是这样的关系，那为何又要扣押你们的物品？"朱顺瞪着眼道："大概是手下的人不知情。"陈生好奇道："朱老板，日本人的事，你手下一个大堂经理能撬得动？"朱顺笑着说道："三井煤栈经理经常来这里光顾，他的事我都委托给大堂经理了，我哪有这些闲工夫陪他享乐？"

散筵后，王笑春又领着大家逛了大世界，有戏院、电影院、评书院，还有各种娱乐场所。临走时朱顺又来送大家，并对周星汉说："周老板，今天不好意思，席间三番五次有人打扰，这上海滩就是不平静。"周星汉趁势说："朱总经理，正因如此,以后生意上的事,还请你多多关照。"王笑春会意,接着说:"朱顺老板是什么人？上海滩顶顶的,业界没有不是他门生的。"朱顺笑笑,说:"你看,前辈取笑了吧。"

王笑春把周星汉一行安排到静安寺旁的一幢花园别墅去住。开始,周星汉推辞,王笑春说等他们找到合适的居住地再迁移不迟。王笑春也坦然说了,日本人占领上海后,不把公共租界放在眼里,经常惹是生非。因公共租界属英美势力范围,不和日本国在一条船上,王笑春就在法租界买下了门面和别墅。

静安寺旁有条小河,小河两岸大多是洋房,外国人居多,也有不少工厂设在这里。王笑春的别墅只有一个老头看守着,老头叫蔡冬九,是王笑春雇的守门人。

蔡冬九看了王笑春的便条,便热情迎接周星汉一行。王笑春此地的别墅不亚于法租界的,占地阔大,又较安静。

也不知什么缘故,刚住了一两日,蔡冬九就和周星汉一行人特能处得来,他脸上的寂寞和忧虑已然减退。蔡冬九告诉他们,老爷在静安寺旁有个工厂,叫"中一拉丝模厂",是和英国人合开的。近年来日本人老是找英国人的麻烦,工厂问事的多是老爷。

第三天早上,王笑春来到他的旧别墅,周星汉和叶茂正准备出行,王笑春笑道:"怎么样？住得惯？"周星汉感谢道:"这么好的条件,堂堂旅馆都会相形见绌。"王笑春关心道:"着急出门谈生意？"周星汉答道:"想出去走走,看看市面行情。"王笑春张开双臂揽着两人,说:"磨刀不误砍柴工,走,屋里谈。"蔡冬九把雪茄放在茶几上,又斟了几杯茶,退了出去。

王笑春有点神秘地说:"你们不是来闯世界做生意的吗？眼下就有一桩生意。"周星汉浅笑道:"请前辈明示。"王笑春吸了口雪茄,道:"英国人办的拉丝模厂,先前是同我合伙的,现在受不了日本人的打压,委托我来经营。我呢,正缺少可靠的人手,想聘一名总经理。我想来想去,想到要是你父亲在世,最适合不过,但你也一样,我信得过你。"周星汉没有思想准备,到上海来是负有特殊使命的,而不是来办工厂挣钱的,更不是在此地立足的。叶茂说道:"敢问王老板,这英国人都不敢办厂,我们中国人就能顺利办厂吗？"王笑春回说:"这没关系,日本人是和英国人、美国人斗气。再说,日本人想在中国地盘上长期占领,也指望经济资助他们。"叶茂见周星汉还未考虑好,又说:"冒昧问一句,不知这拉丝模的利润怎样?"王笑春又回道:"这你们就不用担心了,拉丝模产品的技术全世界领先,整个中国独此一家。该产品用途极广,畅销国内外,利润极其丰厚。"

周星汉这才表态说:"前辈,如果你信得过我的话,我愿意受聘,就怕不能胜任。"王笑春高兴道:"没关系,经过一段时日,你就会熟悉的。"周星汉又说:"前辈,我想由我二弟具体负责,但责任算我的。我二弟在天长及淮南那边管理好几个行、铺和工厂,应该没问题的。"王笑春一拍大腿,说:"行,打仗莫过亲兄弟。走,和英国人交接去。"

晚上回来,周思武和王碧亭有些不解,便来到周星汉房间询问。周星汉解释说:"你们的意思我领会了。我是这样想的,打日本鬼子可能要很长时间,而我们一方面要做生意,一方面要搞物资。上海这个地方鱼龙混杂,但物资品类众多,如果能摸清各个环节,利用各种关系,就能成事。而这些,都需要从现在开始站稳脚跟、立足有劲。"王碧亭反应也快,说:"周老板,我懂了。"周思武心中的郁结也解开了。

二师保卫处的严夫和天长保安处的田英暂不外出。周思武和王碧亭在中一拉丝模厂上班。

周星汉和叶茂乘坐电轨来到宁波路无线电研究社。程儒对周星汉也很热情,引进接待室。周星汉打量着这位父辈,他头发花白,戴副近视眼镜,说话轻言慢语。周星汉寻找话题说:"前辈,您是知识分子、前沿科学家,晚辈仰慕,特来拜访。"程儒挥挥手,叫他俩坐下,自己也慢慢坐下说:"什么科学家,混碗饭吃。早年在日本留学,指望回国大有作为,唉!你看现在这局势,哪有心思立业?"周星汉试探道:"前辈,您研究生产无线电收发报机,业务应该可以吧?"程儒摇摇手说:"谈起来恼心。日本人只叫你研究,也不投入经费,研究生产出来的产品又自主不得,大部分卖给他们,之后由他们经销。"周星汉不平道:"这叫什么买卖?太欺负人。现在市场上收发报机价格昂贵,利润丰厚,日本人是要赚黑心钱。"程儒又无奈地摇摇头,说:"也不完全是。我有个同学在日本宪兵司令部特高课工作,叫小野,他说宪兵司令部对收发报机控制得相当严格,不准用于除日军以外的军事部门,因为这是千里眼、顺风耳。"周星汉献策说:"那用于商业用途应该可以吧?"程儒苦笑道:"一样地控制,你要到市商会申请,经上海特别市政府批准,最后经宪兵司令部备案并派人来监督提货。"

周星汉听着,要想从程老前辈这里买到收发报机,要经过多少很难过的程序,简直就是闯鬼门关。他不放弃,问道:"程老前辈,如果我想买货,能通过哪些渠道获准?"程儒仰起头,想着说:"刚才我已说了,这些必经程序你一个外地人要办理,难度太大了。"周星汉仍不灰心,问道:"前辈,能否给我指条途径?"程儒一想,说道:"也不是一点办法没有。市商会需王笑春老板出面。特别市政府那边有个吴麦汀,是傅筱庵的秘书,吴秘书住江湾镇那边。你父亲先前和江湾镇镇长刘浦江很熟识。最后就是宪兵司令部了,这个关口很难。"

二人陷入沉默,也意味着暂时寻不到路子。叶茂听客厅里无声音了,转过来看看,周星汉示意他退出去。

程儒打破了沉寂,说道:"这宪兵司令部,就是中国人说的阎王殿,稍有不慎,进去就出不来了,当慎之又慎。"周星汉也不思考了,就问道:"程老前辈,如果宪兵司令部证明开过来,是不是可以提货了?"程儒眼睛一亮,回道:"那肯定没问题,皆大欢喜。"

周星汉向程儒老前辈告辞,程儒要把礼品退还给他,周星汉诚恳地说道:"老前辈,您同我父亲是朋友,就算晚辈孝敬您的。"程儒膝下无子女,顿感一阵慰藉,欣喜地放下礼品。

周星汉和叶茂赶到江湾镇,找到了刘浦江。刘浦江黑白两道通吃,是伪镇长,又是青帮大亨的大徒弟。周星汉说明来意,刘浦江很是爽快,也说"一举爱哦"。这刘浦江和傅筱庵市长的秘书吴麦汀都是黄大亨的大徒弟,且辈分相同,交情又好,办事自然也就便当。

涉及宪兵司令部的事,刘浦江虽然只手遮天,也感乏力。现在上海滩,借力打力,四两拨千斤,是常有的事。刘浦江忽然说道:"周老板,有一个人只要你请得动,事情就妥了。"周星汉觉得有一线希望,道:"刘镇长,您说。"刘浦江说道:"大世界的总经理朱顺,和我是同门弟兄,且同辈,但最近他和我不对付,那小子属狗的,说翻脸就翻脸。如果你能请动他,就有办法了。"周星汉静待下文。刘浦江又说:"现在的上海滩,青帮三大巨头,唯有张和日本人走得近。他手下有个大徒弟叫朱升开,是市政府第三警察局副局长,和朱顺是同姓不同宗,但两人是铁哥们,经常遥相呼应,势力不一般。再说这朱升开和宪兵司令部特高课副课长川野又是朋友。"

刘浦江不愧是上海通,这么一说,周星汉就理顺了关系。拜别了刘浦江,他又和叶茂马不停蹄地赶到大世界。

直接找朱顺是找不到的,周星汉找保卫部经理崔槐,好在那天酒宴上已初识,崔槐说去楼上打电话问下。一会儿,崔槐下楼来,很客气地把周星汉和叶茂带到五楼上。总经理办公室门旁有两个彪形大汉,纹丝不动地站在那里。进得里面,有两个穿旗袍的艳丽女子侍立两旁。阔大的办公室,如同乡间一块打麦场。椭圆形办公桌上,外围放着各种装饰,有寓意一帆风顺的航船,有展翅的飞鹰,有奔腾的烈马。办公桌后面是一堵巨大的屏墙,中间是青帮会旗,两旁刻有帮训。

周星汉顾不得细看,在办公桌不远处客气道:"朱老板您好,又来打扰了!"朱顺欠了欠身子,两个女服务员端了两张太师椅。等周星汉、叶茂坐下,朱顺粗声说道:"周老板,想必是有要事来商,请说吧。"周星汉开门见山,说:"刚才从程儒老板那里来,想购买两部收发报机,程老板说要有几方证明。其他证明问题不大,就是宪兵司令部的难度较大,所以特来请朱老板施以援手,不知可否?"朱顺抽着雪茄,架着二郎腿,吐出一串烟圈,说:"我又不是宪兵队,周老板何故要找我?"周星汉微笑着说:"我来上海几天,大概晓得一些环节。在上海滩没有朱老板办不成的事,比如同门兄弟、道上朋友……"朱顺打断周星汉的话,说:"我同你开玩笑的。既然这样,我写个便条,你去第三警察局找朱升开副局长。"周星汉抱拳道:"朱老板不愧是道上人,英雄豪侠,他日一定重谢!"朱顺回道:"都是朋友,不用说客套话的。"

下午又去第三警察局,朱升开阅了便条,盘问道:"你这收发报机是在市内用还是市外?"周星汉答道:"当然在市区。"之所以这样答,是因为之前就了解过了,这类绝对禁运的军需用品是运不出去的。朱升开又试探:"收发报机是要登记备案的,并且要经常接受检查。"周星汉又答道:"完全可以,检查也是应该的。"朱升开问了两个关键问题,然后说:"你在局里等我,我去宪兵司令部那里。"说着拿着申请报告出去了。

一个小时之后,朱升开回到警察局,扬了扬手中的申请报告,说:"你可要妥善保管此用品,不可遗失,否则会有大麻烦的。"周星汉连声说:"那是,那是。"并说,"明日是星期六,我约几个老板在大世界陪局长大人小聚,可要赏光哟。"朱升开说:"朱顺那里我是乐意去的。"

晚上周星汉去无线电研究社提货时遇到麻烦了。日方代表小岛戴着近视眼镜,翻着眼仁,用狐疑的目光紧盯着周星汉。他几乎是审问式的问话,问道:"你的,收发报机用于军事?"周星汉没想到最后环节还遇麻烦,而且问话带有敌意。他努力镇定自己,一定不能慌乱,露出破绽,故意慢慢答道:"小岛先生,我们是商人,收发报机只用于商业,其他的事我是不会参与的。"小岛又问:"你的什么商业?地址在什么地方?"周星汉直接答道:"我的中一拉丝模行业,地点在静安寺旁。"小岛突然脸上乌云密布,怒道:"你的胡说,中一拉丝模厂是英国人开的,与你无关。你的从实招来,收发报机究竟用在什么地方?"周星汉这下有底了,从容回道:"小岛先生息怒,你听我说。不错,中一拉丝模厂是英国人开的,可英国人很早就想撤资了。直到昨天,把所有事务委任给中方王笑春老板,王老板又委托于我,所以我必须要收购发报机开展业务沟通与联系。"小岛立刻打电话给王笑春,那头电话里的解释自然与周星汉的回答是完全一致的。小岛立刻转怒为笑。此时程儒来了,说:"小岛先生,周老板是按程序办理的,就不要耽误时间了。"小岛解释说:"特高课那里也有程序,我只是履行职责而已。"说完,就办理了提货手续。

商会的证明是下午王笑春帮助搞到的,所以当小岛询问周星汉与中一拉丝模厂的关系时,王笑春对答如流。不过,刚才小岛的审问和态度仍使周星汉心有余悸。特高课的川野是个厉害、阴险的角色,他表面上应付朱升开,暗地里又突然安排审问,说不准在运货上他还有一手,需要十分小心。周星汉在思考着这件事。

星期六中午,周星汉为了答谢各方的帮忙,在大世界摆了一桌。客人有王笑春、程儒、朱升开、朱顺、陈生。本来是要请刘浦江的,但考虑到刘浦江与朱顺有隔阂,只好作罢。至于市政府吴麦汀秘书,一则因为没有请刘浦江,二则因为动静太大。

宴请之后,周星汉和客人们又逛了大世界娱乐场,直到诸位尽兴,才各自打道回府。

三四点钟光景,周星汉和叶茂来到闸北长兴路,陈生手摇发电机厂。经过两次接触,周星汉感到陈生老板不多言语,不出风头,低调行事。他叫叶茂在陈府上休息,自己单独会见陈生老板。陈生对周星汉的拜访既感意外,又觉在情理之中。意外的是,周星汉能和他有什么生意洽谈?情理之中的事是周星汉的父亲和他是朋交。

周星汉坦诚说:"陈老前辈,此来上海,想做几笔生意,其中一笔就是您老的手摇发电机,不知您老肯赏光否?"陈生果然觉得来者不凡,要知道这种物品是日方禁止外用的,出了事就麻烦大了,而且会连累到自己。周星汉似乎是看出了他的心思,说道:"陈老前辈,我知道此种物品是军方控制的,但你不要担心,我一则不出市区使用,二则用于商业联络。"陈生看出这位小老板有些精明,也不强人所难,就说:"这东西和收发报机是连体的,你单独要他没有什么用处。"周星汉回道:"家父先前有两部电台在市区,后八一三淞沪会战被日本飞机炸毁了。"陈生注目着周星汉,周星汉补充说:"噢,我现在是王笑春老板中一拉丝模厂的总经理,有时也和英国人沟通技术和业务。"陈生问道:"那你两部收发报机从何而来?"周星汉答道:"陈老前辈,不瞒您说,这两天我已购置到手,只等您的手摇发电机,至于价格就按市面上的来。"

陈生从沙发上站起来,望着灰色的闸北棚户区,这里是日占区,一切都比以前萧条和死寂。他又掉头望望眼前的这位稳重又儒雅的小老板,也想起他父亲在上海的一些生活细节。周星汉静静地候着。陈生慢慢地说:"这样,晚上我让司机把货送达中一拉丝模厂,白天你带着会让日本人发现,这里不比公共租界,更比不得法租界。"周星汉不胜感激,又请求道:"我想购四台,不知您老可愿意?"陈生点点头说:"两部是卖,四部也是卖,就遂了你的愿。"周星汉又感谢道:"还是陈老前辈瞧得起晚辈。"陈生不置可否地笑笑。

晚上,在中一拉丝模厂办公室里,周星汉等六人在秘密开会。王碧亭似有体会地说:"周老板答应经营拉丝模厂,现在看来是上策,我们既有立足的地方,又能做掩护,同时也能解决生活和活动经费。"周思武却说:"我总不能贪图这个总经理位置,而忘掉主业,要是在老家,我坐在这个位置上还真乐意。"周星汉笑了笑说:"二弟也着急了。今晚我们就是讨论采购一批西药和医疗器械的事。"叶茂发言说:"西药、医疗器械没有手续同样也买不到。"王碧亭直性子,说:"不如直接同黑道联系,无非就是价格要高一些。"周思武说:"单靠一条线数量不能达到,也不一定能指望得上。"叶茂说:"那就黑白两条线一起走。"因是业务上的事,严夫和田英不便发言,只在一旁听着。

周星汉习惯用拳头顶顶头部,然后说:"我基本同意大家的意见。从明日起我们进入购药阶段,分两组行动,二弟周思武和严夫一组去江湾镇找刘浦江,顺便请刘浦江动用吴麦汀的关系,这样就可以黑白齐用。我和王碧亭一组,去和老外联系,再通过朱顺与日商三井煤栈联系。"叶茂反对说:"这样不妥,和老外打交道不安全,和日商联系是虎口拔牙,容易暴露。"周星汉叫叶茂先坐下,说道:"不入虎穴,焉得虎子,上海滩这种地方,藏龙卧虎,势力犬牙交错,但只要善于利用,借力发力,借力打力,成功不是没有可能的。"他望望大家又继续说,"风险肯定有,同黑社会打交道也有风险,但我们一定要把握分寸,守住底线,时刻注意安全。"叶茂和大家不发声了,周星汉安排说:"自明日起,叶茂代周思武履总经理之职,请保安处田英协助。"大家都默默点头。

周星汉和王碧亭来到霞飞路永益电料行,向王笑春报告中一拉丝模厂经营情况,王笑春甚为满意,并言今后一般事务不必报告,自行做主就可。周星汉叫王碧亭在外厅候着,单独向王笑春汇报经营上的事,王笑春估计周星汉又有重大而又棘手的生意。

周星汉小声说:"老前辈,我想做一笔利润丰厚的生意,请你老人家给指点迷津。"王笑春估计的是对的,他判断这后生非一般人物,背景也较广深。但不管如何,这小老板不是不义之人,更不是奸诈之人,而是大有作为之人,值得信赖之人。王笑春点头默认,周星汉说道:"我想购买一批西药和医疗器械。"王笑春的判断越来越成真了,便回道:"西药市面上是购不到的,日方严加管控,就是费九牛二虎之力购到了,也运不出去。"周星汉说:"前辈,您不要担心。如能购到,先在市内经营,等路子广了,再到市外。这大上海是冒险家的乐园,中国人、外国人,地下的、地上的,政府的、社会的,军界的、商界的,都在做生意,谁能捷足先登,谁就会有商机。"王笑春笑道:"想不到贤侄来上海几日,竟能看穿这大染缸。"略停,又说,"不过,做此等生意风险是很大的,如刀尖上舔血,火海上探路,你尚年轻,最好避之。"周星汉回道:"老前辈的提醒不无道理,但我此番来上海,一不为游逛,二不为享受,主要是想有所作为,把我周家的基业做大。"

王笑春看这年轻人有胆有识,是块好钢,那就让他在炉火中淬炼吧。周星汉自知刚才的话有些偏激了,便解释道:"老前辈,我有些激动,没有把持住自己,还请您海涵。"王笑春笑道:"不,你能成事,成大事,老夫就助你一臂之力。"周星汉提了精神,等待老前辈给他指引。王笑春开始把他的人脉关系介绍给周星汉,说道:"我有个法国朋友在法租界任警长,叫安德烈。安德烈有个同乡叫亨利,是东方汇理银行副行长,在外滩29号,那边大多是外国银行,国际金融中心。别说经营西药,就是军火生意照样有的做。"周星汉感到新奇、兴奋。王笑春又说:"这上海滩你判断对了,就是冒险家的乐园,只要你有胆量,有智谋,就像跑马场想怎么跑就怎么跑。"周星汉得到了王笑春前辈的指点,神情一时亢奋,就想付诸行动。王笑春戏说道:"像你这身行头是不行的,人靠衣装马靠鞍。现在时髦的商人打扮是:礼帽、黑色对襟、丝绸褂裤、杭州布鞋,手持文明棍,指夹雪茄,说着洋话。没有气势,洋人是瞧不起的,黑道也是如此。"周星汉浅笑着。王笑春认真地说:"别看这些场面上的事,很重要的。没有精气神儿,上海人会说小赤佬;没有串场的能耐,日本人会怀疑你是不轨之人。"说得周星汉频频点头。

王笑春带着周星汉约安德烈、亨利来到仙乐斯舞厅,该舞厅在愚园路静安寺旁,享有东方第一舞厅声誉。舞厅老板见法租界安德烈警长来了,自然笑脸相迎。老板见有陌生人,便自我介绍道:"先生,您好!我叫威克多·沙孙,英国犹太人,请多关照。"

沙孙安排最佳处观看舞女唱歌、跳舞,也亲自陪着。王笑春手一招,沙孙侧过身来,反应很快地说:"是要一桌酒席吗?"王笑春应道:"是的。"沙孙立刻去安排了。楼下人声嘈杂,歌声飞扬。王笑春介绍说:"这位是周老板,他虽年少,但是我的朋友。他计划做西药和药械的生意,你们可有兴趣?"亨利笑道:"只要有利可图,用中国的话说,何乐不为?"安德烈也有兴趣,凑上来说:"我有路子,但要运出去是个大麻烦。日本人占领上海前,租界和上海是我们的天下,现在租界成了孤岛。"王笑春说:"目前日本人还不敢和法、美、英等国撕破脸皮,再说运出去,上海有的是办法。"亨利竖起拇指说:"王先生分析得很正确,比如长江上我们的船日本人还不敢无礼。"王笑春有信心地说:"我想说明的是,只要有货,不愁大家不发财。"四人笑得很开心。

看来借助洋人的势力,不失为一条捷径。但之后传来了不好的消息。苏中新四军派员在上海采购军需物品,被特高课设下陷阱截获,牺牲了几名地下工作者,兵站也暴露了,物资又被运上了十六号码头。这是从朱顺那里得到的消息。

这几天,蔡冬九情绪有些低落,周星汉同他谈笑,他也无兴趣。

周星汉再次去找朱顺,想接触三菱商学会社副社长三井煤栈。朱顺告诉他,日本人已照会租界大使和各工部局、警察署,不得外运军需物品,否则后果自负。各租界大使虽提出强烈抗议,但也无效,毕竟租界已被日方包围,受制于人。

毫无疑问,周思武和严夫那一组也是同样的境遇。

晚上,周星汉睡不着觉,独自一人来到小河边,在昏黄的灯光下,有三三两两的男女散着步,偶有亲密的低笑声。这河边的柳树密密的,在春天的催发下,枝条似翡翠披挂,微风阵阵,摇曳添姿。这好像家乡柳河的风景,但生机却要逊色多了。周星汉想到了杨依依,想到了她牺牲的壮举;想到了父亲及父亲终前的交代。河岸两旁几乎是一样的洋房,楼上楼下传来的声音生硬而不和谐;河水虽静,也不似沂湖那样的壮阔,更乏春天的柔美。他仿佛看到了张秀沂在湖边伫立着,向着南方遥望。那天出发时,秀沂一动不动地站在岸边,老远了,还用手遮望着,又能望多远呢!

眼下,西药和医疗器械的采购中止了,也不知何时情形能有所好转,新四军二师和天长的抗日武装还等着呢！周星汉在全神贯注地想着,背后来了一个人,说:"周老板也睡不着觉?"周星汉回头看是蔡冬九,回道:"在外地有些不习惯。"蔡冬九同感地说:"是啊,还是家乡好!"周星汉掉头问道:"蔡叔是哪里人?"蔡冬九答道:"老家浙江绍兴,早年是蔡元培先生把我带出来的。"周星汉想起一件事来,问道:"十六号码头,那个经理叫李茂龄,你可认识?"蔡冬九笑笑说:"岂止是认识,我俩是老乡。青帮大亨黄老板也是浙江人,所以让他当了十六号码头总管,现在黄老板隐居,他听命于杜老板。"而后问道:"周老板对上海的事情也感兴趣?"周星汉若无其事地回道:"随便问问。"问道:"蔡叔这几天好像心情不太舒畅?"蔡冬九回说:"人都有不顺的时候,就像你来到这小河边,怕是有不顺心的事。"又镇定地说,"不过,人生总有逆境和顺境,须知,逆境才是道路上的老师。"周星汉想着,不愧是大学问家身边的人,说话似有深意。他对老蔡有几分敬重,也带几分神秘。

过了一周以后,安德烈警长打电话过来,说各国公使向日方严正交涉,要求放宽正当经营活动,言下之意目前的生意又可做了。果然,法国的亨利搞到一批医疗器械,英国的沙孙购到一批西药,内有磺胺类药品。他们为了获利,主动联系周星汉。

江湾镇那边周思武也传来了好消息,刘浦江镇长通过黑帮也搞到了一批药品。

近几日,周星汉打扮得像换了个人似的,头戴黑色礼帽,身着黑色对襟马褂,脚蹬杭州丝面布鞋,手持文明棍,还佩戴了一副墨镜。因他长相俊伟,再配这一身行头,俨然上海滩一大佬。他出入各种场面和酒会,认识和不认识的人都向他招呼或问候。外国人称他先生,中国人叫他老爷,上海人称他老板,黑帮叫他老大。

在上海日本宪兵司令部特高课办公室里,川野打电话给沪西七十六号特务机关,他说:"喂,李群科长吗?"对方传来喂喂的声音,川野命令说:"近来,上海出现一个叫周星汉的新人物,住静安寺旁,王笑春的宅院。"李群应道:"川野课长,我们马上密查。"川野严厉起来说:"不但密查,还要严密监视,看他有什么异常举动。"那边又传来应答声。

第八章　运河激浪

张秀沂在湖边已经站了一个多小时，不时地眺望东方，一连几天都是这样。周李氏站在身后说："秀沂，太阳已经落山了，回去吧！"张秀沂低声道："妈，他们都出去两个多月了，应该回来了。我大大原来外出，一般最多也就两个月，我怕他们有什么不顺的事。"周李氏劝道："你不要担心，他们去了好几个人，个个都是在行的，再说，政府那边派人保护，星汉又是个稳重的人。"张秀沂还在朝东望着，周李氏说："还是回去吧，你这样天天发痴，对身体不好，别人也会笑话的。"张秀沂不情愿地掉头朝湖岸上走去，又回头搀着周李氏一起往回走。

上海王笑春的别墅里，六个人在讨论着一批重要物品如何运出去。周思武说："十六号码头，通过李茂龄的关系应该可以出得去。"王碧亭则说："十六号码头，肯定要走的，但如何出吴淞口，我们还没有这个路子。"叶茂说："有办法，扬州的徐宝山是吴淞轮船公司董事，用他的船运货应该可以出去。"严夫平常很少说话，却说："即使你们说的条件都具备了，但宪兵队、稽查队、汪伪的76号也不会闲着。初次出行，如果出了岔子，今后就会更加困难。"

讨论出现了冷场，周世武忽然说："哎，能不能交由黑帮帮我们运出去？他们是这里的人，遇到情况比我们好处置。"田英一直未发言，似乎不说话工作会失责似的，建言："大主意周老板拿，按讲我是来负责安全保卫的，不应多话。"周星汉接话说："既然在一起，就是个大家庭，大家共同出点子。"田英又说："我同黑帮也打过交道，对他们可以利用，但不能全依赖，万一出了问题，他们逃之夭夭，局面就难以收拾了。"

周星汉用拳头抵着脑门,自言自语道:"谁能既帮我们运出去,又有安全保障?"忽然问大家,"用外国人怎么样?"大家面面相觑,用上海的黑帮尚有担心,用外国人似乎更不靠谱。在座的只有王碧亭在上海待过几个月,他有初步印象和感触。王碧亭也意识到大家对他有期许,就说:"从这次我跟周老板与外国人打交道来看,外国人一心想赚钱,用他们也不是没有可能,但是运输工具呢?"他像是在问自己,其他人也答不上来。周星汉说:"今天的讨论先到这里,我去法国银行亨利副行长及安德烈警长那里商量一下,再做决定。"

周星汉今天换了一副行头,白色礼帽,白色成套西服,搭配红色领结,王碧亭随行。亨利见到了,竖起拇指说:"周先生真帅,上海的小姐们眼睛要发直了!"在副行长阔大而又富丽的办公室里,周星汉同亨利海阔天空了一番,然后说:"行长先生,我想把货物运出去,你有什么办法?"亨利两手一摊,说:"周先生,这是你的事,与我无关,我只管供货。"周星汉敛起笑容,说:"行长先生,现在的形势你又不是不知道,日本人盘查得紧哪!要是出了状况,我的货物没了,你也会受到损失的。"亨利摇着头说:"你们中国人真黏糊,会像膏药一样贴得紧。"周星汉说:"No,No,亨利先生,我们中国人讲礼仪,讲来日方长。只要这笔生意做好了,我向你夸下海口,江南、江北什么生意我都可以帮你做,你只管数钞票就行了。"亨利高兴起来,望着翻滚的黄浦江水,停下脚步说:"你要加钱,我就会有办法。"周星汉也站起来说:"加钱可以,但要合理。"亨利又说:"当然,这是友谊钱,不多的。"周星汉等着他的办法。亨利放下雪茄烟头,说:"今天是星期日,下周三,有个游轮去武汉东方汇理银行分行,你和我一起去。"周星汉脱下礼帽,鞠了一躬说:"太好了,就这么办。"亨利说:"你的交货地点在什么地方?"周星汉答道:"在扬州的瓜洲。"亨利兴奋起来,说:"好!我正好上岸去扬州城里逛一圈,但费用算你的。"周星汉应道:"都是朋友,应该的。"亨利眉飞色舞。在返回的路上,王碧亭说:"从黄浦江起航到瓜洲应该没问题了,从瓜洲到邵伯镇这一行程还有风险。"周星汉点点头说:"你考虑得对,我想派周思武护送你回家。"王碧亭说:"我想陪你在上海多闯一闯,也好将来行事。"周星汉回道:"这个机会就多了。"两人说着,上了电轨车。

在中一拉丝模厂的小型会议室里,窗帘低垂着,灯光也暗淡。田英在门外走动,观察着楼上楼下的行人。

周星汉说:"下周三准备送货回家,我想先回去三个人。"周思武急说:"大哥,你先回去吧,都出来几月了,家里那边摊子很大,有许多要事等你处理。"周星汉则说:"二弟的心意我领了,但我想在这里安排下一步的事。法国人、英国人、上海的黑帮,他们能搞到枪支、弹药。还有收发报机,罗副师长上次同我说,二师团部都想配上,说不定江北其他师部都盼望着这种利器。"周思武说:"采购这种特种违禁品,风险太大,人手少了转不起来,不如一起回去,一起再来操办。"王碧亭、叶茂也附和。周星汉到会议室门外,招手让田英进来,用似乎不容分辩的口气说:"就不要再议了,我不走有益处,第一刚才说了,我要继续把生意做下去。第二日本人不是吃干饭的,临来时,罗副师长同我说了,一切要以考虑日本人的算计为要,我不走日本人就可能还把注意力放在我身上。第三先蹚蹚运输的路子,一起走目标也大,万一出了问题,以后的任务就不好完成。"

严夫是不多发言的,他作为保卫组长,这时也表态说:"我同意周老板的意见,这是基于日本人那边考虑的。告诉大家一个情况,新四军军部在上海的地下党已传来消息,说我们购买收发报机动作太大,容易引起日本人的警觉,以后要改变采购方式,严格注意隐蔽。"大家都感惊异。周星汉同意地说:"提醒得很及时,不然我们要会吃大亏的。当时物品到手时,我就感觉哪里不对劲,是不是像老中医治病一样,用药太猛了。"严夫又说:"这也难怪,当时也是毫无办法,为了完成采购任务,大家都比较着急。不过吃一堑,长一智,这对以后行动也有帮助。"

周星汉感觉到,自己在上海重重势力的包围下执行特殊任务,共产党是在背后撑腰相助的。他说:"先派周思武、王碧亭、田英护送货物回去。法国游轮到瓜洲地段时,在夜晚停在江边,货物转至岸上。到黎家请黎管家派挑夫送货,你们三人在暗中保护,记住要昼伏夜出。"大家都没有异议,密送计划就落定了。

法国游轮在长江上航行,高挂着法国旗帜,江面上日军巡逻艇也只是望望而已。货物从瓜洲上岸后,先至扬州西部的县、乡镇穿越,到天长境内要绕过日军封锁的乡镇,跨过天扬公路封锁线,渡过水网地带,再到沂湖的南部才算安全。运输队到达张春山家时,张春山亲自撑船向湖对岸送去。

此时太阳已经落山了,张秀沂终于看见一只木船划过来,她努力按捺着激动,不让自己失态,想回去告诉婆婆,但也不想离开半步。张秀沂看得清船上的人了,却怎么也看不到周星汉,多了两个陌生人。

船一靠岸,张秀沂喊道:"大大,星汉呢?"张春山只是笑笑,周思武答道:"嫂子,你不要着急,大哥叫我们先回来,他还要再等一段时间。"张秀沂赶紧回家做饭。

为了保密,陈家国派武装小分队将收发报机、手摇发电机及医药、医疗器械等一起送往盱眙县黄花塘新四军二师师部。师长张云逸、副师长罗炳辉握着天长保安处长林铁的手赞叹道:"天长能干大事。"林铁却说:"二位首长,你们夸错了,是周星汉老板在上海冒着极大的风险采购的,又十分艰辛地运送回来的。"罗炳辉说:"这个周老板不简单哩,要给他记功的!"张云逸又以协商的口气说:"哎,淮北四师的师长、苏中一师的师长,他们也要这些军需物品,向我们求援,能不能帮他们搞一批?"林铁抓了抓后脑,不知如何答复,罗炳辉说:"林处长,不为难你,你回去向周书记、陈县长报告一下,看看有无可能。"林铁即答:"首长放心,我一定转达。"

在县委办公室里,周思武向周为民、陈家国报告情况,说:"周书记、陈县长,在上海出发的前一天晚上,我大哥同我说了许多事情,我拣主要的向你们汇报。天长的工厂、商行及其所有经营,请你们派员管理,周家只持部分小股,这是因为我大哥及周家的主要精力要放在上海那边。下面我大哥的主要任务是采购枪械、子弹、西药、布匹等紧要物资。还有就是承诺过周书记的,在我方区域架设电话,需购置器材。"周思武说了这么多艰巨而又繁重的任务,陈家国提议道:"如果采购量大,运输安全就成了问题,可考虑把杨树青的一排全拉上去,重点保卫苏州至瓜洲运河一线,实施秘密武装押运,以防突发事件。"周为民赞同道:"请严夫同志和军部派到上海的地下党联系,给予密切关注和支持。"周思武请求说:"我三弟周云峰想去上海协助,你们看是否可行?"陈家国问道:"你的意见呢?"周思武回道:"我大哥有这个想法。对了,我大哥还说,要我去上海负责中一拉丝模厂,如能经营好,可赚一笔可观的钱,支持根据地财政。"周为民和陈家国相视而笑。

林铁急匆匆地过来报告了,把在二师师部的情况做了汇报。周为民笑道:"周星汉的名气越来越大了,起初跟我们天长合作,后来也跟二师产生业务,现在整个淮南、苏北都需要他,说不准将来江南那边也要他相助。"

周思武又想起他大哥交代的一件事,说:"杨叔杨管家是苏州人,他的女儿、女婿都参加了太湖新四军游击队,他的女婿还是个排长。我大哥的意思是建议杨叔回苏州一趟,同游击队联系,帮助我们打通运输线。"周为民兴奋道:"这是个好建议,苏州那边我们和当地党组织没有联系通道,和游击队也不方便联系。这样,派林铁和杨德水一起去苏州,完成这项使命。"大家议论得很开心。临了,周为民提醒大家一件事,说:"随着周星汉在上海的工作的开展,重要物资源源不断运到根据地,我们的保密工作要随之加强,尽量缩小上海任务的知情面,减少安全隐患。林铁在动身之前把这项工作做好。"林铁响亮地答应了。

上海返回来的人明天又要出发了,晚上周思武拥着赵爱莲说:"这次去不知什么时候回来,家中的事你要多承担一些,不能把担子全压在嫂子一人身上。"赵爱莲红色的皮肤在烛光下更加艳丽,她甜甜地应道:"你放心,妇抗会和家里的事两不误。下回你要换大哥回来住几天,他们刚结婚几天就天各一方,这也不合情理。"周思武道:"要怪只能怪小鬼子,这些强盗要不闯进中国来,我们不是安居乐业?大大的仇还压在我们兄弟心底里呢!"赵爱莲说:"跟着共产党、新四军,打败了小鬼子,才有好日子过。"说着轻吹蜡烛,拉了周思武一把。

上海大资本家王笑春的别墅里,蔡冬九拿着一封电报说:"周老板,你来看看,这封电报好奇怪,未落款,也未说明内容,只'谢谢'二字。"周星汉连忙过来一阅,说:"噢,可能发错了。蔡叔,以后有电报请先给我看一下。"蔡冬九疑惑地点点头。

周星汉拿着电报上楼来,递给严夫看,严夫悬着的心才放了下来。周星汉说:"第一关总算闯过去了,下面还有不知多少道险关等着我们。"严夫说:"上一回采购我们有冒险行为,上海地下战线的同志已经提醒我们,下面的采购行动要改变方式。我建议:第一,不能再用批准的程序,那样容易不打自招;第二,我们要处在外围,动用资本家、黑帮及其他关系帮助我们执行计划。"周星汉诚恳地说:"上回的行动,我现在想起来还冒冷汗,最近我在考虑着如何降低风险,完成采购任务。"严夫说:"有一件事,按照我们的职业是要做善后处置。上回我们在程儒老板家购买的两部收发报机,为了应对日本特务机关的检查,需预备两部报废或不用的收发报机。"周星汉赞同说:"你这个提醒很及时,也是化解风险在之前,我来安排。"

回天长的人返回上海了,还增加一个周云峰,周星汉感觉人员好调配了。周思武主要任务经营中一拉丝模厂,提供掩护和经费保障。王碧亭、周云峰、田英一组负责采购枪支、弹药、医疗器械。周星汉、叶茂一组负责采购收发报机、医药和电话器材。严夫负责总体安全、守家,并相关工作。分工后,严夫就开展工作的原则和方法做了说明,并要求能够遵守。

周云峰来到周星汉房间,喜滋滋道:"还是大哥讲诚信,兑现当初的诺言。"周星汉却说:"别高兴太早了,来这里可不是玩的,既要完成任务,又要冒着很大风险,尤其是有潜在的危机与我们同行。"哪知,周云峰这样回道:"大哥,别把我当孩子,如像你说的这样,那就太刺激了。在老家干得四平八稳的,觉得不够刺激,到大上海来才能发挥我的特长。"周星汉半真半假地说:"别太自信,也别太乐观,出了岔子我会撵你回家的。"

周思武又过来,说:"大哥,有两件事我替你做主了:一是枪械所到二师盱眙县黄花塘那边去帮忙了,他们闲着也是闲着;二是高邮的孙崇德老板带一个人到天长来找你,他的一个表侄叫贾抗,要谋一个差事,我就安排他到铜城镇盐行当助理。"周星汉说:"你同县政府那边通气了吗?"周思武答道:"这是当然的。"周星汉有点不放心地说:"这个人我们不熟悉,他是来谋生的,还是……"周云峰插话说:"那就看他以后表现吧。"周星汉又对周思武说:"秘密采购工作没有安排你,主要考虑把中一拉丝模厂办好,这项任务也很重要。一是你诚实、敬业、有耐力,也有办厂理财的经验。二是该厂是我们的落脚点、隐蔽所。三是对王笑春老板有一个好的交代。四是周家还欠县政府十根金条,县政府虽不要,但我们还要在财力上支持抗日。"周思武突然觉得肩上的担子沉重起来。

到了深冬季节,北风劲吹,黄浦江水开始结冰。上海的生意好像逐渐萧条,这个有东方巴黎之称的大都市,在面临着一种新境况。不久,太平洋战争爆发,租界又逐渐不安全起来,"孤岛"也保不住它的独立了。日本人到租界也肆无忌惮,法国由中立变为妥协,不得不向日本国屈膝。

王碧亭、周云峰、田英在江湾镇同刘浦江打得火热,刘浦江为他们在魏德迈路租了一套房子。一天,刘浦江神秘地对周云峰说:"你不是要做大生意吗?机会来了,天上掉下个林妹妹,不过她不姓林,姓芦,叫芦洁梅。"周云峰笑道:"刘镇长,我只管做生意,又不认她做妹子。"刘浦江嬉笑道:"你呀,别正经了,见了面保证你发痴。我要是年轻二十岁,这种好事还轮不到你。"王碧亭也笑道:"我们周老板长得像王子,就怕那芦小姐把持不住。"刘浦江认真起来,说:"玩归玩,笑归笑,她可是做大买卖的。这么跟你们说,上海没有她做不了的生意,尤其是军需物资。"王碧亭问道:"刘镇长,那她的来头不小?"刘浦江一拍大腿,说:"你猜对了,她是淞沪江防副司令汤守仁的干女儿。青洪帮、七十六号特务机关,包括日军宪兵都给她几分面子。"王碧亭心里暗喜,也许密购的机会来了。

次日上午,一辆乳白色轿车缓缓停在江湾镇魁星楼门前,司机迅速出来,把后门打开,里面出来一位艳丽女子。她眉似弯月,蛋形脸上溢着春意,款款走进魁星楼。司机在后面保持十几米距离,女子拾级而上,皮鞋发出轻匀的响声。周云峰、刘浦江在楼上观看黄浦江的冬景。女子叫道:"刘大镇长,人家来了也不迎接一下。"刘浦江掉头说:"哎呀,只顾赏景,却忘了远迎芦大小姐,来,来,隆重介绍一下。"

刘浦江介绍道:"这是王老板,这是周老板,这是他的保镖。"芦女士眼睛一亮,只对周云峰凝视,周云峰有点尴尬,刘浦江"咳"了一声,芦女士才回过身来,说:"你好,我叫芦洁梅。"周云峰即应道:"芦小姐好,我叫周云峰。"芦洁梅即说:"名字好听,人也像云彩中的仙人。"周云峰着一套浅黄色西服,头戴礼帽,身材高挑,长方形脸庞,皮肤白皙。芦洁梅一见如故,说道:"周老板,我们边走边聊吧。"周云峰跟随其后。芦洁梅大度问道:"周老板,今年贵庚?"周云峰答道:"虚岁二十五。"周云峰问她:"请问芦小姐芳龄?"芦洁梅"吃吃"地笑道:"是你姐姐,长你一岁。"又问,"你在上海哪里发财?"周云峰回道:"中一拉丝模厂主管财务。"芦洁梅不解地问道："那不是英国人开的？"周云峰答道："那是老皇历了，英国人被日本人气跑了。"芦洁梅扑哧一笑，说："周老板说话挺逗的。"

刘浦江在后面指着，小声说："我说的不错吧，天上掉下个芦妹妹。"王碧亭和田英似在附和，刘浦江又窃喜道，"你们的生意有戏了。"

芦洁梅和周云峰两人似乎忘记了今天同来的还有几人，他们一直往前走着。芦洁梅说："你有正当职业，为何还要做冒险的生意？"周云峰回道："芦小姐，上海是中国乃至世界的大都市，商机无限，就看谁捷足先登了，你一个雅静女士，不也跃跃欲试？"芦洁梅同感道："是啊，有钱谁不想赚呢？"又突然问，"周老板，你们要枪械、弹药，这很危险，如果要运出上海风险太大了。"周云峰一笑道："我不一定要出海，哪里赚钱就抛向哪里。"芦洁梅夸道："经营理念还是蛮活的，我要拜你为师。"周云峰摇摇手，说："哪敢，芦小姐能高看一眼，我就知足了。"芦洁梅仰望着周云峰，说："和你说话真愉快，现在的上海滩，钱味、势味很重，又多声色犬马，就是缺少人情味。"周云峰望着黄浦江说："管他呢，只要愉快地生活着就行。"

王碧亭想跟上去，便对刘浦江说："我们一起去谈生意吧。"刘浦江嘿嘿一笑，说："他们能谈得投机，最好不过的了。"

周云峰也不谈生意上的事，似乎乐于和芦洁梅聊天，芦洁梅也把今天来的目的放在一边。周云峰问："芦小姐家乡何处？"芦洁梅答道："扬州人，你呢？"周云峰一拍掌说："怪不得呢，出美女的地方。我和你是邻乡，但比不得扬州，我是天长人。哎，你怎么来上海的？"芦洁梅一听更是开心，原来也算半个老乡了，倚在栏杆上说："家父原先在上海从军，淞沪会战失败后，部队投靠了日本人。家父的上司是汤守仁，就是现在的松沪江防副司令。"周云峰的蚕眉瞥了她一下，芦洁梅心泛涟漪，忽地说："噢，我想起来了，曾听家父说过，天长有个大商人姓周，因家父是军需官，同商界打交道自然就多了。"周云峰笑道："得了，父辈有缘，我们也是。今日中午我做东，恳请芦小姐赏光，我们也好好叙叙。"芦洁梅也有此意，便邀道："我尽地主之谊吧，以后的机会多着呢。"周云峰不同意说："那怎么行，还有让女士请客的道理？"芦洁梅的眉毛扬起，说："怎么不行？我长你一岁,是你的姐姐哩!"两人相视而笑。

饭局之后,芦洁梅又和周云峰海阔天空了一番。刘浦江是中介人,说道:"今日气氛很浓,生意合作肯定成功,但不知你们敲定了没有?"芦洁梅今天破例饮了酒,兴奋道:"刘大镇长,你放心,哪有我谈不成的生意?今天来,我和周老板他们是叙旧,要谈生意,周老板去吴淞口那边,他要多少我给多少。"临走时,芦洁梅招呼道:"周老板,去的时候先来个电话,我会派车去接你。"周云峰向行驶的车辆挥挥手。

周星汉这边就没有这么好的运气了,由于太平洋战争的开始,美、英、法等国租界既不安全,生意也不景气。东方汇理银行副行长亨利摊着双手,耸耸肩,说:"No,No,周先生,你很讲诚信,够朋友,可眼前的货物进不来,也出不去。"安德烈在一旁说:"我这法租界的警长也要当到头了。"周星汉摘下礼帽,不慌不忙地说:"行长先生,眼下上海滩确实动乱,日军进攻租界,又不断占领。但他们忙于战争,不能把租界的事包揽过去。再说,你们法国同日本国关系还未决裂,处于暧昧状态,这就为我们的生意留下了空间。"亨利习惯性地用手抚弄一下胡须,说:"你说的也有道理,可风险还是存在的。"周星汉不以为然道:"上海本来就是冒险家的乐园,他乱他的,我们才好在乱中取胜。上海滩是藏龙卧虎之地,哪一天不是风云变幻,又哪一天不是风云际会,亨利行长你说是不?"亨利仍然摇摇头,说:"周先生,你好敏锐的思维,我算服你了。好吧,我试试看。"又补充道:"不过,这回不同往日,运输的问题你周先生自己负责。"周星汉浅浅一笑道:"亨利行长,这你就不用操心了,车到山前必有路。"安德烈竖起拇指说:"周先生,同你合作愉快!"

英国人沙孙在公共租界开的仙乐斯舞厅,情形更差一些。沙孙见到周星汉无奈地说:"周先生,你知道的,法租界比我们的境遇好多了,英美租界,日本人不断找麻烦,我们没有尊严了。"周星汉安慰道:"沙孙先生,你不要这样担忧,日本人只不过逞凶一时。从长远来看,他能打得过英美中等国?我看未必。"沙孙道:"谢谢周先生,和你相处觉得不孤单。"周星汉又说:"沙孙先生,你是上海的富豪,朋友多的是,不会孤单的。"沙孙自我解嘲地说:"钱,我是花不完的,可是这精神呢?日本人不讲人道。"周星汉又劝:"我们一起努力,共同渡过难关,相信一切都会好起来的。"沙孙虔诚道:"愿上帝保佑我们!"周星汉又邀了几个朋友,陪沙孙解闷。

过了一段时间,周云峰先搞到了一批子弹和枪支。周星汉夸道:"三弟不鸣则已,一鸣惊人啊!"周云峰抽着洋烟说:"大哥,只要你放我出来,我就能腾云驾雾,我是属小白龙的。"周星汉道:"给你颜料,你还真开起染坊来了。大哥提醒你,那个芦洁梅,你要把握好分寸。"周云峰吐了一口烟雾,说:"大哥,你又来了,处处都管着。她是上海有名的交际花,又有汤司令做靠山,哪能瞧得上我?"周星汉说:"我是说你要把持住自己。"周云峰自信道:"上海这个地方,就是我的天下。"周星汉拍拍他三弟的肩膀。

民国三十一年(1942)春天来了,黄浦江上的冰开始融化。日军占领租界以后,一切似乎又恢复了平静。但物资的封锁却更加严重了,以往租界的势力和自由不复存在了,十六号码头的检查也异常严密。码头上的总管李茂龄是浙江人,先是投靠杜大亨,后因同黄大亨是老乡,又得到其护佑,当上码头总管。日本人占领上海,张大亨倒向日本人,杜大亨移居香港,黄大亨隐退上海,李茂龄又和张大亨拉上关系。但好景不长,张大亨被国民党军统锄奸所杀,李茂龄又像断了线的风筝无依靠了。好在时事更迭,他的总管位置还算保住了。

周星汉和蔡冬九来到十六号码头,李茂龄赶忙上前恭维道:"周老板是大忙人,今天怎么有空光顾我这寒碜的码头?"周星汉递根烟过去,说:"李总管太客气了,你这码头要是寒碜的话,那长江再长也没有价值了。"李茂龄弓着腰说:"蔡老乡,赶紧带周老板到我办公室小憩,这里又忙又乱又脏,太不雅观了,我去去就来。"蔡冬九请周星汉去江边的屋舍。

李茂龄推门进来,两个保镖立在门外。他进得屋内,放下礼帽,一人泡了一杯茶,坐下说:"周老板难得到我外滩来,有什么事尽管吩咐。"周星汉欠欠身子,说:"哪敢!是来请你帮忙的。"李茂龄摊摊双手,说:"就我这差事,还能帮上你周老板忙?各路神仙不找我的麻烦就烧高香了。"蔡冬九说:"李老乡,我们老板有一批货想从你码头出去,你看可方便?"李茂龄的神情顿时紧张起来,问:"有没有'皇军'明令违禁品?若有,动不得的,你就是给万吊钱我也不敢。"蔡冬九说:"老乡,你别太敏感了,哪有违禁品,不过是一般的生活用品。"李茂龄这才松了一口气,回道:"一般生活用品还好,但里面不能夹带其他东西。上回你介绍的苏北的那批货里面夹了东西,被'皇军'查出来,还伤了几条人命。稽查队、宪兵队、特高课、七十六号都来盘查,问有什么人介绍没有,我哪能把你供出去。"说过望着蔡冬九。周星汉接着话说:"蔡老叔是忠厚人,他哪知道里面有其他东西。不过,你李总管也是义气人,江湖朋友。"李茂龄赞道:"周老板是好人,说话两面光,值得交朋友。实话跟你们说了吧,现在要想走私货,码头上行不通,租界里只有法国人勉强可以。另有一种办法,就是走陆路,比如火车,火车还要是军列,货物上下基本是免检的。"蔡冬九询问:"火车或军列你有没有门路?周老板是不会亏待你的。"

这时,有一保镖敲门,李茂龄出门问什么事,保镖耳语了几句。李茂龄回房间说:"刚才你们问的,就要去问汤守仁了。码头上发现有违禁品,我就少陪你们了。"说着急匆匆地出去了。

周星汉和蔡冬九回到别墅,叶茂连忙上来问:"周老板,有好消息了?"蔡冬九摇摇头,周星汉直奔周云峰寝室,周云峰不在,严夫说他到小河边去了。

周云峰在河边钓着鱼,周星汉站在后边说:"你倒悠闲……"周云峰用手制止,大概是鱼要上钩了,果然钓到了一条大鱼。周云峰把鱼放进篓内,说:"大哥,今天可有收获?"周星汉拍拍周云峰的肩膀说:"看来还得三弟出马。"周云峰笑道:"还有难倒大哥的事?"周星汉砸了他三弟肩膀一拳,说:"真被你说中了。"

周云峰来了兴趣,说:"快说给我听听,我好帮大哥分担一些。"周星汉看河边无人,低声道:"看来十六号码头是不能走了,李茂龄说得走陆路,最好是火车军列。"周云峰略一思,说:"大哥,你开玩笑吧,我又不是火车站站长。"周星汉叫他继续把鱼钩放进水里,说:"四两拨千斤,芦洁梅小姐你别说不认识她。"周云峰道:"她能有火车军列?"周星汉提示说:"当然没有,不过她干老头子却有。"周云峰这才恍然,道:"大哥,你不早说,绕了这么大弯子。好说,明天叫她派车来接我。"周星汉笑道:"提起芦小姐,你就来精神,还是那句话……"周云峰接道:"把持住。"又说,"大哥,等货物齐备了,我也不回去,就待在上海,你要我采购什么,我保证完成任务。"周星汉回道:"你和你二哥都留在上海,我要回去,你嫂子在家盼着呢!"周云峰一笑说:"还是大哥有情有义。你先到洋房里去,我要再钓几条,中午好做菜。"周星汉略显轻松地离开小河边。

又过了半月,法国的亨利搞到了两部收发报机,英国的沙孙购买了一批西药和医疗器械。又通过上海市政府秘书吴麦汀筹备到了电话器材。

周云峰的火车专列也落实了。上海有一批军火要运往苏州,芦洁梅不但安排了车皮,而且要周云峰把所带物品用军火箱包装起来,她要亲自押运送去。周云峰提出在苏州为她接风,并陪她逛苏州园林,芦洁梅喜不自胜。

这回去苏州押运货物的有周星汉、王碧亭、叶茂、田英,周云峰一同去苏州,然后再返回上海。

再说杨树青和杨德水到苏州后,先和严福祥老板联系,再寻找太湖游击队。独立营一排的战士分批化装进入苏州待命。

杨德水雇了一只木船,在太湖的河道、港岔上穿行。杨树青扮作一个阔少爷,手拿照相机,像是来太湖上游春的。因是初春,太湖上船只较少,商旅出行还未到季节,捕鱼的也是稀少。往日不太平的太湖似乎有了短暂的宁静。

日本人的巡逻艇未曾遭遇,新四军的前哨也没有遇见。杨德水跟新四军游击队从来未谋过面,那时他早已逃离苏州,只凭严老板的大概判断,在一些区域寻找。

太湖虽不似大海捞针,但要寻人并非易事,何况游击队惯于潜藏不露,无奈之下,他们只好向更深的水域行进。太阳快要落山了,又有乌云接日,西边的湖面半红半紫。这时水面上划来两条船,每条船上各有五六人,俱是蒙面,手提钢叉或大刀,为首的大喝一声:"把他们拿下。"

杨树青三人被带到岸上,那头目说:"今天算你们幸运,碰到我赵阿大,我也不为难你们,只要你们拿出一千大洋,立即放人。"杨德水恳求道:"当家的,我们是来游玩的,也没带上钱。"赵阿大说:"好办,你回去取钱,少爷留在这里。"杨德水犹豫道:"当家的,我和你素不相识,要是我走了,少爷有个好歹,我怎么向老爷交代?"赵阿大拍拍杨德水肩膀说:"你就把心放在肚里,我们只认钱,从不害命的,这是道上的规矩。我们的'政策'是杀富济贫,从不欺负平民百姓,连新四军游击队都愿和我们交朋友。"

杨德水一听提到游击队,顿时有了精神,故意说:"太湖里有游击队?我们都玩一天了,怎么没碰见?"赵阿大说:"这不关你事,你说钱给还是不给?"有一小土匪说:"二当家的,这老头是磨洋工的,不如把这少爷上刑法。"赵阿大搓搓手,说:"不行啊,游击队同我们说了,不能杀人放火,也不能打人骂人,还叫我们不能再拦路抢劫了。"杨树青说道:"我看你们都是江湖好汉,你们选一武功高的人同我比比,我输了愿交钱,你们输了就要放人。"土匪齐声道:"二当家的,你武功最高,这个少爷也只是假大公鸡,耍嘴皮子的。"

赵阿大手也痒痒,放了杨树青的捆绑,斗了几个回合,自觉不是杨树青对手,退而求其次说:"少爷,我们不打了,你交五百大洋过关,怎样?"杨树青乘势道:"今天,我这五百大洋你们是捞不到了,我和游击队苏强排长是拜把兄弟,你们看着办。"赵阿大"哈哈"一笑,说:"别蒙了,苏强在太湖上有几年了,不久前才和我交的朋友。"杨德水走近赵阿大,旁边的土匪以为要进攻二当家,立马拢了过来。杨德水说:"你真和苏强是朋友?"赵阿大笑道:"这还有假?不信,你问问他们。"杨德水又问:"他的媳妇可叫杨秋月?"赵阿大疑问:"你这老头怎么知道?"杨德水说:"你能不能带我去认识一下?"赵阿大干脆道:"这样也好,要是真的,今晚到寨子里摆酒接风,要是假的,五千大洋一块不能少。"

周星汉一行到苏州的第二天,上海的军火列车抵达苏州站。按照事先约定,这边人不要露面,芦洁梅自有安排。货物秘密存放后,周云峰前去接头,点验交接。芦洁梅妩媚笑道:"周老板,我帮你的事搞定了,你可要讲诚信哦!"周云峰笑道:"那是一定,你帮我赚了大钱,陪你在苏州逛几天也是应该的,一切费用包在我身上。"芦洁梅莞尔一笑道:"苏州是上海的后花园,我经常来玩的,你不要喧宾夺主,只要陪着我就行了。"周云峰轻松道:"世上竟有这样的好事,好吧,我打个电话叫人把货物取走,免得添麻烦。"芦洁梅关心道:"你可要找可靠的人,不能有差错,否则连我都得搭进去。"周云峰点燃雪茄,撩开风衣,迈着脚步,走着说:"不要小瞧人噢,苏州航运老板陈运河、青帮大亨苏震湖,同他们打交道又不是一两回了。"芦洁梅笑得格外灿烂。

半夜时分,货物从苏州市内码头装运,负责码头检查的便衣队一看是陈运河的人马,在船上装模作样地东张西望了一番,便由苏震湖的大弟子陈运昌带着他们去吃夜宵了。陈运昌是陈运河的二弟,内中的关系都是盘根错节的。

苏州市区的夜晚,一片黑乎乎的,运河两岸偶有点点亮光透出,远处传来小孩的啼叫声,近处却又野猫的叫声。没有月光,只有矿灯照耀着船队前行。运河的水拍打着两岸发出回击的声音,岸边水柳在夜幕下并不见昔日的风采。

两艘货船的前面有一只画舫,画舫上是一些有派头的人物,货船上不是搬运的就是押运的人员,他们都没有倦意。

船行离市区十多里,一块空旷的地方,两岸尽是茂密的柳林。突然,树林里蹿出几十人,都是蒙面,手执大刀,也有握短枪的。其中一个头目喊道:"靠岸检查,不然乱枪扫射。"王碧亭用电筒照耀着岸上,对后面船上的人说:"不要紧张,先保护好自己。"田英也说:"不要先开枪,继续前行。"岸上的人见禁止无效,快速向前奔跑。前方有一艘货船横躺在运河上,几十人上了船拦河而立。

画舫与打劫船靠在一起,那边十几人跳上这边的船,头目提着盒子炮,轻蔑道:"哪路神仙,还不报上名来?"叶茂上前答道:"上海黄爷的门下,敢问你们是哪路?"头目两手叉腰昂着头说:"不瞒你们,无锡灵山岛的,但你们谁能证明黄爷的人?"王碧亭向后面两艘船上喊道:"一起过来,亮亮家伙。"两艘船立刻靠近过来,有十几人手握清一色的德国造盒子炮。王碧亭吹了吹枪管,道:"说真的,这种玩意全是新的,本爷还未用过,今天看来派上用场了。"头目笑道:"我不管你们是哪路的,把物资留下,人毛不少一根,听懂了没有?"

这时从舱里走出一人,说道:"这我就不爱听了,同是一家人,坏了道上的规矩,黄爷要是知道了,不除了你们的名号才怪呢。"头目迎上去说:"你算哪根葱,敢教训起我们灵山帮了。告诉你,只要你脚踏进无锡一山一水,就得丢下买路钱,这才是规矩。"田英站到舱内出来的人跟前,向头目抱拳道:"无锡的灵山帮虽在灵山岛上,但也名震太湖,这不大水冲了龙王庙,他是我们苏州苏震湖大爷的大弟子,大号陈运昌。这批货就是他兄长陈运河的货,你们看是否让开一条道,今后彼此都好说。"

陈运昌站到周星汉旁,说道:"这是上海黄爷的人,他到苏州我们护驾都来不及,没想到你们竟敢挡道。"那个头目,立刻堆起笑容道:"你就是陈爷,人称水上漂的?真是不打不相识。我是灵山的常喜沉,人称'水怪'的便是。"陈运昌抱拳道："早有耳闻,只是未曾谋面,得便到苏州的话一定长叙。"常喜沉爽快道："那是,不知陈爷这次可有空到灵山一聚？"陈运昌望了望周星汉说："这回就免了吧,我还要护驾去常州、镇江一带。"周星汉这才语道："这回我们失礼了,代向堂主问好,后会有期。"常喜沉赶紧说："哪里,你们能来苏锡常,就是给我们面子了,我们得以一睹总堂的风采。"

这次遭遇只是一场闹剧,倒也无事。那两艘船上亮枪的人,是独立营一排的战士。他们到苏州联系到了何潜的儿子何为,又寻到了周星汉,在严福祥老板的帮助下弄到了枪支,才随船押运的。何为还为周星汉准备了一批中药和苏州特产。

天放亮的时候,船行苏州与无锡交界处,突然听到西北方向传来密集的枪声。陈运昌侧耳听了一阵,说："这是太湖边上传来的枪声,有两种可能,一是日军和新四军干上了,二是日军同湖匪发生火拼。"周星汉已无困意,询问道："陈当家的,如果新四军同日本人干起来,所为何事？"陈运昌转动着脑筋,又想了想说："两种可能：一是偶遇,就像猫与老鼠一样；二是日军闻到了什么腥味,有目的地干仗。"周星汉又疑问道："有没有可能是追踪到我们这里来？"陈运昌很快回答："一般情况下不会,我们做生意、搞航运属正常活动,日军那边一般不会干涉。"周星汉吩咐说："那我们继续前行。"陈运昌也说："不管他,各干各的。"

枪声持续了一个多小时,渐渐平息下来。货船加快了速度,过了无锡,就到常州地界。到了常州码头,码头舵主张雨顺和水警队长张槐一看是周星汉,立马上船问候。晚上在常州宴请了熟悉人士,何潜和黎元春甚是欢悦。

到镇江码头,陈运昌的任务就完成了。叶茂和王碧亭去对岸瓜洲另寻货运。

船在镇江码头停了一夜,第二天叶茂、王碧亭带仇玉林、陈广松过来了。仇玉林报告说："扬州日军这几天像着了魔似的,所有的船只、货物,所有的客商都要检查,而且是宪兵司令部直接行动。"陈广松补充说："黎志成老板叫我们带信过来,货物暂不能过江,请周老板过去面议,再做打算。"

周星汉略加考虑,安排说："请陈运昌老板先回苏州,船和随行人员待货重新装运后并结算返回。"陈运昌拱手致谢。又安排王碧亭、田英把货船移至长江边,如于万贯的稽查大队来巡,好生招待;如日本人来巡,出示上海淞沪江防司令部的介绍信给他们查验。周星汉带叶茂过江议事。

周星汉安排妥当后,在码头上碰见瓜洲轮航局副局长徐行舟。徐行舟客气道:"要不要同我一起过江?"周星汉递了支烟过去,轻描淡写道:"有趟生意要同黎老板洽谈,就要过去的。"徐行舟扫了附近一眼,说:"眼下,江面上、运河里查得很紧,最好避避风头。"周星汉笑道:"正经的生意,不碍事的。"徐行舟又放低声音说:"小心驶得万年船,往北的生意都遇到麻烦了,苏中的、东海的,还有你们淮北的,都是重点检查对象,抓了不少人哪!"周星汉叹道:"这年头,做生意太艰难了!"徐行舟关心道:"去找黎老板、高大队长他们,问问行情吧。"周星汉感激地同他一起上了轮船。

黎志成最近更加深居简出了,商行里、生意上的事全由黎明管家打理,周星汉一来也叫他尽量不要外出。黎志成问道:"货物停在对岸吧?"周星汉回道:"在江边,靠近码头。"黎志成稍稍松了口气说:"不动就好,稽查大队那边我已派人去招呼了,这几天你只陪我干一件事。"周星汉和叶茂对望了一下,黎志成站定说:"打麻将,但不是陪我,是江防大队高大队长。"未等周星汉应声,黎志成抓着电话说:"高大队吗?晚上来搓几圈。""好的,晚上见!"对方传来愉快的声音。黎志成放下电话,转身说:"叶茂可会打牌?"叶茂答道:"黎老板,会而不精。"黎志成一笑说:"行了,只要输,事情就成了。"

晚上,黎志成在家设了便宴,略饮小酒,高兴之余搓起麻将来。叶茂牌技较熟,垒牌、抓牌、搓牌如行云流水,一看就知是行家。黎志成默不作声,高大江抽着烟,不断叫着牌的称号。周星汉是生手,牌歪歪斜斜,吃牌、碰牌略迟,和牌自然较少。但令高大江奇怪的是,叶茂和牌也少,所以他赢了不少钱。散局时,黎志成说:"周老板平素不玩牌的,是他父亲定的家训,但到瓜洲来就要入乡随俗了。"周星汉附和道:"只要高大队长有雅兴,随时奉陪。"高大江乐道:"你的技术还真要多加练习,不然跟不上趟。"周星汉回道:"要的,只是先前在家陪家母打了两回,过后就忘掉了。"叶茂跟着说:"现在遇到了高大队长,正好是个长进的机会。"高大江迟疑地望了望叶茂,说:"其实,你的牌技应该是上乘的。"叶茂回道:"陪客要紧,友情为重。"周星汉接道:"牌技不行,请高大队长多多指教。"

临走时,高大江说:"这几天,白天没有空,全要在江面上、运河里巡查,没办法,有日本人督查着。"黎志成乘机说:"他们有一批货要到北边去,我叫他们等几天。"周星汉又递上烟,叶茂赶紧点火,高大江吐了一口烟雾,说:"对,等几天,我来安排一下。"又小声说,"春夏之交,日本人可能有大行动,主要对苏北、淮南,所以近期封锁物资。"周星汉要送高大江回去,高大江挥挥手就快步走了。

次日上午,杨德水来到黎志成家,告诉周星汉杨树青在滨江旅社。周星汉和杨德水急忙赶往。

杨德水说了一段太湖游击队保护货船的事。那天,杨德水和杨树青被湖匪劫去寨子里,赵阿大把新四军苏强排长请来对质,误会自然云消雾散。杨德水和杨树青跟苏强一道去太湖游击队指挥部,并把情况向游击支队队长做了汇报。支队长爽快地说:"按讲我们不属于同一个系统,不好擅自行动。但都是共产党领导下的,是一家人。"杨树青说:"感谢支队首长。这趟货非常重要,不但是新四军二师的,还有其他几个师的军需用品。所以,有可能的话,请给予帮助。"支队长说:"太湖沿岸、运河水道不太安全。这样,我们派一个连的兵力,由苏强排长指挥,可护送至无锡与常州交界处。"杨德水高兴地望着他的女婿,像是骄傲,又像是欣赏。支队长又忽然说:"但我也有一项事情想请你们帮忙,在你们可能的情况下。"杨树青立说:"首长,只要我们能做到,你尽管安排。""这不是同你们交换条件。是这样的,去年冬季苏南根据地被鬼子大规模扫荡了一回,我们的装备缺乏,需要物资,尤其是想搞一个电台,能同军分区联系通畅。"杨树青答道:"这次我回天长后,向县委反映并征得周老板意见。"支队长摇摇手说:"要是有困难就算了吧,我们自己来想办法。"杨德水却说:"首长,我是周老板的管家,此事我来同他说,应该有把握的。"支队长对苏强说:"苏排长,暂命你代理三连连长,江北物资在我们的区域不得有任何损失。"苏强敬礼领命。

杨德水继续报告着。在苏州与无锡交界处发生枪战,大概是日军执行野外任务,在太湖与运河间同太湖游击队三连遭遇。为了保障运河上的安全,苏强决定同日军一个中队的鬼子干上一仗,以吸引鬼子的注意力。把鬼子吸引到太湖边、苏州境内,三连才又迂回向东警戒。

杨德水一口气说完了事情的经过,并不轻松地说:"只是答应支队首长的事,我还放在心上。"杨树青笑起来,说:"你不是为你的女婿吧?"周星汉说道:"人家帮了我们这么大的忙,提一点要求,这是礼尚往来。"周星汉把瓜洲的情况向杨树青做了介绍,并建议杨树青把一排战士带回去。杨树青望着江面上的巡逻艇,回道:"好吧,这几日待在这里也无作用,就是一个营全拉来也帮不上忙,看来还得智取。我向县委请示,增加力量,在邵伯镇南北一线组织接应,以防不测。"

镇江稽查大队大队长于万贯来到两艘货船上,东瞧瞧西望望,看船吃水较深,估计货物不少。就向王碧亭做了自我介绍,王碧亭也报了家门,于万贯说:"王老板,你不能总是停在一个地方,要挪挪位置,日本人会找麻烦。"王碧亭心领神会,看着于万贯身上的黑色水警服装,眼睛一亮,说:"于大队长,中午我请客,镇江最好的酒店。"于万贯看着王碧亭高高的个子,一股英武气,也未小看他,就允诺说:"周老板手下个个都是好样的,我高兴。"

酒过三巡,王碧亭提出借几套稽查服装用,过几天归还。正巧碰见罗翻译跨进酒店,于万贯就拽住罗翻译一起来助兴。饮酒交谈中,罗翻译得知他的老表石祥瑞在周老板手下当部门经理,格外开心。此时王碧亭又提出了刚才的要求,罗翻译帮腔道:"多大的事,借给他呗,他们的船在江面上才能安全些。"于万贯想想也是,既然和高大江结拜把兄弟,又恼不了瓜洲那边的黎志成,再有上回帮了他们的忙,已跳进黄河洗不清了,不如顺水推舟,落得好处。王碧亭说:"等这回货物交了差,我来给于大队当差,你说往哪打就打哪儿。不是我酒壮胆量,什么枪我都会使,且弹无虚发,精准度很高。"田英插话说:"我们王老板,打靶从未在九环下,都是准心。"于万贯一拍八仙桌,说:"好,我手下百十号人,要是有一半人有你一半军事素质,我就不是大队长这个位置了,起码是个团长、司令的。"王碧亭趁势说:"于大队长,要是我,团长、司令还不干呢,你的职务是个肥差,既不在前方打仗,又不在哪里驻军苦熬,多好,吃着香的、喝着辣的,睡着了还笑醒哩!"于万贯端起酒杯,有点醉意地说:"来,咱们弟兄走一个。"说完一饮而尽。

瓜州这边,高大江几乎每隔一晚来打一次牌,场场都赢,后来他都有点不好意思,提出要请客喝酒。周星汉哪能让他做东,也让他高兴请了两桌,瓜州、扬州、镇江对面上的有头有脸的人物请来了不少,另有扬州码头周正副连长、瓜州码头戚志远排长也来了,自然少不了他的把兄弟于万贯大队长。

今天晚上热闹非凡,高大江、于万贯都喝高了,瓜州的宪兵队长、镇江的小野经理(日商株式会社)都来聚会。本不多言的黎志成频频举杯发话,高大江、于万贯、罗翻译跟着推波助澜,一直闹到月升中天才尽兴而散。

今天夜晚的月亮特别圆,周星汉在黎家花园凉亭里静坐着。亭旁的垂柳似绿帘披挂着,春风轻拂,不停摇荡。他想到了柳镇,想到父亲与日寇激战牺牲的场景,想到沂湖边码头上繁忙的景象,还想到母亲那慈祥的面庞。恍惚间,秀沂那白圆俊美的脸庞,在沂湖边上伫立的情景又映入眼帘。

今天是十五,月亮又大又圆又亮,张秀沂猜想着周星汉今晚能回来的,但已半夜光景,皎洁的湖上,除了银白色的波光,一切都空荡荡的。她心里自语:星汉有好几个月未回来了,是不是遇到麻烦了?该不会遇到鬼子或坏人了吧?菩萨保佑,共产党保佑,他大大保佑。赵爱莲在背后劝道:"秀沂,回去吧,妈在屋里着急。这次他一定会回来的,思武会劝他的。"微风拂来,湖边的柳树翩翩起舞,月光如银,洒落在柳条枝叶上,一对晚栖的鸥鹭慢慢从前掠过。张秀沂等鸟儿飞过,才缓步上岸,走向庭院。

又过了一周。一天晚上,高大江来搓麻将,周星汉的牌技大有长进,洗牌、出牌、对牌已不见拙,输赢几能成平局。黎志成赞道:"周老板得高大队真传,很快就会出师了。"高大江乐道:"古人云,教会徒弟打师父。"周星汉应道:"哪能呢,师父之恩报答还来不及呢!"高大江笑着露出金牙,一边出牌一边说:"过两天,你们的货船就可入瓜洲进运河了,到时稽查队护送你们。"周星汉感谢道:"还是师父关心徒弟,他日徒弟若发迹了,一定不会忘记师父的。"周星汉的话后来果然兑现了,1949年后黎志成、高大江受到共产党的优待。

铜城镇县委办公室的灯光还亮着,周为民和陈家国都在沉默着。周为民紧锁着眉头,还是陈家国打破了沉默,说道:"周书记,你不要太担心了,周星汉会想尽办法渡过难关的,也一定会把这批紧缺物资运回来的。"周为民稍有放心,应道:"要不是鬼子展开扫荡,就叫他们先撤回来,可眼下弹药、西药等必需品,还有二师那边的电台、枪支,其他部队所需军用品也都很着急。你是知道的,四面八方每天骑快马来催办的、探听消息的、取货的,真叫人揪心哪!"

一会儿,黄秘书过来说:"两位首长,都十二点了,快休息吧,现在每天的工作十分繁重,你们的身体会吃不消的。"周为民说:"黄秘书,到军事科找纪涛部长,让他派独立团一连杨树青连长带一加强连明晨出发,沿高邮湖、邵伯湖一线警戒,并沿运河向南秘密搜寻,接应周星汉的船队。"黄秘书刚转身,陈家国补充说:"尽可能地自邵伯镇向扬州方向靠近,不惜代价保护周星汉及货物。"黄秘书敬了礼迅速出去了。

杨德水去苏州以后,周家的总管责任落到张秀沂身上,当然还有赵爱莲协助,其实赵爱莲妇抗会的担子也不轻。所以,张秀沂从后面小街忙到前面的物资中转站,既要联系炼油厂、机米厂,又要照应码头上的烦琐事务,实在忙不过来,就请她父亲张春山过来帮助撑一些日子。周鸿三既忙内部经营,又忙对外事务;周月明总会计每天和账本、算盘黏在一起,铜城、沂湖两地跑,连老母亲都顾不上看一眼。

一个季度下来,多处工人工资要结算了,张秀沂先要登记、统计数据,再造出一张张清册,交与周月明入账。食堂购置的食品、物资等也需要季结,安排下一阶段的购置数目。她又要到小街上了解职工家属的生活情况,看有没有生病的、生活上需要帮助的,帮助职工解决后顾之忧。正忙着,周月明找来了,不停地傻笑着,说:"大嫂,告诉你一件特大喜事。"张秀沂正和大嫂说话,愣了一下,问:"四弟,什么喜事把你笑得这样?"周月明已有二十多岁了,两道浓眉,胖乎乎的,笑而不答。那大嫂倒也聪明,想着说:"秀沂,是不是你家那位……"周月明仍旧笑着说:"大嫂,快到码头上去看吧。"

码头上可热闹了,数十名工人在搬着货物,上下忙碌。周星汉挽着王碧亭,叶茂和杨德水抬着田英往岸上走。张秀沂一见,立刻上去帮忙。周星汉望了一眼张秀沂,说:"快去把周大先生请来,一个膀子上,一个肚子上,都是枪伤。"赵爱莲也回来了,看了受伤的两人,即说:"秀沂嫂子,我去找周先生。"说过飞快地去了。

周月明在码头上看了一下,赶紧来到厅堂,周星汉安排说:"四弟,把所有物资运到铜城镇'三艺社'仓库,向陈县长汇报并要加派看守。"周月明未说话,急着出去了。张秀沂在西厢房用温开水擦洗王碧亭和田英的伤口,周星汉过来说:"秀沂,找两套我的衣服给他们换上,再找毛毯之类的给他们盖上。"张秀沂端着盆,轻轻地出去了。

这时,保安处的人过来了,周星汉问:"夏斌同志,你们在这边还有多少人?"夏斌答道:"周老板,还有三人。"周星汉说:"马上有一批非常重要的物资,要运到铜城那边,请你同这边的一连驻军联系,请他们派一个排的兵力护送。"夏斌即说:"我这就去,杨树青现在是连长了。"周星汉高兴地说:"他一回来就提拔了。"夏斌回道:"是这样的,独立营又改编成独立团了,近期鬼子可能又要大扫荡,各地武装力量都有加强。"周星汉站起来向外走着,说:"这件事就麻烦你了。"夏斌敬过礼就去落实了。

又要打大仗了,这将预示着什么,周星汉了然于胸,他可能又要接受新的使命了。

第九章 亭山刀影

杨树青亲自押运货物至"三艺社"仓库,并留一排看守。他到军事部把接运货物的战斗经过向纪涛部长做了汇报。原来,周星汉的船队行至邵伯镇南五千米处,遇到日军巡逻队三十多人。日军用喇叭叫喊着靠岸检查,仇玉林和徐广松建议道:"周老板,不能靠岸,即使你有通行证,跟日本人也讲不上理。"田英直接道:"凡是有枪的,准备战斗,加速行驶闯过去。"

日本人见状,向几艘船射击过来。田英一枪撂倒一个,王碧亭正好想过过瘾,仇玉林和徐广松抄起步枪连忙应战。田英喊道:"你们两个船老板都给我退后,保证行船就可。"倒是仇玉林越打越起劲。周星汉也从腰中拔出瓦光锃亮的手枪,他是枪械所所长,枪法哪能一般?一枪一个倒下。

但还是力量悬殊,岸上日本人又有机枪火力压制。田英想起保安处长林铁的交代:关键时刻要拼命保护周星汉安全。他边打边移至周星汉身旁。岸上的日军头目用指挥刀朝着周星汉船的方向指挥射击,一阵密集的子弹射过来,田英用力推倒周星汉,用身体挡在他前面,子弹打中他的腹部。

王碧亭一心想着多消灭日本鬼子,也顾不得保护自己,左臂中弹,腿部也负伤。

正在危急时刻,杨树青带大队人马由北向南冲了过来,一阵猛打,日本巡逻队几乎全部"报销"。杨树青命令道:"一排抢渡过河,消灭对岸的残敌,一个也不能留。"

纪涛听完汇报后,又找到周书记向他做了汇报。周为民当即说:"把王碧亭和田英接到铜城镇来治疗。"又说:"先不要打扰周星汉,让他多休息几日。"这时天已黑,周为民叫汤秘书通知县委县政府主要负责人开会,布置反"扫荡"工作。

第二天大早,周星汉急着要去铜城镇报告工作,并把田英、王碧亭带来铜城镇治疗。

陈家国见周星汉回来了,既高兴,又责怪道:"刚回来,就不能歇几天,你真是!"周星汉道:"家国县长,我有种预感,日本人又要大规模地'扫荡'了。"陈家国说:"你判断对了,我们从各方面的情报分析,敌人近期又要开展大'扫荡',县委县政府已作了安排。"此时,汤秘书过来说:"周书记叫县委县政府的主要领导过去开会。"陈家国道:"正好,三弟我们一起去。"

周为民递一杯水给周星汉,感谢道:"星汉同志,几个月来你们吃了不少辛苦,我和家国代表县委县政府十分地感谢。"周星汉回道:"要说辛苦,还是你们共产党人,为百姓、为国家日夜操劳。"周为民说:"这是我们共产党人应该做的事。"又说,"这回你要好好休息几天,要养好精神,以后还有许多要事依靠你。"陈家国在一旁说:"星汉,有件事同你商量一下。你的枪械所现在在盱眙黄花塘二师那里帮忙,二师成立军工部,设子弹厂,厂址在安乐乡小朱庄那里,厂长吴运铎指明要你枪械所抽调一批精干力量协助造子弹。罗炳辉副师长特地写信来要我办理。"周星汉应道:"家国县长,这你就太谦虚了,本来枪械所就是县委县政府的。"陈家国回道:"那我就得寸进尺了,吴运铎厂长恳请我帮他搞一批铜材、火药用品。"说完等待周星汉反应。哪知周星汉不假思索道:"搂草打兔子,顺带的事。"周为民笑道:"星汉同志现在是驾轻就熟了,其实每项任务背后都是负重而艰辛的。"黄秘书过来问:"周书记、陈县长,路东区党委要我们设计淮南币和采购模板的事,我们该如何答复?"

周为民为周星汉添了茶,对陈家国说:"陈县长,就是请你来商量一下淮南抗币的事。随着抗日斗争的需要,以及根据地经济发展壮大,要发行我们自己的货币。现在路东区党委把任务交给了我们,要设计图案和采购印钞板,并把图案制成模板。"陈家国思索着,像是自言自语道:"这个技术难度较大,可能只有南京或上海才有相应技术,南京是法币发行地,上海是国际金融中心,也只有这两地吧。"

黄秘书又来报告，说："罗副师长又派人来送信，说情况紧急。"

周为民接过信，拆开迅速一览，又递给陈家国。陈家国看后还给黄秘书，眉头皱了起来，沉吟道："大战在即，要帮助采购大量的中药和西药，还有粮食和食盐。"

周为民对黄秘书说："通知纪涛和林铁，派人先把二师的军需品安全送达黄花塘。"县委的汤秘书又来报告说："皖东党政军委会送来紧急信件。"周为民拆开急阅，又递给陈家国。陈家国看了不再言语，下意识地望了一下周星汉。周星汉以为是高级机密，不便留在这里，准备退出。周为民拦住说："星汉同志，我们能看的、能晓得的，你也同样，坐下来我们商量吧。"

周为民把情况说了，周星汉似有为难，说："我们天长、淮南的事还未落实，党政军委会要我们帮苏中一师、苏北三师搞药品、药械、枪支和电台，这些都是日军控制非常严格的军需用品。"周为民说："既然是上级的指示，我们就要积极执行，就是困难再大，也要千方百计地完成。"陈家国陷入沉思，周为民又说，"我们还是一件一件地来讨论吧。"陈家国从沉思中缓过来说："把药品的事归为一类来讨论，多派几个组分别采购。"周书记点点头，说："淮南币模板派一组，或去南京，或去上海。"周为民把警卫员叫来说："小李，去把夏春雨局长请来议事。"小李闻声就去了。

沉默着的周星汉趁这时说出了另外一件事："周书记，早些时候你就设想架设电话，改善通信。这回设备已采购回来，又从上海请来技术人员。"周为民略有宽慰，说："还是星汉同志有办法。"周星汉又从皮包里摸出五根金条来，说："上回为了救我二弟，你们花了十根金条，先归还五根。"周为民略有不悦，说："不是说过了，这笔钱由政府出吗？"周星汉接着说："周书记，你听我说，这几个月来，我们在上海开办的中一拉丝模厂，赚了一些钱，现在鬼子又要大'扫荡'了，正是需要用钱的时候。"周为民仍说："我们再困难，也不能动用你购货的钱，你这钱可是我们根据地的命根子。"陈家国跟着说："是啊，我们正在为购物资犯愁呢。"周星汉又说："购货的钱我们会有办法的。如果不算还款，捐给抗日之用总可以吧！"

夏春雨来了,进屋就说:"星汉老弟说得在理,刚才我盘算各方所需资金,已捉襟见肘,你乃及时雨也。"周为民不解地说:"夏局长,你怎么能这样说呢?"夏春雨答道:"周书记,眼下是最为困难的时候,路遥知马力,烈火见真金,此时周星汉为抗日做奉献,足以见他是真好汉也。"周为民叹道:"可星汉同志也有他的困难,不仅如此,他还冒着生命危险为我们采购大量的物资。"

周星汉把五根金条放到夏春雨的面前,说:"请允许我参加你们的讨论。如何采购物资,夏局长也来了,或许他也有办法。"夏春雨说:"老弟,书记、县长不是不允许你参加讨论,而是迫切需要你。本来从上海到高邮湖千里运输线上,日伪重重封锁,现在又要进行大'扫荡'了,无疑会加剧封锁的,这就给你外出采购带来巨大压力。他们也不忍心再给你压担子了,把你留在这里就是想听听你的高见。"夏春雨的话说到了关键,周为民和陈家国之所以来听周星汉的主张,是因为这回采购任务太重大了,几乎难以完成。周星汉呢,感觉形势严峻,任务艰难,也隐约感受到领导对他的关爱。

夏春雨建议说:"这次需采购的物资繁多,一般的物品就地或在邻近区域采购。紧要物品非得去苏南,而且非得由星汉出马,否则不但影响任务的完成,还会有人员伤亡、物资受损的严重后果,也会给今后采购工作造成负面影响。"陈家国点了点头,说:"抗币模板,需要可靠的人制模,还要非常秘密地带回来,这要有地下工作经验和智慧。"周为民神态凝重起来,思考着说:"路东区委把此任务交给我们,是对我们的信任。但这确实不是一般的任务和地下工作,要请上海地下党予以协助,保安处全程配合。"

夏春雨用力吸了两口烟,说:"上海的情形我大概晓得,那里鱼龙混杂,大千世界,相比其他大城市要隐秘和安全些。如没有合适人选,我去。"

周星汉习惯性地用拳头顶了顶额头,又摇摇手说:"不行,夏局长前去有诸多困难。一是你早年虽去过上海,但现在的情形则不一样了。二是要有可倚重的重量级人物相帮。三是有隐蔽的场所和公开的职业。当然还有其他的因素。"夏春雨不服气地说:"三弟,你去就能完成? 就不会有风险?"说过把烟头抛向门外。陈家国插话说:"夏局长,星汉是说他在上海有资源可用,这千里交通、航运线上他有秘密通道。"夏春雨回说:"二弟,不,陈县长,他的采购任务已经十分繁重,再给他加压力,会压垮的。"周为民又焦虑起来,这些特殊而又异常艰巨的任务,非比在根据地区域,就是有众多的力量加在一起,也难以完成。

墙上钟表时针指向十二点,周为民站起来说:"先填饱肚子再商量。"

午饭后,保安处长林铁、一连连长杨树青、军事部长纪涛陆续过来了。杨树青汇报说:"近日高邮湖上,高邮的日伪军开着若干艘汽艇,还有帆船向西'扫荡',打死打伤我渔民十多人。"纪涛面有怒色地说:"小鬼子太猖狂了,还到桥湾乡几个村抢粮食、耕牛。现在小麦还未发黄,正是青黄不接之际,村民所剩的一些粮食都被抢走,耕牛抢回去据说是宰杀食用,没有耕牛种田就没有指望了,这帮畜生!"又转换口气道,"幸而,沂杨区武工队及时袭扰鬼子,才不至于祸害其他地方。"林铁也说:"最近是有异常,护大乡泥湖的北岸经常有可疑人员出没。沂湖的南岸和湖面上有小汽艇来回游弋,还撞坏了一些捕鱼的船只。"林铁顿了顿说,"我初步判断,除与他们即将开展的'扫荡'有关,另就是在刺探我方重要情报。所以,我建议周家渡的工厂、经营场所须加强保护,周老板秘密采购事宜也要提高保密级别,以防不测。"

周星汉听着听着怒火中烧,仿佛又看到了杨柳镇上的熊熊大火和断墙残壁,看到了沂湖湖面上的一片血色,看到了夏有田铁塔般地堵在街巷里掩护战友撤退,自己却壮烈牺牲,看到了老镇长杨永烈为掩护乡亲血洒杨柳镇。他又忆起了杨依依奔跑在红草滩上,鬼子的手榴弹和枪弹齐发,一片火海,想起了父亲临终前交给他的小木盒钥匙及一张联络图。周为民和陈家国在做工作指示,周星汉几乎没有听到。

夏春雨见周星汉陷入沉思,用臂膀碰了他一下。周星汉回过神来,定了定说:"我要求去上海,购置抗币模板。"这突然的一句把大家弄蒙了。纪涛、杨树青、林铁都愣着。周为民解释说:"是这样的,把大家召集来研究物资采购一事。路东区委交给我们制作抗币模板的任务,本想放在最后研究。"望了一下周星汉说,"既然星汉同志提出来了,我们先听听他的意见,再作研究。"

周星汉坚定地说:"我去购置有许多的有利条件,上午已说了。抗币正反面的风景或图画你们选定,我请石祥瑞、张艺平拍照供选择。上海那里或通过大资本家,或与租界外国人,或联系青帮,能够搞到模板并制作。护送回来我也有安全通道。"夏春雨说:"三弟,你这还是理想的说法,其中有许多变数和风险你现在是无法想到和预测到的。"陈家国提示说:"夏局长的意思是你要有充分的思想准备,尽可能地考虑各种风险。"周为民沉稳地说:"星汉同志的意见我们讨论讨论,看还有没有其他办法。"

沉默了几分钟,周星汉又请求道:"周书记,不要再议了。就像打仗一样,不打怎么能知胜负?况且我有一定的把握。"周为民举起手,说:"同意的举手。"陈家国看周为民举手了,自然也跟着,因为周为民在关键的时候决策是不会有错的。接着纪涛、林铁、杨树青,最后夏春雨也慢慢举起了手。周为民放下手说:"这次采购如果成功了,我们给星汉同志记功;失败了,我们县委县政府承担一切责任。"

周星汉似乎有些激动,说:"上午听你们讨论采购物资的事,下午又接着进行讨论,我一直未发言,现在我想谈一下采购计划。"大家的目光一起投向他。静默了片刻,周星汉似乎运足了气:"各方面的情况表明,此次日军的'扫荡'比以往任何一次都要声势浩大,前方、后方都需要大量物资。我想说的是,要把周家所有的力量汇集起来,动用周家所有的资源,征集、采购各种所需物资。具体来说,在上海、苏州、无锡、常州、镇江、扬州等地都撒下网,普遍开花。"陈家国欲言,周为民用目光制止,周星汉未停留,继续说,"非如此不能得到更多的物资。人事分工大致这样:我主要在上海,必要时随行长江、运河。周思武主要在瓜洲兼顾长江南北。周云峰在苏州南与上海联系,北顾无锡、常州。另外,'三艺社'的吕永年专职扬州,石祥瑞专职镇江。为了防备万一和协助工作,王碧亭同我在上海,我三叔周鸿三在苏州、崇峻、王再林在瓜洲。枪械所缪卫华带精干人员去二师兵工厂,剩余人员交县政府重新组建。"

这一番布置,在千里长江和千里运河线上牢牢扎下了桩基,而所有的人脉关系就像密布的网围桩而环绕。如此,看日本人的命数在江淮大地还有几何!

周星汉是用尽了浑身解数和力气,对抗日是倾其所有了。陈家国不由得内心更加敬重他,怪不得早年董松茂老师说周星汉将来会成为风云人物。周为民叫大家发言,陈家国说:"星汉于抗日竭尽全力,但风险也同时增加。运河线上,苏州、瓜洲尤为重要,瓜洲离我们还算近,苏州就鞭长莫及了,那边可派杨树青连长协助。"

门外有人报告,进来的人是路东区委的交通员。周为民请通信员进来,接过密信展开一看,然后请他返回。

周为民说:"路东区委指示我们,如果周星汉继续采购反'扫荡'所需物资,要切实保护他的安全,并制订相应措施辅佐。"大家都点点头,周为民继续说:"刚才星汉同志的精心布局我完全赞同,我只恳请一句,必须十分注重保护好自己。现在整个苏北、淮南都需要你,我们都要保护你。下面研究一下具体措施。"

太阳红殷殷地照在西边的铜龙河上,周为民、陈家国、夏春雨已送了周星汉几里路到了普济桥上,周星汉再三请他们留步。周为民、陈家国握了握周星汉的手,依依不舍。周为民感慨道:"除了抗日大业外,我们还是患难挚友,与你星汉老弟相处,人生足矣!"夏春雨说:"等抗战胜利了,我也重操旧业,经营工商业,同三弟联手,共同建设我们的家园!"陈家国开心道:"我就永远给你们当管家。"令人叹息的是,抗日战争一结束,陈家国就因积劳成疾、操劳过度溘然而逝!遵其遗志,使他长眠于沂湖之滨。

为了加快赶路,也为了尽快到家,周星汉迈开了步伐,出了铜城镇直接抄近路奔走。紧赶慢赶,到周家渡时已有八九点钟,好在今晚月光皎洁,村野里到处洒满了清辉,赶了几十里路也不觉疲惫。快到庄园时,前面像是一个少妇在那里伫立着,周星汉心想莫不是张秀沂在等待着自己?愈走愈近时,看清了,确实是她。

初夏的晚风不冷不热,一阵风吹来令人神怡,随之,田野里的清香扑鼻而至。周星汉三步并作两步,快速上前说:"这么晚了,你还在外边。"张秀沂不好意思地说:"妈叫我来找你。"虽然他们俩成婚有好几个月了,但聚在一起的时间只略有几日,所以张秀沂似乎还有些腼腆,不那么大方自如。周星汉抓着张秀沂的双手,凝视着她的脸庞,似乎无语相对。张秀沂想起了什么,说:"晚饭还没吃吧?"周星汉笑道:"是还没吃,在铜城镇那边他们硬要留我,我都没有答应,想着回来多陪陪你。"张秀沂低头一笑:"现在会哄人了。"周星汉抚摸着张秀沂圆厚的肩膀,说:"是夫妻了,没有必要骗你,你就不想多见见我?"张秀沂心里充满着幸福,回道:"不想见你,就跑到这野外了?"周星汉说:"回家吧。"张秀沂又说:"今晚月色真好,要不是你饭还没吃,真想和你待在月光下。"

周星汉先到东厢房看他母亲,周李氏埋怨道:"你不常回家看看老娘就算了,刚结婚的新媳妇总是天天盼望着,你欠了人家的。"周星汉回说:"妈,我知道的,可确实走不脱,等这趟生意做好,我尽量蹲在家里。"周李氏这才笑起来,说:"哎,这就对了,快去吃饭休息。"

张秀沂为了等周星汉也一直未吃晚饭,晚饭后,又打温水给周星汉泡脚。周星汉叫她一块泡着,张秀沂说:"赶路的要多泡会儿,才能祛脚气,舒筋活血,消除疲劳。"周星汉浅笑道:"谁教你的,还有这么一套?"张秀沂帮他搓着脚面,说:"我妈说的,我大大只要出远门,每次回来,她就帮着他泡脚。"

周星汉在床上拥着张秀沂,像是怕丢了似的。张秀沂甜蜜地靠着,忽然说:"刚才在外面,你说多见见我,是不是又要外出了?"周星汉深望着张秀沂说:"本来我要等走的时候再告诉你的,现在也不瞒你了,过几天我又要出发了。"张秀沂感到突然,说:"又要走了,去什么地方?"周星汉轻拍着张秀沂的后背,说:"还是上海。"张秀沂追问:"那多长时间才能回来?"周星汉轻声应道:"现在还不清楚,要是顺利的话,两三个月就能回来。"张秀沂想着赵爱莲今天跟她说的,鬼子又要扫荡了,紧张地说:"鬼子又要害人了,你出去会有危险的,等过了这阵子再走好吗?"周星汉轻笑道:"不要怕,鬼子没那么厉害,有共产党新四军呢。正是鬼子要来,我才出去采购物资,帮助抗日军民赶走他们。"

张秀沂虽然不情愿周星汉出去,但对他所做的事情深信不疑,她用劲搂着周星汉,直到睡熟了。

过了两天,县保安处来了几个人,带了金条和钞票,说是有二师的、四师的,还有苏中一师的。特别是一师的粟裕师长说要请周星汉去那边做客,一师保卫处还有一封密信交给周星汉。

周星汉到炼油厂、粮食加工厂转了转,碰到周月明,说:"大哥这次没带你出去,没有意见吧?"周月明憨笑道:"我不是外出的料,会误你事的。"周星汉摸着周月明的头,说:"在家里多体贴杨叔,别让他太操劳了。"周月明仰着头说:"记得了。大哥,你出去需要我帮你准备什么?"周星汉想了想,说:"还真有一件事,你自己办,不要对别人讲,帮我找三辆自行车,把几十根金条放在自行车大杠内,然后要密封好。"周月明眨巴着眼睛,笑了起来。

最近炼油厂那边机器轰鸣,昼夜不分,周星汉又抬步向那里走去。杨德水正忙得满头大汗,用毛巾擦着脸说:"周老板,最近来购柴油、煤油的人特别多,我们生产量不够,你看能不能在镇江、扬州那边采购一部分?"周星汉拿过旁边的一条毛巾帮杨叔擦了擦颈上的汗水,说:"这是个好办法,既解决我们的生产不足,又能满足各方所需。杨叔,以后我不在家,你自己做主就行了,就是我在家的时候你也可以替我拿主张。"杨德水走出车间,来到院外,说:"周老板,这次没有安排你二舅李文银外出,他可能会有想法。"周星汉解释说:"杨叔,日本人要'扫荡'了,我想让他协助你守好大本营,还有保护我妈的安全。"杨德水想了想,说:"你考虑得有道理,令堂的安全你放心,有我们在,有保安处,还有部队。"

周星汉和杨德水朝码头上走去,想看看李文银,也好向他解释解释。杨德水走在前面,又突然不迈步了,掉头站定说:"周老板,你此去大江南北采购众多物资,我看分明是大手笔,再加上共产党新四军相助,能够成功,此举若全面收获,你将大功告成,日后必将美名传扬。"周星汉浅笑道:"杨叔是在鼓励我了,我不图美名传扬,只想替父报仇,替家乡父老乡亲雪耻,替国家除寇。我所做的,只是响应共产党的号召,我的信念也是来自共产党的影响。"杨德水默然点头,仍然不动,周星汉问:"杨叔,您是不是有什么话要说?家父临终前嘱托我,一定要听您的话,您就说吧。"

杨德水立觉轻松起来,说:"这两天,我反复考虑你的采购运输方案,觉着还有一处需要用力。"周星汉专注地望着杨德水,杨德水说道,"所有的物资将会源源不断地汇集到长江瓜洲地带,如果瓜洲以北的运输线被死死盯牢,或切断,还有两条线可走:一是向瓜洲以西从岸上秘密运输,这只能是少数轻便物资,另一是继续往西在仪征地界上岸,向马集六合方向穿行……"周星汉忽一激灵,道:"杨叔是要我找一条备用线路,走仪征过二亭山。"杨德水愁绪渐消,轻轻笑着。周星汉拍了一下脑门,说:"亏得杨叔指点。这么说我二舅就派上大用场了。"杨德水复向前走着,说:"你去同他说吧。"

夏日的河面上，荷叶快速地铺展着，只待荷花开的时候，就更加美丽了。周星汉是第一批赴南方的人员，第二、第三、第四批等将陆续开拔。因为起得早，送行的人不多，大多数人都不知道内情，就是分批出发的人员，也只知道自己的出发时间和到达地点。周李氏和张秀沂站在周家渡码头上，眺望着渐行渐远的帆船，直到看不见桅杆，帆船变成了圆点。

就在周星汉若干采购小组到达各个地方后，日军在江南一些区域和江北苏中展开了大规模的"扫荡"，尤其对苏中一师的"围剿"，极为惨烈，时间长达半年之久。不仅苏中地理位置重要，而且苏中军民在粟裕师长的指挥下连打了几个胜仗，日军为了报复，欲除掉这支劲旅。

与此同时，南京的日军对六合、皖东增兵，配合对苏南、苏中的"进剿"。

苏中战事连绵，需要大量物资补给。路东区委顾全大局，从各方面支持配合苏中反"扫荡"。

周思武到达瓜洲后，先拜访黎志成老板，向他求教采购物资的方略。黎志成早已洞悉周星汉老板在苏南及上海采购物资的用途，只是心照不宣，并暗中相助。他又审时度势，建议周思武去南京采购物资，以减轻在扬州、镇江的采购压力，同时，运输风险也相对较小。

黎明管家派人到老戚庄把跑单帮的女老板左美莲请来，周思武顿觉诧异，崇峻脱口道："怎么会是一姑娘家？"黎明淡淡笑道："你们谈吧。"左美莲自我介绍说："名字你们已知道了，别瞧不起女的，我在瓜洲至南京这条水道上可算是老资格了，不信问问仇玉林、徐广松两位老板就知道了。"王再林疑问道："你的大大呢？"左美莲坐下，拳头重重地砸了下堂桌，愤慨道："民国二十七年底，小鬼子要占南京、镇江、扬州那会儿，隔三岔五地飞机下蛋。一天我和大大正在长江上行船，飞机又下蛋了，我大大被炸伤了，船也毁坏了。"周思武关心地问道："你大大后来身体如何？"左美莲即答："命是保住了，留下了终身残疾。之后，我就挑起了大大的担子。"周思武又道："那我们去贵府上看看他老人家吧。"左美莲冲周思武一笑，说："谢谢好意，我们谈正事吧。"崇峻试探道："我们要去南京购一批货，你能接这趟生意？"左美莲站起来，说："没有本姑娘不敢的，这条水道上的主儿，只要提到我大大左右江，个个敬佩。我不跑也有几年了，一般的浑球三五个近不了我身。"崇峻不信,要和她比试一下。左美莲更想试一下身手,来到院中凉亭旁。只几个回合,崇峻被摔倒在地上。左美莲上去拽起崇峻道:"不吹吧,小白脸。"崇峻不服道:"比枪法你可敢?"左美莲毫不示弱道:"再输了你可要请我吃酒的。"黎明把几人带到地下室,百米距离,手枪点射。左美莲却奔跑着连打几个靶子,皆入准星。崇峻轻笑了一下:"看我的。"他在墙上拿过黑丝巾蒙住眼睛,对准靶子连连射击,皆中靶心。大家都鼓掌起来,黎志成默不作声,站在门口。

  镇江火车站旁,迎客居酒店内,孙财源招待着罗春林罗翻译和石祥瑞表兄弟俩。石祥瑞端起酒杯说:"表弟,现在混得怎样?"罗翻译一饮而尽,说:"不咋样,给鬼子当差,心哪能顺?你在天长咋样?"石祥瑞呷了一口,说:"那是个好地方,周老板人更好,我现在都不想回镇江了。"罗翻译自斟了一酒杯,又给石祥瑞满上,敬酒说:"表兄,走一个,我替你高兴。"石祥瑞喝了酒,说道:"所以,我得十二分地卖力。表弟,我想在镇江城内采购一批中药、西药,还有煤油、食盐等生活用品,你可得帮助我。"罗翻译听听别的包间没有响动和声音,小声说:"现时有难度,日本人在苏南、苏北同时展开军事'围剿',一边严管物资,一边封锁长江和运河运输通道。也就是说采购困难,运出去同样困难。"石祥瑞却说:"越是在这种情况下,就越容易发横财,富贵险中求嘛。"罗翻译突然问:"那我问你,要这么多物资干吗?"石祥瑞笑道:"表弟,苏北、淮南那边需要啊,有一种经营方法,叫囤积居奇,这是商人的智慧。"罗春林推了推眼镜,放下酒杯,说:"算了吧,上次你找我帮忙解救周老板的兄弟,我就知道不是好事。"这话就差捅破窗户纸了。石祥瑞庄重地说:"表弟,日本人在镇江、扬州烧杀抢掠,你不是不知道吧?我照相馆的陈宁玉被日本人杀害了,我们的亲戚、朋友被日本人打伤、残害的很多,背井离乡的不计其数。只要日本人在我们的家园,我们就没有好日子过。"罗翻译静静地听着,片刻说:"我何尝不知道?可又有什么办法呢?"石祥瑞劝道:"表弟,有办法,你帮我搞物资呀。"罗翻译好像在思考着什么,大概最近日军又要屠杀苏南、苏北广大同胞,他的脸上一阵紧张,一阵愤怒。石祥瑞又把酒斟上,说:"表弟,先喝酒吧。要是有难度,以后再说。"罗翻译端起酒杯,说:"干,不过你要注意安全。"

石祥瑞悬着的心才放下来,孙财源上来加茶,石祥瑞问:"最近日本人来吃饭的不多吗?"孙财源小声道:"最近他们又要打仗了,城里的兵往城外调,你们要小心噢。"罗翻译说:"孙经理,楼上别安排客人,我兄弟俩谈点事。"孙财源应道:"好嘞。"立刻下楼去了。罗翻译又低声说:"镇江正中药店,有中药、西药,经理法应海你是知道的,周老板父子都同他熟悉。食盐我帮你购好。煤油你买好后,联系好拉大粪的工人,用桶装运出城。过几天我要送物资到乡下,顺便帮你把其他物资一并带出城。"石祥瑞兴奋道:"表弟,你这下帮我大忙了,日后会酬谢你的。"罗翻译用手帕擦擦头上的汗,说:"表哥,不谈这个,安全就好。"

再说周星汉、王碧亭、田英到上海后,直奔法租界王笑春家,王笑春看他三人都推着自行车,感到纳闷。周星汉三人进到里屋,王笑春问此番生意如何,周星汉回答还算顺利。三人饮了茶,周星汉说:"老前辈,此次又要麻烦你了。"王笑春笑道:"贤侄,又来客套了,什么事你说?"周星汉说:"淮南那边准备造币,一要板块,二要设计模板,另外还很需要纸张。"王笑春略一思,拿起电话打给了法国汇理银行副行长亨利、法租界探长安德烈,还有江湾镇镇长刘浦江,说晚上在大世界小聚,对方都爽快地答应了。王笑春又打电话给朱顺,安排最好的包间。打完电话,王笑春说:"贤侄,不要担心,上海这个地方说好办就好办,说不好办比登天还难。吃过饭后,你先同亨利、安德烈谈,然后再同朱顺谈,应该有个眉目。"

王笑春的轻松安排,谈笑间的淡定,给周星汉增添了信心。说实在的,周星汉在赴沪的路上就很担心,因为此种行当从未涉及,毫无头绪,且风险也未可测,现在倒也有些定当。周星汉叫王碧亭、田英把天长、高邮、苏北的一些特色产品拎到客厅来,他微笑着说:"老前辈,这是我孝敬您的,如若不嫌,请您老收下。"王笑春很是高兴,叫管家收下。周星汉又对管家说:"三辆自行车里面全是金条,请代为保管。"管家满脸笑容,王碧亭、田英忙去推车。

王笑春领着周星汉三人先到大世界餐饮部,又乘电梯上了五楼。总经理室门前两个保镖松树般地立着,见到王笑春来示意进去。王碧亭和田英退在门外一旁。

朱顺一看是王笑春和周星汉,立马从宽大的背椅上起来迎接。王笑春把周星汉要制币的事情略说了一下。朱顺把宽大的窗帘彻底拉开,朝东望着波浪翻滚的黄浦江,又转身把雪茄烟蒂丢在缸内,坐在王笑春对面的沙发上,说道:"这事要分几道来做。据我所知,币板英国的质量好,纸张法国的好。制模上海有专家,不过要去找市府的吴麦汀秘书。自傅筱庵市长被我堂弟朱升源砍杀后,吴秘书同我来往就少了。江湾镇的刘浦江镇长,还有淞沪江防司令部的芦洁梅女士同他处得来。"等朱顺说完,周星汉才说:"朱先生说的这两人我们都熟。"朱顺手指一圈:"OK。"

酒宴过后,王笑春又把亨利、安德烈请到品茗包间,周星汉说要经营钞票纸张。亨利两眼发着蓝光,说:"周先生,多余的话不说,只要钞票。"周星汉说:"老规矩,给亨利先生优惠。"安德烈一旁说:"没问题,现在日本人对法租界的控制稍松了些。"

朱顺领着王笑春一班人参观了娱乐场,又各自回府。

静安寺旁王笑春别墅里,一段时间来异常宁静。周星汉三人回来了,大门紧闭。田英按了按门铃,蔡冬九慢慢出来,一见周星汉,立提了精神,开了铁门,笑道:"周老板,你回来了。"周星汉回道:"您老人家可好?"蔡冬九答道:"好,就是想你们。"周星汉忽然想起一件事来,忙从衣袋里摸出一个信封,拆开一看,原来是一师保卫部的信函,说蔡冬九是一师驻上海的地下人员,因兵站被破坏,让蔡冬九协助周星汉工作。阅毕,周星汉说:"蔡先生,以后得多多请你帮忙了。"把信函递给蔡冬九看着,蔡冬九看了说:"难怪我觉得你们像北边的人。"

周星汉收好信函,直奔楼上。严夫和周云峰在室内议着事情,看周星汉回来了,兴奋地起来握手。周云峰怪道:"大哥,闲在这里闷得慌,这回有事做没有?"周星汉叫大家坐下,安排说:"二弟,任务有,就怕你完成不了。"周云峰站起来,说:"上海这个地方适合我。"周星汉继续说:"王碧亭和田英一组负责采购医疗器械、医药、电台。严夫组长和我一组,负责抗币模板的制作。"周云峰又站起来,说:"大哥,你不是忽悠我吗?我就看戏了?"周星汉又示意他坐下,说:"二弟,在上海有两件事需要你做。第一,购买武器弹药,这桩事风险很大。第二,通过刘浦江请吴麦汀秘书帮忙找制抗币模板的专家。"周云峰表态说:"没问题。"周星汉接着说:"二弟,你听着,两件事一周内办完,即去苏州采购物资,清单我随后列给你。物资采购后,还要运到苏北。"周云峰不作声了。周星汉仍在说:"王碧亭先把电台采购到,一周后交云峰送苏州太湖游击支队,我和杨树青答应人家的。对了,杨树青已抵苏州。"

在古城扬州,日军旅团司令部的会议室内,冈田司令召开作战会议。他说:"为配合苏南的'清乡'行动,本旅团着重打击新四军粟裕的一师。最高目标是一举歼灭一师,次要目标是打残一师。高邮龟川司令配合行动,天长平野司令向西'扫荡'边缘地带的共军和区、乡政府。军事力量大本营会统一调配。"龟川、平野霍地站立,"嗨、嗨"地应答。冈田示意龟川、平野坐下,又转到他们俩座位后面,两手按着他们的肩膀,说:"你们还有一重要任务,查明天长秘密采购通道,又是谁帮助共军和大日本皇军作对。"

冈田坐到首席位置上,平野报告说:"冈田司令,据我们宪兵队侦查,天长确实恢复了工商业,建立了炼油厂、粮食加工厂,还有盐行、纺织厂、被服厂等工商业。但还不知道通过什么渠道采购物资和设备。"冈田敛起温和的面孔,训斥道:"告诉你吧,我们宪兵司令部的眼线报告,天长工商业发展很快,已严重破坏了我们的封锁计划。他们的物资供给几乎达到了饱和状态,生活物资不必说,连军事物资,如枪支、弹药、西药、收发报机等特级军需物品,都能从苏南、上海等地搞到。"冈田说到这里有些激动,拍了下桌子说,"真是奇耻大辱,千里长江、千里运河还有我们占领的大中城市竟然让共产党任意横行,游刃有余。"

平野立刻站起,表态说:"请冈田司令放心,我们一定查清共党的物资运输情况,一定捣毁他们的生产基地。"高邮龟川司令也随即站起,说:"我们也一定封锁住高邮至邵伯及至扬州一线的运河,切断他们的运输通道。必要时,越过高邮湖袭击他们的生产基地。"扬州宪兵司令快速走到地图前,指着说:"冈田司令,您放心,我们保证查清千里运河上共党的运输通道,阻断他们的物资补给。"冈田这才满意地说:"'大东亚战争'到了最关键的时期,只要把共党死死困住,他们就没有力量与我们抗衡,战争的胜利就为期不远了。"在一片掌声中,这个特别的会议结束了。

上海这边在紧张地筹措物资,抗币模板也在秘密制作之中。周云峰购得枪支、弹药,携两部收发报机,乘军火专列驰往苏州。芦洁梅奉她干爸汤司令之命,运输军用物资去苏州,以助"清乡"行动。周云峰便是借助芦洁梅一道去的。

扬州往北的运河物资运输是出不去了,扬州往西日军也派兵封堵,张网以待。周思武、崇峻、王再林三人通过关系在南京采购一批物资,货船停在仪征江面的隐蔽处,向东走扬州运河已无可能。周思武进行分工,崇峻负责留守,王再林去马集向李文魁求援,自己返回瓜洲集结物资。

情况变得越来越复杂了。吕永年在扬州通过商会副会长柳云斋搞到一批物资,扬州码头副连长周正说物资无法向北运行,必须另想办法或暂停运输。

石祥瑞也把物资隐蔽在江边,在瓜洲码头通过戚志远了解到向北的通道已被封死,从瓜洲一直到高邮水泄不通。

周思武赶到黎家大院,黎明说吕永年、石祥瑞已在等候。三人把情况互相通报后,周思武向黎志成求教运输之策。黎志成双手转动着康乐球,在偌大的厅堂里轻移着步子,周思武虽然着急,但不便言语。黎志成自语道:"等又等不得,走又走不得,况且此番'清乡''扫荡'不似以往,而是遥遥无期。"

这时门外仇玉林、徐广松要见吕永年和石祥瑞,黎明把他俩引进客厅。黎志成端坐在太师椅上,询问道:"你们二位是为送货的事?"仇玉林答道:"是的,黎老板。"徐广松则说:"黎老板,我们想请示这货是送还是不送? 走水路,还是走陆路?"黎志成把康乐球放在棠棣桌上,一字一顿道:"那依你们之见呢?"仇玉林望了一下徐广松,答道:"黎老板,向北的运河怕是过不去了。能不能向西从马集进六合到天长?"黎明提示道:"马集南十二里,有个十二里岔,也叫岔集,那里有日军、'皇协军'据点,马集向北有月塘集、谢集据点,但重点是马集。马集当中还有一个二亭山,二亭山上有草寇,据说已和日本人合作。"仇玉林接话说:"二亭山,当年我也在那落过草,山上有个二当家叫关山桠,和我关系不错,可以试试。"徐广松也跟着说:"月塘集'皇协军'中队长马龙和我是姨兄弟,应该问题不大。"见大家都献计献策,周思武也说:"黎老板,马集那里有个大户叫李文魁,是我的堂舅,他也可以出一份力。"

黎志成站起来用手搓康乐球,边转动身子边说:"这样,黎管家你带上家丁护卫替我走一趟,凡遇上中国人的盘查,皆说我的货。尤其那个'皇协军'大队长金宝财,给我备些慰问品,就说请他到瓜洲来一叙。"黎明响亮地应道:"好办。"黎志成又站定朝大家说:"各路人马均听周老板调遣,当尽心尽力。"周思武抱拳致谢。

不光南京的物资,现在连镇江、瓜洲、扬州的都得从仪征江面上岸,风险不能说不大。左美莲望着绵延的江水,仰望着周思武说:"周老板,你是真英雄,各路人马、豪杰都唯你马首是瞻。"周思武轻言道:"全凭众人帮忙,我也没有三头六臂。"左美莲拍了一下周思武的肩膀说:"周大哥,你有相好的吗?"崇峻故意道:"左侠女,他还没有。"左美莲黑红的脸上绽出了笑意。周思武对崇峻说:"别胡说,看着江面上。"左美莲望着江水,陷入遐想。

在各方努力下,经过许多曲折,物资终于通过了层层封锁线,到达天长。周思武按照他大哥周星汉的交代,在县委县政府的安排下,把物资移交给苏中新四军一师,支援那里正在鏖战的反"扫荡"斗争。

上海采购的物资一部分已达苏州,后续部分也已备齐,就等数十块抗币模板制作成功。

当下的问题就是如何从黄浦江出长江,再至瓜洲地界。周星汉召开"诸葛亮会",王碧亭、严夫、田英都在场,又把叶茂叫来,还请蔡冬九参加。王碧亭提出租用运输公司的木船,大批货物可一并运回。叶茂则说违禁品必须藏匿或包装。蔡冬九说:"碧亭、叶茂的建议都正确,发报机可拆散包装,电子管可掺夹在日本货中。"严夫发言说:"我在市面上转了,像日本的'灵宝丹'药品、英国'大英牌'香烟等均可购一批,便于夹藏伪装。"蔡冬九还说:"出黄浦江有一定把握,但从长江口至扬州,行程较远,会有各种检查,也要想好应对之策。"周星汉请大家各抒己见,最后集中意见作了安排。他请蔡冬九去找李茂龄安排好十六铺码头,因为那里日军的耳目众多。王碧亭去吴淞口找芦洁梅,因为吴淞口的检查也是相当严格的。田英去采购"大英牌"香烟和"灵宝丹"药品。他自己和严夫要完成两项任务,一是租船,二是"跟大船过江""借大树乘凉"。在租船上另外加租金,把船身稍改造一下,隐藏违禁品。

为了"借船出海",周星汉去找大世界的朱顺。通过几次交往,朱顺对周星汉逐渐认可,已至敬佩。朱顺说:"周老板,以前你父亲我听说过,没想到你涉猎广泛，比你父亲更有过之，真是长江后浪推前浪。"周星汉回道："朱老板抬爱了，在上海滩行走，还不是你们罩着？生意之所以顺畅，还不是靠你们的人脉？"朱顺抽着雪茄，放下二郎腿，说："说吧，什么事？"

周星汉把烟缸往朱顺面前推了推，缓缓道："是这样的，这次采购的货物一是量大，二是品种较多，难免有些货物日本人会说话，你看有什么办法，能在长江上便当。"朱顺哈哈一笑，道："我说你周老板是个福相，这不，机会来了。"周星汉不解，朱顺说："现在长江上因太平洋战争爆发，外国人的船只都要检查。但有一家，就有面子了，你猜！"周星汉思考着说："除非和日本人走关系。"朱顺灭掉烟蒂说："你猜对了。上海青帮三大家，你是知道的。我师傅黄先生已经隐退；杜先生筹措物资支持抗战，在香港遥控指挥；剩下的张大亨因同日本人合作，被军统除奸了，但他麾下的弟子在上海滩日本人还是另眼相看的。"见周星汉还是不言语，朱顺又说，"那么要想出海，须得借船，借张大亨的船。实话跟你说吧，最近我也有一批货物要运到武汉那边，所以请他们帮助运输及护航。"周星汉浅笑起来，说："我懂了，还是朱老板有通天之术。"朱顺站起来说："周老板，你有几只船？"周星汉也跟着站起来说："两只大船。""行，就这么定了。"朱顺又照应说，"不过，沿途检查还是免不了的，你要做好准备。""这是当然，不会给朱老板招惹麻烦。"周星汉有底气地回道。

位于铜城镇东面的一家盐行内，因天色渐晚，店员把门板一一扶上，闩好门，从后门退出。盐行助理贾抗又过来检查一遍，小心地吹灭蜡烛，侧耳听了听街面上的动静，大概巡逻的刚刚过去。他一步步上了二楼，进了密室，打开电台，嘀嘀嗒嗒的声音在室内回旋。约半个钟头，他又关闭电台，轻轻下楼。贾抗做完工作，有些心满意足。他在天井形的后院里，望着天上的圆月，嘴角露出了笑意。扬州城内的一所大宅子，还有一个盐行，宪兵队就要还给他了，另外还要奖赏给他一笔可观的经费。因为，他已探知了天长及淮南的物资是从苏南和上海那边购回来的，物资中转站就在沂湖岸边，沂湖那边还有炼油厂、机米厂等。这个采购组织对淮南、苏北的日军战略计划威胁极大。更为可喜的是他基本了解这个采购组织的核心是周氏家族。因此，他建议：一、在长江、运河上截击这支特殊组织；二、天长、高邮联合夹击沂湖的生产物资基地。月亮在云层里穿梭,天光忽明忽暗,他又退回房间。

在铜城镇政府办公室里,烛光仍在亮着,陈家国披着单衣在看墙上的地图,林铁说:"陈县长,一师供给科长于是刚到,你看第一批物资……"陈家国背着身子说:"把纪涛部长请来。"林铁应道:"是。"陈家国转身问:"你刚才说什么?"林铁回道:"一师供给部来人,请求物资援助的事。"陈家国即答:"周思武购回来的物资全部给一师,苏中那里打得很艰苦。"林铁又应着出去了。

纪涛过来了,陈家国拽他一下说:"去周书记那里。"

周为民边吃饭边说:"正好你们来了,也不用我跑腿了。"陈家国和纪涛等着周为民吃完饭,周为民仍旧吃着说:"不用等,说说看,如何接应周星汉他们。"陈家国坐下说:"看来,从瓜洲经运河难度很大,而且苏中那边战火四起。现在周星汉他们回来,最大可能是从仪征江面上岸,经马集,过六合,越天扬公路。"周为民点点头。纪涛补充说:"如果这样,从独立团调一营在六合北面接应,另派二营驻防沂湖,防止日军破坏物资和生产基地。"周为民利索地放下碗筷,说:"我同意你们的意见,一营在到达位置前要秘密行进,不与日伪军发生冲突,返回时也应注意。"纪涛响亮答应。陈家国又说:"最近,高邮、沂湖湖面上日军巡逻艇来往频繁,又有不明人员化装侦察,敌人好像觉察到了什么。"周为民目光坚定地望着他们俩,说:"一定要保护周家及物资基地。"

进入夏季,长江江面增宽,水流加速,不似春季碧浪的景致。周星汉同上海来的几个年轻人聊着,严夫、王碧亭全神贯注地盯着江面。到了瓜洲地界,天色已晚,周星汉和前面船队的管事告别,吩咐船停在江面一侧。他和田英趁夜幕上岸,直入黎家大院。黎明热情地把他俩引入客厅。黎志成从太师椅上起来,向前几步拉住周星汉的手,说道:"贤侄,你辛苦了!"周星汉回道:"前辈,让您操心了!"

落座后,黎明说:"你二弟的物资虽然费了周折,但已到家。他还安排李文银和仇玉林在马集一带迎接你。"周星汉已意识到运河这条线已走不通了。黎志成笑吟吟地说:"贤侄,看来取道西线是必由之路,你需要我相助什么,尽管开口。"周星汉略想了想,说:"前辈,我想借一批'盒子炮',以备路上所需。"黎志成即安排说:"管家,照周老板所需备办,另同前次一样,你带护卫随行。"黎明响即答:"是,黎先生。"

黎明又挑选了几十人的运输队,带了一些工具,连夜上了江中船上。

船行于仪征江面,趁夜晚卸货,装上运载工具,向十二里岔进发。天蒙蒙亮时,到了一检查哨口,哨兵盘问了几句,便去岗楼内报告。少顷,从岗楼内走出一个挎盒子炮的人,另随一名警卫。哨兵介绍说:"副中队长,这是瓜洲的客商。"副中队长揉了揉眼睛,打着哈欠,说:"客商也要检查。"黎明满脸堆笑,递烟,打火,说:"长官,半月前我们也是从这里经过的,那次你好像有公干,不在这里当值。"副中队长乜斜着眼看了看后面长长的队伍,说:"例行公事,检查一下吧。"王碧亭上前一步,说:"中队长,我也是当兵的出身,咱当兵的人说话直爽,你开个价吧。"副中队长扶正帽子,说:"没什么价格好谈,只有接受检查。"黎明拽着副中队长,一边说:"我们家黎先生和你们中队长是亲戚,同北面马集镇的金宝财大队长也是朋交,你看是否可以通融通融?"说着,从身上抽出一根金条塞到他的军服口袋里。副中队长用手指弹飞烟头,说:"过去吧,趁天还未大亮。"

运输队过了十二里岔,开始缓缓而行,行至一个小山村,周星汉安排大家休息。此时,从一民房内走出两人,正是李文银和仇玉林,周星汉见到他们俩甚是欢喜。三人进入破旧的屋内,周星汉简言道:"说说情况吧。"李文银说:"周思武他们到天长,问题应该不大,就说这里的情况吧。马集镇向北二里处有一座二亭山横挡在路上,山上有一大当家的叫卜昊,自称白鹤大仙,占山为王,不久前又投靠了日本人。上回白鹤大仙不在山寨,因仇老板与二当家关山桠是朋友,也就放过了。此次恐有麻烦。"

周星汉把目光转向仇玉林,仇玉林有些迟疑,介绍道:"说来话长,早年李文银兄在山上也与大当家的不和,选择下山,我也一样。二当家的关山桠为人豪爽,又讲规矩。卜昊喜好装神弄鬼,说二亭山上有两大仙鸟,分别是白鹤和青鸾,他自称白鹤大仙,命关山桠为青鸾大仙,说是宋朝真宗皇帝赐这二鸟,又兴建二亭,何不顺天意,图个祥瑞吉兆?哪知关山桠不从,卜昊遂生不快之意。后来,卜昊又常做一些出格违规之事,如强暴民女,欺压平民,关山桠屡屡劝阻,卜昊怨气渐深,逐渐疏远关山桠。现在卜昊又投靠日本人,两人形同陌路。"

李文银等仇玉林介绍完毕,建议说:"要过二亭山麻烦很大,我找堂哥李文魁去。"仇玉林担心道:"就怕卜昊不买你堂哥的账。"周星汉用拳头抵了抵额头,又向北望了望马集镇,然后说:"二舅,你把严夫、黎管家、王碧亭请来。"李文银即去叫人。仇玉林两手搓着,没了主张。

　　严夫三人来到,周星汉简要把情况说了一遍,请大家想想办法。王碧亭口快,说道:"向金宝财借兵,加上我们几十人,不让路就揍他。"黎明接过话题说:"硬攻不行,马集镇南有日本人,十二里岔有'皇协军'一个中队,另有一小队日军。二亭山北有月塘、谢集两镇日军和'皇协军'。动静大了,后果适得其反。"田英想着说:"如果伪装'皇协军'押运,可能通过二亭山。"仇玉林却说:"白鹤大仙要是向马集的'皇协军'和日军报告怎么办?"严夫望了望大家,说:"你们说的都有道理,我也提个方案,大家议议。我们伪装成扬州的宪兵在马集检查防务,听二亭山上有动静,赶去巡查,一起把货物及人带走。"

　　不知严夫的方案是大胆,还是过于冒险,大家都不作声,最后目光都投向周星汉。周星汉镇定道:"严组长的意见是集中大家智慧的,我意可行。补充几点:第一,我先上山向卜昊借路,并且借助黎志成前辈的威望;第二,如不可行,闹出点动静,请严组长化装成宪兵上山;第三,我二舅去镇上通过我堂舅李文魁向金宝财借几十名士兵,一来增加力量,二来免得卜昊怀疑。"大家一致赞成。

　　赞成过后,王碧亭说:"周老板,你不能去。"仇玉林也说:"不能去,那个卜昊杀人不眨眼。"周星汉见反对他上山的人越来越多,就摆摆手说:"你们听我说,卜昊要是准许通行,风险自然化解;如果不允,他也不敢造次,会把我交给日本人。那么,就按第二、第三款实施。这件事不容再议了。"黎明望着大家说:"事已至此,就按周老板的意见办。不过,我和周老板同去,可多一份保险。"李文银站到周星汉旁,说:"我也去,顺便把他们的电话线掐断。"王碧亭急道:"我可是周老板的第一保镖,我得去。"严夫却说:"你扮'皇协军'的中队长比较合适。"周星汉点了点头,说:"碧亭,听严组长的。"

　　晚上九点过后,天色灰蒙蒙的,周星汉、黎明、李文银三人上山。李文银要去山寨旁先断了电话线,叫周星汉、黎明在道旁等着他,周星汉说先去会会山上大当家的。山路弯弯,密林阴森,先是明哨盘查,上山顶一段路程布有暗哨观察。接近白鹤大堂时,洞前两个大汉手持明晃晃的大刀,两脚叉定,圆睁着眼睛,虎视着来人。周星汉上前拱手道:"请好汉通报一声,拜见二当家关山桠。"稍停,一大汉回道:"这里是白鹤大堂,不得随便进入。"黎明上前一步说:"烦请通报大当家的,就说瓜洲黎先生派人来问候。"另一大汉即去禀报。

约一刻钟工夫,大汉出来拱手道:"请二位入堂。"进得幽暗的洞内,门口有四个大汉俱持大刀,其中两人搜寻了周星汉、黎明,说检查有无器械。洞内有一座二三十米长的木桥,桥下泉水潺潺。过了桥有一长长通道,两旁每隔三五米就有一个人站岗,手持寒光大刀。黎明走在前面,拐了急转弯,方见一大堂,里面灯火辉煌。大堂两旁立有几十人,俱是手持雪亮大刀。向前方远看,崖壁上有一高台,中间端坐一人,身披白衣,上有白鹤,其后石壁上嵌有松鹤图。

台旁有一人大声问道:"来者何人?请报上姓名、地址。"黎明不急不慢道:"来者瓜洲黎明,奉黎志成黎先生之命,前来问候白鹤大仙。"又侧望周星汉介绍道:"此乃周老板,黎先生的朋交。"另一旁的人手执鹅毛扇,轻摇道:"敢问来者,见白鹤大仙有何贵干?"黎明答道:"黎先生和周老板的一批货要经贵地,请网开一面。"那个大声说话的人又瓮声道:"要走二亭山,不是不可以,但须有两个条件:第一,买路费;第二,验明货物。"黎明回道:"买路费,黎先生已嘱办。验货嘛,可否通融?因货物包装整齐,损坏了不便运输,又路途遥远。"那人又大声道:"这是'皇军'的命令。"

这时,壁崖上台中间穿白鹤素衣的人,站起来说:"我就是大当家的,黎先生我们会过。这买路钱就免了,但检查是必要的,'皇军'已把二亭山交给了我们……"

再说,李文银在山上寻找电话线,因地形熟悉,很快寻到了线路。他手攥钳子,爬上树干,迅即剪断电话线。此时巡山的几人发现他的举动,奔过来擒他。李文银赶忙滑下树,几柄大刀已对着他。头目说:"同我去见白鹤大仙吧。"李文银拱手道:"请好汉饶过,我来山上寻猎,无意弄坏了线子。"头目怒道:"不行,带走。"李文银喊一声:"'皇军'来了。"趁其不备夺了一人的大刀。那几人反应也快,一时混战起来。李文银怕引起山上的注意,只得开了杀戒,先对准头目膀子一刀,头目手枪飞落,没入树林。李文银快跑了几步,两个匪徒急追而来,李文银先挡了几刀,待其露出破绽,先砍了一人,又战了几个回合,又砍杀了一人。剩有两匪徒联手来战李文银,李文银占据有利地势,观其弱者,砍伤一人,另一匪徒力斗了若干回合,自知不敌,往山上猛跑。李文银甩上一刀,伤了他的大腿。看着几个受伤的,过去又在山上共过事,李文银动起了恻隐之心,把他们捆绑在大树上,又打昏了头,估计一时半天醒不过来。

山上已无商量余地,周星汉说:"白鹤大仙,如果不好借道,我们另寻出路,就此告辞。"卜昊摇着鹅毛扇说道:"且慢,你们的货物在哪里?要经检查才能放行。"黎明回道:"这怕不好办吧,刚才白鹤大仙说与我家先生会过,既有些交情,也不能这样待客吧?"卜昊又站起来说:"我知你是黎管家,这往日的交情我和你家先生还有,但时下我已和日本人合作,也不好办哪。"周星汉接道:"白鹤大仙,我也不为难你,我们的货物还在山下,就不经你山路了。"卜昊一旁的人又高声道:"把他们俩先看管起来,待货物检查完毕,再做计较。"大堂内一片呼声。

李文银匆匆闯入大堂,怒道:"谁敢。"拔刀护住周星汉和黎明。卜昊一拍堂台,怒道:"拿下。"几个匪徒立刻向李文银杀来,李文银一边护着他们俩,一边又砍翻了几人。卜昊亲自下了大堂,用手枪指着李文银说:"李老弟,看在过去同道的份上,我饶了你,还不滚下山去。"李文银回说:"白鹤大仙,盗亦有道,你这样不讲规矩,会被江湖笑话的。"卜昊一枪打穿了李文银的臂膀,喝道:"推到桥下,斩首。"

李文银被绑在桥下,两个大汉头裹红巾,准备抡刀行斩。恰巧这时李文魁进来,大声喊道:"慢,我去见白鹤大仙。"卜昊见李文魁来了,假装迎道:"李老先生,深更半夜的你怎么上山来了?"李文魁递过烟,说:"先把文银放下吧,待我慢慢与你详说。"卜昊盼咐道:"先不要开斩。"李文银说与卜昊一通情况,卜昊爽快道:"这样,既然李老先生求情,我就放了文银老弟,但他们的人马和物资,我要例行公事。"李文魁劝道:"白鹤大仙,他们又不借你的道,何必与人结梁子?那瓜洲的黎志成,他的势力你又不是不知道。"摇鹅毛扇的人在一旁说:"李老先生,到什么山上说什么话,这二亭山是日本人说了算,你、我们都做不了主的。"

正在交涉之时,二当家的关山桠闯了进来,说:"白鹤大仙,'皇军'来了。"说时,"皇军"已直入大堂,为首的军官怒道:"什么的干活,半夜的不安宁。"翻译官立即按照当地话做了翻译。卜昊说有可疑货物要进行检查,"皇军"指挥官又说了几句,翻译官翻译说:"'皇军'是扬州宪兵司令部的,来马集一线视察,看到二亭山有异动,前来查看。""皇军"指挥官又说:"通通带走,去扬州。"

卜昊转动着眼珠,狐疑地想着:怎么半夜里会有"皇军"来巡?该打个电话问问。于是就说:"二当家的,你打个电话向山田中佐报告一下,就说扬州宪兵司令部来人了。"关山桠摇了几下电话,报告说:"大当家的,电话不通。""皇军"指挥官"啪"地一下扇了关山桠一个耳光,骂道:"八嘎,竟敢阻拦'皇军'公务。"又用手枪指着卜昊,说:"你的,快快的安排。"旁边另一"皇军"副官说:"快快的,否则,死啦死啦的。"卜昊望望大堂中有几十"皇协军",俱是金宝财的手下。有一"皇协军"中队长用手枪顶顶帽檐说:"本来,金大队长是要来的,他去十二里岔了,要你们好好配合宪兵,不得有误。"又说,"我也是刚调来马集的,请卜寨主立即执行。"卜昊只得挥挥手说:"执行'皇军'的命令。"那"皇军"副官手一挥说:"两个商人的押走,货物通通收缴。"

为了防止卜昊去马集镇报告,王碧亭和黎明率黎志成家丁留下应对突发事件。周星汉带领运输队急速通过山道,向北面的月塘集进发。仇玉林扶着李文银向马集镇而去。

第十章 江河纵横

民国三十一年(1942)的冬天,淮南抗日根据地军事斗争相对缓和一些;而淮北四师、苏北三师,日军则集中兵力对其展开大规模"围剿";苏中一师的反"围剿"斗争自夏季以来仍在持续着。

在这期间,瓜洲、扬州往北的运河仍被严密封锁着,上海及苏南的物资只好从扬州以西向北运送。西线的物资流向形成三条线:第一条线是瓜洲与马集之间,第二条线是南京的物资从六合方面向北,第三条也是最主要一条线是从仪征江面上岸,经十二里岔过马集向北。

刚刚入冬,湖面上吹来的风凉飕飕的,周星汉望着湖面,心情郁闷。二舅李文银负伤还在马集那边疗养,三弟周云峰在苏州那边的货物不知采购得如何。这次在马集那边连续过了两趟货物,有一些动静,也不知日伪觉察没有,如果马集那边行走不通,将会面临很大的麻烦。想到这里,周星汉从渡口船上猛地站起,张秀沂正好从背后给他披衣服,被撞了个趔趄,险些摔下湖去。周星汉一把揽住张秀沂的臂膀,才勉强站稳。张秀沂怪道:"你在想些什么呢?"周星汉挽着她在船上走着,又跳上岸,才说:"二舅在马集那边养伤,三弟也不知走哪条线路回来,我想明日赶去接应。"张秀沂噘着嘴说:"才回来两天,又要走。"周星汉赔笑道:"把他们接回来,我就可在家多住些日子。"张秀沂紧拉着周星汉向院里走去。

周星汉、王碧亭、陈广松三人不分昼夜地赶到马集,李文魁向他们介绍了上次物资运输后的情况。日军对周星汉的行动已有所耳闻,商人运送物资从马集及二亭山经过,金宝财大队长和白鹤大仙均被马集日军司令官严厉训斥了一顿,并向他们严重警告:如再发生类似事件,轻则免职,重则枪毙。近期,马集镇上加派了日军岗哨,二亭山上也驻了一小队日军。周星汉听后神情凝重起来,王碧亭说:"要是周云峰从这回来就麻烦了。"李文魁同意说:"马集这里暂不能走,须另想办法。"

周星汉也未言语,顿了一会儿,说:"去看看我二舅。"李文魁领着他们回到密室,李文银躺在幽暗的地下室里。室内很宽敞,有许多大的柜子和箱子,靠墙架上有几杆汉阳造,也有几张床铺,方桌上亮着一盏煤油灯。李文银见周星汉三人来了,精神一振,动了动身子,周星汉上前按住说:"二舅,你受苦了。"李文银爽快道:"这算什么,头掉下来不过碗大块疤。"又问,"云峰有消息没有?"王碧亭答道:"还没有。"

李文魁用手擦拭着架上的枪管,边走边自语道:"马集之东,瓜洲之西,不能走,马集也暂不能走,西边六合那里应有空隙。"又朝周星汉问,"你们三人中谁会领兵打仗?"王碧亭答话:"李老爷,我会。"李文魁指着一排枪说:"我把七八个护卫家丁交给你,云峰回来走西线六合那里。"又不放心地说,"六合向北有几座山,山上有土匪,也有日伪据点,一定要绕道而行,实在避不开就昼伏夜行。"李文银又欠了欠身子说:"星汉,你们就来三个人?要是杨连长带些人来就好办了。"周星汉回道:"杨连长和三叔跟云峰一起在苏州那边哪。"李文银不再作声。陈广松走进灯光,说:"周老板,我有个想法,不知你允不允?"未等周星汉表态,李文魁说:"陈老板你说。"陈广松说道:"北边的月塘集镇'皇协军'中队长马龙,是我的姨兄弟,我向他借十来个靠得住的士兵,也好护送。"周星汉说:"马龙能答应吗?"陈广松回道:"只要你答应,保管没问题。"周星汉又道:"如果答应了,事后他会有麻烦的。"陈广松回道:"有的是办法,六合那边和这边平常不来往,人不知鬼不晓的。"李文银在床上竖了一下手,说:"我看行,就是难为陈老板了。"

计议停当,周星汉三人也在密室住下,等了两日还未见周云峰的踪影,李文魁派人打探也无消息。

晚上十一点多钟,周星汉因睡不着觉,两手枕在头下,想着今后的采购计划。这时,密室的门轻轻移开了,李文魁后面跟着一个人进来。周星汉立刻坐起,一看是杨树青,喜道:"杨连长,是你!"杨树青轻声道:"你出来一下。"

杨树青说:"算下来我们在扬州多待了一个多星期。云峰和芦洁梅在城里逛了几天,但没有闲逛,采购了一批重要物资。后来在运河途中因盘查费了些周折。现在货物停在江边芦苇荡中。"周星汉赞道:"不愧是独立营的连长,安排得周到。"周星汉把这边的情况向他通报了一遍。杨树青高兴地说:"我看行,船上还有几个战士,五更天配合你们行动。"李文魁要给杨树青弄些吃的,杨树青谢过就走了。

物资上岸后,向六合方向移动,白天走小道,夜晚走大道,避开日伪据点。当运输队行进到六合桂子山时,发现前方有二三十个日军和一个中队伪军,杨树青说:"碧亭、广松,你们带月塘集的士兵在这里坚守,保护物资。我带部分人占领那座山头,阻挡他们过来。"又对几个战士说:"你们一定要保护好周老板。"这场突遇敌我双方都未有思想准备,过了这桂子山北面就是天长境内了。

王碧亭用伪军手中的旗子挥着,大声喊道:"我们是'皇协军',月塘集的,去执行任务。"那边要过来会面,并检查。王碧亭又喊道:"不行,我们各走各的道,各有各的任务,否则会容易误会。"那边日军举着指挥刀,叽里呱啦地叫着,伪军在前,日本人在后,向这边冲了过来。

杨树青带有二十多人,占领有利地形阻击日军。一时枪声响起,日军也冲不过来。日军连续组织几轮冲锋都未奏效,小山包前丢下十多具尸体。日本指挥官急红了眼,组织七八十人整体冲锋。王碧亭见状,估计杨树青那里抵挡不住,组织这边的力量向日本人的侧面进攻。此时枪声大作,双方都有吃紧。终因日伪军人多,枪械又好,杨树青和王碧亭渐感力所不支,周星汉又带战士助阵。

日本指挥官见状,高高举着东洋刀,带着余下的十几个日军号叫着向山坡上冲来。就在这时,山那边枪声传来,日军后面遭到突然袭击。那边伪军见状,立显迟疑,日军用望远镜朝后看了看,又举起东洋刀指挥着仓皇逃窜。

原来是天长独立营一连过来了,副连长夏连文向杨树青敬礼说:"报告连长,一连奉命支援,请指示。"杨树青回了礼,果断地说:"打扫战场,救护伤员,立刻撤退。"

周星汉对杨树青说:"杨连长赛过诸葛亮了,算到我们在此地必有一战。"杨树青纳闷道:"我也不知道一连为何及时赶来。"夏连文赶上来说:"是周思武老板向陈县长报告的。"周星汉想起来了:临来时,周思武争着要来马集,周星汉不允。之后,周思武怕周星汉此去有危险,去向陈县长报告的。

运输物资的队伍走在前面,周星汉未有看到周云峰,连忙向后面穿插过去。崇峻跛着腿,说是被子弹打穿。周云峰的膀子负了伤,一动就疼得厉害。周鸿三照顾着他俩。周星汉望着弯弯曲曲的队伍,想着死去和负伤的战士,愧疚之情袭上心来。

周云峰回到家里需要长期修养,心情有些郁闷。他母亲不断来看望他,也无多言语。张秀沂几乎天天来给他熬药、看伤口。他说:"大嫂,我以为在上海好玩,就冒了风险,哪知道这一路的运输又苦又有生死之忧。"张秀沂边换药边说:"我同你大哥说,下回你就不要外出了。"周云峰膀子一动,又增疼痛,说:"先不要跟大哥讲。"

物资回来后,周星汉更是繁忙。去县政府那边移交了物资,跑了铜城几个厂、行、商铺,那里已缺许多货物,还有一些本地产品要往外运销。石祥瑞、吕永年汇报"三艺社"仓库快要空了,县政府也需要大量物资,但陈县长、夏局长看后却一言未发。

周星汉又去县政府那边,陈家国去路东区委开会去了,夏春雨最近忙着缉私检查的事,也看不见身影。周为民书记到区乡去,几日也未上来。

周家渡照常繁忙着,夜晚到处可见灯火,码头上、工厂里、小街上、货铺里人影绰绰。周星汉拖着疲惫的身体回到家里,看过母亲后,躺在太师椅上闭目,又站起来去后院看望三弟。

周云峰在轻轻哼着上海的流行歌曲,听到脚步声,喊道:"大嫂,你忙你的,不要天天来为我换药。"周星汉进来说:"不换药,哪能好得快?"周云峰见他大哥来了,忙站起来说:"你看,快好了。"周星汉说:"伤好了,你有什么打算?"周云峰在屋里转着说:"干我的老本行,当会计吧。""不去上海了?"周星汉逗他说。"去上海也行,就是运输这活太有风险了。"周云峰指着膀子回道。周星汉说:"采购和运输哪能分得开?这是我们的双重业务。部队是不能公开护送的,那等于给日伪通风报信,所以我们还得秘密运输。"周云峰说:"大哥,以后你出去千万要小心,这运输的活计可不一般,简直是刀头上舔血。"张秀沂来换药了,换药后,周星汉嘱托说:"好好休息,生意上的事再说吧。"

天一放亮,张秀沂起来做饭,周星汉也跟着爬起。张秀沂按着他说:"多躺会儿,起来了两条腿就跟着你受罪了。"趁这机会,周星汉又躺下,计划着生意上进出的事:天气渐渐转凉,湖面上会结冰的,冰层一厚物资就进不来,也出不去。几个月来,县政府那边军需、工作、生活上的物资一直未顾及置办,主要领导也未指示,他们是不想给我增加压力。淮北四师、苏北三师战事正紧,应需大量物资支援;苏中一师反清乡作战快有半年了,物资消耗太多;跟前的二师,物资补给肯定也需要不少。想到这里,周星汉立刻起来去几个地方转转。

炼油厂里,机器响声老远传来,杨德水在车间里查看着,见周星汉进来了,带头走出来。周星汉说:"杨叔,天气这么冷了,早上要多睡一会儿,你年纪又大,不能和我们一样的。"杨德水却说:"周老板,炼油的原料快接不上了,你看?"周星汉牵着杨德水的手往外走着,说:"杨叔,陪我在小街上吃点早餐再说。"

张秀沂找来了,周星汉说已吃过早餐了,又去机米厂。一位年轻的师傅说:"周老板,由于加工量大,机器许多地方损坏了,周叔已去南京购买配件。"周星汉蹲下说:"现在加工量还大吗?"师傅答道:"大,单二师那边就有两万多斤,独立营和县政府也有一万多斤。"周星汉听后,拍拍那年轻师傅的肩膀就走了。

货物中转站门前有些冷清,进到经理室,一个会计打着算盘,见周老板来了,连忙停手,站起来说:"周老板,好长时间未见到你了。"周星汉叫他坐下继续忙,会计说:"我们赵经理外出购货去了,由于日本人封锁,现在仓库里存货已经不多了,来进货的人踩破了门槛。"周星汉又打个招呼就走了。

从码头上回来,周星汉觉着冬天还要出去一趟,各种货物急需备办一批,才好度过冬天和明年的初春。当下赶紧调配人员,分赴各队采购,也要把一批货物运往外地销售。

下午正准备去和几地人员商量生意上的事,缪卫华带着一陌生人上门来了。缪卫华介绍说:"周老板,这位是二师兵工厂吴运铎厂长。"吴运铎立刻握住周星汉的手,说:"久仰大名,今日特登门拜访。"说过递给师部的介绍信。周星汉看了信件,放进衣袋,给两人泡了茶,请他们坐下,说:"吴厂长客气了,你才是新四军的大英雄。请说吧,有什么需要我做的?"吴运铎这才松了口气,说:"果然不凡,真爽快!那我就直说了。兵工厂进驻高庙乡小朱庄后,简易上马,又发动群众收破铜烂铁,才勉强开工生产子弹、手榴弹、地雷等一些武器。马上准备试产迫击炮、枪榴弹等重武器,适应战场和大量杀伤敌人的需要。现在连子弹生产量也上不来,根据地铜材、火药等材料紧缺,生产重武器必须要有的钢材、炮弹引信等材料也缺乏,兵工图书也奇缺。"

吴运铎大概说了一下,周星汉未有应答,缪卫华补充说:"周老板,生产子弹需要铜材、火药,如能购到铜圆、红头火柴就能替代;再有生产重武器所需钢材,大城市才有;炮弹所需引信据说上海的胶片可替代;至于兵工图书,还是上海才有。"

等缪卫华补充完了,周星汉叫他们喝茶,自己用手指顶着头部,一时双方都未言语。

恰在这时,二师的胡弼亮部长和织布厂缪坚厂长又来了,缪坚一看,吴厂长也在,就笑道:"要饭就怕并傍行,今天周老板得多施舍点。"握手后,胡弼亮说:"我和缪厂长也是并膀而来,缪厂长你先说吧。"张秀沂回来了,赶忙递烟、上茶。缪坚笑着说:"先说先有份。周老板,眼下冬天来临,部队战士的冬装还缺不少,想请你帮助购一批布匹和棉纱。"周星汉即答:"缪厂长,你就说要多少吧。"缪坚说了数字,周星汉用笔记下来,胡弼亮问吴运铎说:"吴厂长,你们的事谈妥了?"吴运铎不置可否地说:"你们先谈吧。"

胡弼亮也就说道:"我们今天三人并傍而来,可能难为周老板了。有一桩生意从未做过,但也见过,就是办卷烟厂,这是军部张云逸副军长特地交于二师开办的。先前罗炳辉副师长也曾动意过。一来解决新四军战士用烟,二来可增加根据地收入。"周老板听着高兴起来,说道:"虽然我不抽烟,但这是好事,我怎么就没想起来。胡部长,你列个清单。"胡弼亮早就计划好了似的说:"不愧是老伙计,真爽快。清单早就在肚里了,卷烟机及设备两三套,聘请三到四名师傅,再就是购买大英牌包装烟盒,日本烟盒也行,好对外销售。"周星汉又从堂桌抽屉里抽出一张纸,记上数字和需办事项,写完问道:"年底前交付迟不迟?"胡弼亮回道:"不迟,这段时间我们要选址、招收工人,还要筹办其他事项。"周星汉露出少有的雷厉风行,说:"那行,胡部长你这档子事清了,吃过饭再走。"缪坚疑问:"这么说,我这档子事还有疑难?"周星汉浅笑道:"疑难之事,就是怕你们饿肚子。"胡弼亮立刻站起,回说:"哪有吃饭的工夫,等打败了小鬼子,我们经常来这里叨扰。"缪坚也跟着往外走。

送走了胡弼亮一行,吴运铎有些纳闷,这周老板今天对前面两桩事办得挺利索的,为何对兵工厂所求之事一直未表态。回到堂屋重新坐下,周星汉微笑着说:"吴厂长,我们再来商量兵工厂的事。胶卷、铜材、红头火柴、兵工图书,在上海应该能购到,无非就是夹带和运输途中检查之事,这我们来想办法。钢材就不同了,不好夹带,体积大容易暴露。"吴运铎已很满意了,说:"周老板,钢材的事难度的确很大,我们再另想办法。"

钢材的事搁浅了,周星汉盯着缪卫华,缪卫华欲言,被吴运铎打手势制止了。周星汉忽然说:"缪大哥,你可曾到过三河那边的高良涧?"这突如其来的一问,缪卫华有些摸不着头脑,便缓缓答道:"是去过,有些年了,同你父亲一起的。"周星汉来了兴趣,身子向前倾了倾,又问:"你还记得是什么时间,所为何事?"缪卫华随即答道:"是冬天,对,民国二十七年的冬天。高良涧那边的老板同你父亲谈一桩生意,说是钢材沉入三河里,准备第二年春天去打捞。"提及钢材,吴运铎来了精神,说:"钢材打捞上来没有,现在何处?"

缪卫华方知周星汉追问他去三河高良涧的缘由,又想那批钢材下落不明,忆道:"因为那年冬天很冷,未及打捞。第二年春天,你父亲因事务缠身没有去成,后来形势紧张,这笔生意就被耽搁了。"

吴运铎听了介绍,望着周星汉。周星汉回想道:"一次偶然间谈及生意,家父同我说,那批钢材是国民政府用于修建水利大坝和造闸用的,日军来了以后,就把它们沉没在三河中。"停顿了一会儿,周星汉说,"那批钢材应该还在那里,等我三叔回来,我挑选人员去打捞。"吴运铎又看到了希望,说:"如果有了钢材,我们就能生产迫击炮,增强部队火力。不过,这冬天……"周星汉有把握地说:"还未到冬天最冷的时候,我们有办法。如打捞上来我请杨树青连长派一排人押运给你们。"吴运铎眼睛里放出了光芒,紧紧握着周星汉的手,说:"太感谢你了,你又为抗日立了大功。"周星汉则说:"功不功的先不谈,八字还未见一撇呢。"

堂屋里正在话别,田英过来了,说:"周老板,周书记和陈县长吩咐,我把苏北三师和淮北四师供给部的人带来了。"吴运铎赶紧和周星汉告别。

后边小街上有个接待站,周星汉大步赶过来,田英介绍说:"这位是苏北三师供给部采购科的李才科长,这位是淮北四师供给部采购科的严峻三科长。"握手之后,严峻三说:"请江苏的同志先说。"李才感到像在家里一样,说道:"鬼子对苏北根据地开始大扫荡,供给部首长派我来请名闻江淮的周老板相助。"说过撕开棉袄内侧,抽出纸片,上面是军需和生活物资清单。周星汉看了看,放入衣袋中,望着严峻三。严峻三笑着说:"我们不止一次得到过二师的支持,彭师长向罗师长多次交涉了物资求援的事。我们知道,二师的物资也是周老板供给的。因为面临鬼子的扫荡,所以这次我们单独来请求支援。"说过也把所需物资清单呈给周星汉。

周星汉也接过清单,放进衣袋,然后对李才说:"如果物资购回来,走陆路还是走水路?"李才答道:"首长的意思是走水路,沿运河向北,沿途的武装接应已作安排。"严峻三接着说:"我们的物资也打算从运河向北,武装接应基本没有问题。"周星汉略为宽心,答复说:"现在需要的物资很多,你们给我一段时间,我会尽快的。"严峻三和李才高兴得不知说什么才好。也正因为任务有了落实,周星汉留他们吃晚饭才能爽快答应。

接待了一批又一批的人,处理了许多事后,周星汉来到母亲的房间。东厢房的煤油灯已灿然亮起,周星汉轻轻敲门进去,周李氏笑盈盈地拉着儿子的手,说:"星汉,告诉你一个大喜事。"周星汉看到母亲高兴的样子,也不知喜从何来,静静地等着下文。还是母亲笑着说:"你婆娘有喜了。"周星汉不相信地说:"妈,这是真的? 有几个月了?"周李氏故作神秘地说:"晚上,问你婆娘就知道了。"周星汉扶着他母亲坐下,说:"好,最近我还要出去一趟,快则二月,多则三月,反正古历年前会回来的。"周李氏有些不悦,说道:"秀沂多好的人,你不要怠慢了人家。"又不放心地说,"在外,要防着危险,老二、老三你得看着些。"周星汉微笑着说:"妈,你放心,有共产党做后台,有新四军保护,安全着呢。"周李氏脸上绽开笑容,推着周星汉出门,说:"去婆娘那里说说话。"

沂湖边小街越来越长,居住的人逐渐增多,饭店、酒店有好几家,比一般乡镇还要热闹。"迎湖春"小吃部里,煤油灯闪亮着,崇峻请王碧亭喝酒,王碧亭说:"少喝点,周老板是不允许我们饮酒的。"崇峻劝着:"趁着现在还没有任务,我们放松一下。"王碧亭把酒杯递过去,说:"说不准的事,说走就走的。"崇峻趁机说:"王所长,这回要出去,一定要把我带上。"王碧亭故意道:"不好办吧,上次采购量大,才调集那么多人的。"崇峻敬一杯酒,说:"看在我们在枪械所的几年里,你就帮帮我吧。"王碧亭问:"你为什么非要出去?是有很大风险的。"崇峻神情严峻起来,说:"日本人对我们天长犯下的罪行还算少吗?"王碧亭知道,日军的飞机炸死了崇峻的父亲,又毁坏了他家的房屋,就敬他酒说:"你不要难过了,我们是同病相怜,唯有把物资采购好、运回来,才能保障前方打仗。要不是周老板劝我,我就真刀真枪地同日本人面对面地干,那样虽然痛快,但动不了日本人的筋骨,我们现在所做的,才能送日本强盗回老家。"崇峻释然道:"我也是这样想的。我要出去还有一个理由,就是跟着周老板我心甘情愿,他处处考虑着我。我老母亲住在城里,他请林铁处长安排人把我母亲接到这小街上,吃住一切都好,他还经常看望我母亲,给她钱用。他对我们实在是太仁厚了。"王碧亭同感地说:"就是。"崇峻又说:"缪卫华从兵工厂回来时,问我想去不。我说要跟着周老板,除非周老板撵我走。"

张秀沂进来笑道:"你们俩真快活。"王碧亭和崇峻立刻站起,张秀沂捋着秀发说:"不打扰你们了,星汉叫王所长明早去议事。"说完风风火火地走了。崇峻笑起来说:"王所长,刚才说的事,明早别忘了。"王碧亭也笑着说:"尽量吧。"

一大早,各路人马负责人差不多到齐了,就缺苏州采购组在养伤的周云峰,周运山外出采购,杨树青回独立营去了。

周星汉在堂屋里召集会议,院门外有保安处的人站岗。大家一听又要外出执行任务,情绪高涨起来,都把风险和困难放在一边,就等周星汉安排任务。周星汉先把各组的任务说了,又提醒要注意的环节。院门外,陈家国带林铁和杨树青过来。周星汉起身迎接,陈家国大步跨上台阶进了堂屋,同大家一一握手。入座后,周星汉请陈家国给大家提提要求。陈家国环视着这些特殊的抗日人士,他们的脸上充满了坚毅的神情,就说:"受路东区委和县委周书记的委托,来看望大家、感谢大家。这次采购任务同样艰巨而又光荣,苏北、淮南、淮北四个师,都对我们寄予厚望,反扫荡能不能取得阶段性胜利,就看我们的物资能不能及时采购和运输回来。周书记和我的意见就两条:一、支持周星汉同志的采购方案;二、请大家注意安全,安全放在首位。"又看了一下林铁和杨树青,说,"林处长、杨连长也交给周星汉同志一并安排。"

周星汉感到有一些为难,林铁和杨树青同声说:"周老板,你就分配工作吧。"周星汉才说:"我代表大家感谢共产党和新四军的信任和支持。各采购组明日动身,尽快把物资带回来。请林处长去马集那里同我二舅李文银共商,打通物资运输通道。"林铁站起来说:"服从安排,保证完成任务。"周星汉又说:"苏州采购组暂缓出发,待我三叔周鸿三回来,即去高良涧打捞一批钢材,交由二师兵工厂。"周星汉望了一眼杨树青,说:"请杨连长协助打捞并运送。"杨树青站起,敬了个军礼,周星汉继续说:"钢材如打捞顺当,苏州组择日行动。否则要等来年开春了。"

任务安排后,周星汉请大家提提建议,各组都表态物资不回人不归。周思武说:"我这组崇峻腿部受伤,他仍要去。"王碧亭跟着说:"崇峻就让他去吧,他说只要是打鬼子的事,他会不顾一切的。"周星汉答道:"谁说不是呢,我们在座的都和鬼子有血海深仇,所有中国人都盼望着赶走日寇。"

散会后,陈家国把林铁、杨树青留下,说:"星汉同志,现在日本人已高度关注根据地生产基地和秘密采购两大抗日命脉,他们很可能要破坏沂湖这边的工厂和设施,也可能对你们采购组采取特殊行动。"林铁和杨树青点点头,陈家国接着说,"为此,请林处长要安排好保卫工作,请杨连长要安排好一连驻防。"林铁和杨树青齐声应答。

陈家国要回铜城,周星汉叫张秀沂帮他找一件上海带回来的毛线衣。不一会,张秀沂从西厢房里拿出来,周星汉递了个眼色,张秀沂说:"陈县长,把外衣脱掉,试试看рис。"陈家国不肯,张秀沂主动上前,陈家国只好依允。张秀沂笑道:"正合身。"陈家国要脱下,周星汉拦着说:"寒冷的冬天就要来了,你的身体不太好,衣服又单薄,吃不消的。"张秀沂又把外衣给他加上。

田野上一片空旷、清冷,陈家国叫周星汉回去,周星汉站下说:"二哥,我有一件事请你帮忙。"陈家国回过头来说:"怎么不早说,还是不好意思说?"周星汉回道:"怕你不帮忙。"陈家国有些不相信,说:"从读私塾到现在,都是你帮我的忙,帮抗日的忙。"周星汉迂回地说:"现在抗日战争到了最艰苦最困难的时期,抗日军民都勒紧裤腰带坚持着,你看你们身上的衣服都很单薄、破旧。我想拿十根金条分别给县政府和二师,略表我周家的心意。"陈家国站定说:"这么一大笔资金,我也不好做主,再说你周家经营广泛,需要大量资金的。"周星汉说:"二哥,你们帮我周家的忙不小了。我二弟获救、周家的经营,还有你指引我走向正确的道路,这些忙难道还小?"陈家国犹豫着,周星汉恳求道:"你平常说没有国就没有家,现在正是抗日需要出人、出力、出钱的时候,你就成全你三弟,好吗?"

陈家国重重地握着周星汉的手说:"我回县里还有二师那边说说吧。"周星汉坚决地说:"明天,我就叫月明送去。"

翌日清晨,铜城街上被薄雾笼罩着,贾抗行色匆匆地来到"三艺社"。代理总经理张艺平(扬州人)在经理室忙着打扫卫生,见贾抗悄悄进来了,打了声招呼。贾抗一边应着,一边帮忙扫地。待停歇下来,贾抗恭维道:"我就知道张老兄迟早会被重用的,这不当了总经理。"张艺平一边翻着账本,一边应道:"石总经理、吕副总经理他们忙起来了,只好替他们顶着。"贾抗问:"前段时间他们不见人影,现在又忙活开了?"张艺平不经意回道:"眼下需要的物资很多,他们外出了。"说过心里有点懊悔,石祥瑞曾交代过,"三艺社"是秘密采购的中枢,不能对外透露半点消息,就问道:"贾助理一大早来,可有何事?"贾抗答道:"我是来问问进盐的事。"张艺平有点疑惑,就问:"这回不是拨了一批盐给你们?"贾抗答道:"现在单位、老百姓需盐量很大,我是来问问下回什么时候再拨付给一批。"张艺平回道:"等销完了再来拨付,你们的销售量我们是能掌握住的。"贾抗又问道:"这批盐的熬制和提炼和上回不一样,不知是何产地和经销地?"张艺平有所警觉,回道:"这个我也不知道,贾助理你也不必多问,只管经营。"贾抗又客套了几句,退出了总经理室。

铜城镇的市面白天很繁闹,夜晚归于平静。今晚,月色不很明朗,贾抗在井字形小院里转悠着,综合白天取得的情报,酌定后,迅速上了二楼密室。他又把电台打开,向外传递着这边的情报。

天长图书馆日军司令部里,新任司令竹山义雄召集秘密会议,他说:"平野司令的离职,想必诸位都很清楚。这几年天长共党发展经济,又对外采购大量军需、民用物资,这无疑使共党如虎添翼。现在整个淮南、淮北、苏北都得到有效供给,中国有句话叫兵马未动粮草先行,即使今后继续开战,我们的胜算也不大。"竹山义雄走到宪兵队长、夜袭队长、"皇协军"一中队长背后,轻拍了一下三人肩膀,又返回首席位置,坐下说:"你们各抽二十人的精干力量,今晚十二时袭击周家渡,一举摧毁他们的工厂及设施,并把那里生产、管理人员统统消灭。周家的人统统带回县城,再移交扬州旅团。"

宪兵队长霍地站起,说:"报告司令,我们出动几十人恐难奏效。"竹山义雄摆摆手,宪兵队长坐下,竹山义雄说:"此次是联合作战,高邮龟川司令已安排出动一百余精干人员,从高邮湖出发,奇袭沂湖周家渡。"

夜晚,高邮湖上月黑风高,大王庙里的水匪正在酣睡,一站岗的跌跌撞撞来报:"大当家的,东湖面上有不少汽艇朝我们开来。"大瓢把子从太师椅上站起,大声道:"快撤。"并对二当家的说:"上回你打劫周家渡的商队,独立营没有杀你,这回你还个人情,向他们报告一下。"二当家开心地飞奔而去。

驻小关独立营三连,接到情报立即用电话向军事部报告,同时,三连侦查班又侦查到日军从高邮湖南部向沂湖进击的迹象。

纪涛部长立即向陈家国做了汇报,因周为民书记上调至外地工作,陈家国代理书记。陈家国在电话里同纪涛商量,立即作了安排。

独立营一连代理连长夏连文火速把各排集中起来,埋伏在渡口一带。田英此次没有去上海,是遵照林铁的安排特地保护周家的,他把周家人转移到安全地方。杨柳镇民兵分队在小街担任警戒,沂杨区民兵中队作为预备队随时增援一连。

这一夜晚,整个天长抗日区域南部都紧张而又秩序地行动起来。独立营三连集中各排在沂湖口设下两段埋伏,不惜一切代价阻击高邮日军进入沂湖。夏春雨的税警和缉私队一百多人,连夜出动向小关进发,防止高邮日军突袭湖滨乡,进入根据地腹部。

其他各区乡都进入战备状态,这一切都在宁静的夜色中进行着,广大百姓都在深睡之中。三连的第一段埋伏已和日军接上了火,河道里十几只汽艇上的日军向岸上还击。岸上的战士借着汽艇上的灯光,一边甩手榴弹,一边射击,但日军火力强大,突破了第一道防线。这一道防线上的指挥员集中能战斗的战士,又向第二道防线增援。

周家渡这边的日军听到东边湖口响起了密集的响声,以为高邮湖日军快要赶过来了,为了抢到头功,发起了抢滩攻击。一连可不是吃素的,大部战士都是原夏家营夏春雨的班底,打起仗来可是呱呱叫的。尽管日军装备先进,但汽艇只得在湖上打转,冲不到岸边。

赵爱莲和张秀沂带一批妇抗会的人,挨家挨户做安抚工作,并动员湖边的群众转移。张秀沂指着赵爱莲的身子说:"你看你,挺着个大肚子还跑得凶,快歇着吧。"赵爱莲笑道:"大嫂,你也是,你先休息吧,我是妇抗会主任,这是我的工作。"张秀沂也说:"周家渡的乡亲们都是周家的亲朋好友,我也有责任保护他们。如果星汉知道我这么做,他会高兴的。"她们扶老携幼,带着一帮人转移。

陈家国和夏春雨骑着快马,赶到湖滨乡小关街,把税警和缉私队所有人员都派出去,支援湖口阻击战。高邮日军力渐不支,撤回了高邮湖。

东边的枪声渐渐平息下来,沂湖这边日军派去联络的侦查人员还未回来,他们已感情况不妙,夺路而逃。

吕永年和石祥瑞分别到扬州、镇江执行任务,陈广松和仇玉林分别在扬州、镇江协助。一日在扬州盐业公司,吕永年拿着柳云斋副会长开具的介绍信,采购一批食盐,办完手续后准备离开,正巧撞见高邮的孙崇德。孙崇德似乎高兴不已,定要请吕永年小酌几杯。吕永年记住周星汉的规定,外出执行任务不能饮酒,婉言推辞。孙崇德说:"吕老板,我们是多年的朋友,这几年不见,难得一叙。如果你需要我帮忙的话,在扬州、高邮、镇江我都活便。"吕永年想想也是,为了尽快完成任务,有些物资可借助孙崇德运送,他也是多年的生意人、老江湖。

危险在步步逼近吕永年。原来孙崇德在今年做生意时,被扬州宪兵队无意中抓获,他供出曾在苏北一带,经营过违禁品。后来宪兵队为了放长线、钓大鱼,放出孙崇德,但前提是要他秘密查询苏北和淮南共产党、新四军采购组织及负责人。在宪兵队的威逼利诱之下,孙崇德当了密探。苏北采购组织遭到破坏。今天,他发现吕永年在扬州采购,而且是采购违禁品,再者吕永年有几年不见,值得怀疑,说不定他就是共产党、新四军的采购人员。

吕永年和陈广松把许多采购物资联络好后,尤其是孙崇德提供的物资秘密存放好,又忙着分批转至瓜洲集结。一天晚上,两人办完事准备回旅馆,不料宪兵队跟踪而来,吕永年急命陈广松和他分开跑。吕永年故意跑慢点,引宪兵队上来,而放松对陈广松的追捕。只有两个宪兵直追陈广松,多数围捕吕永年,孙崇德在暗中指点。

陈广松毕竟年轻,又在山上当过土匪,跑得迅疾,但还是中了弹。吕永年就不同了,一是为了掩护陈广松,二是多数宪兵迂回包抄过来。宪兵人员并未开枪,而是要抓活的。吕永年很清楚,一旦被鬼子抓住,尤其到了宪兵队,无异于落入阎王殿,生不如死。他开始奋力突围,但为时已晚,已被宪兵先后夹击。一个宪兵过来擒他,他顺手拽下宪兵的手雷,按下引线,轰的一声,倒下一片日军。吕永年一个商人,壮烈地为国捐躯了。

其他各组年前陆续归来了,物资采购虽不太理想,但总算缓解了战场上的压力,和工作生活上所需。扬州的那批物资,幸好陈广松中弹而未牺牲,后在瓜洲黎志成家养伤,年后在周星汉的安排下,又巧妙地运回来了。

这年底,周思武家生了个伢子,又是男的,周李氏乐得合不拢嘴,因生肖属马,所以不断喊"小马驹"。赵爱莲说:"他爸给起个大名,小马驹做小名。"周思武用手指掐着,说:"属马的五行为水,该带个水字旁的。"赵爱莲却说:"嫂子明年要生个伢子,五行属啥?"周思武答道:"也属水。"赵爱莲连连摇手说:"不行,太封建了,起个时新的。"周思武嘿嘿笑着,赵爱莲说:"妈,他大爷有学问,还是请他起吧。"

周李氏去了西厢房,把情况一说,张秀沂要从床上起来去看,周星汉连忙按住,说:"你不要挪动,别动了胎气。"周李氏连忙坐在床沿上,隔着被窝摸着张秀沂的肚子,说:"星汉,你就给起个名字吧,我马上报过去。"周星汉浅笑着说:"既然爱莲要新潮,就叫迎春吧。再过两天春节就到了,让小马驹在春天里奔跑。"

周李氏又忙着跑过去,名字一通报就成。

民国三十二年(1943)的春天来了,这年是双春年,春节又是立春季节。这天,西厢房里脆生生地一声喊叫,又一个新生命来到世界上了。周李氏问接生婆是男是女,接生婆扑哧一笑,说:"奶奶自己看吧。"周李氏立刻扒开红酥酥的小腿一望,又笑得眉飞色舞。周星汉进得屋里说:"妈,你开心了。"周李氏又来到床前,说:"看看你的宝贝儿子吧。"张秀沂轻声道:"奶奶都把名字起好了,叫'小羊角'。"周李氏忙说:"星汉,也起个大名吧,同老二家一样,时新的。"周星汉头一仰说:"今天是春节,又是立春,两春相逢。有了,就叫'逢春'吧。"张秀沂从困乏中得到抚慰,喃喃地说:"逢春好啊,好兆头!"

如春天一样,根据地一片新气象。苏皖边区行政公署在铜城开办了利华贸易总公司,根据地经济更加繁荣。抗日政府和群众合营,兴办了织布厂、毛巾厂、卷烟厂等,对内自给率得到提高,对外贸易量增加。周星汉更加繁忙了,他把根据地的农副产品和工业品销售到敌占区,换得西药、电器、军械、弹药等军需物资。二师生产的"飞马牌"香烟,销到敌占区及苏南大中城市,换回需要的军用、工业及民用物品。

根据地经济发展,打破了日伪封锁的计划。日伪惶惶不安,又要组织大规模的军事"围剿"。淮南、淮北、苏中、苏北四个根据地又要面临战火的考验。

兵工厂吴运铎厂长和缪卫华又来找周星汉。吴运铎把二师军工部的感谢信递给周星汉,周星汉阅过,叠好放入抽屉,说:"师领导过誉了,这是我应该做的事。"吴运铎很是高兴,说:"周老板,要不是你从上海等地购回来火药、铜圆等,我们就生产不了那么多子弹、手榴弹、地雷。高良涧的那批钢材太有价值了,车床、平射炮的材料也有了。我们现在生产枪榴弹的材料也齐了,一旦试制成功,将会在战场上大量杀伤敌人。还有你从上海带回来的军工图书,也帮上大忙了,大大缩短了我们摸索、试验的时间。"缪卫华诙谐地说:"是帮了大忙,可我们的厂长身上多处受伤。"吴运铎碰了一下缪卫华,说:"不受伤哪能试验成功?你的膀子不也严重受伤?"缪卫华改口说:"我们吴厂长今天来还是想请你帮忙。"周星汉有兴趣地说:"现在不是正常生产了吗?"吴运铎答道:"是这样的,鬼子在春夏之交又要展开大扫荡,军部、师部又给我们下达任务了。子弹、手榴弹、平射炮等加大生产量,枪榴弹一旦试射成功,要开足马力生产,眼下迫切的问题是各种材料……"

周星汉看吴运铎似有为难,伸出手来,说:"吴厂长,把清单给我吧。"吴运铎这才有信心,从衣袋里摸出一张折叠的纸,双手递给周星汉。周星汉看过,没有表态,说:"也不知其他部队情况如何。"

院门外,陈家国、夏春雨、纪涛来了,周星汉和吴运铎出来相迎。陈家国爽朗地说:"三弟,我今天来是吃红鸡蛋的,听说贵府上同时添了两个公子。好啊,我们的事业后继有人了。"周星汉说:"陈县长,听说你去年冬天结婚了,怎么也不带个消息来?"夏春雨接道:"那时你还在上海,不能怪你二哥的。"田英过来说:"陈书记、夏县长,一师、三师、四师供给部的人已安排好了。"

周星汉有些犹豫,纪涛说:"星汉同志,我解释一下。周书记工作调整了,家国同志任县委书记、春雨同志任县长。"周星汉说:"今天三弟要给两位兄长祝贺一下,晚上都留下。"陈家国拍拍周星汉的肩膀,说:"三弟,祝贺就免了,一师、三师、四师的同志还等着我回话呢。"周星汉说:"以后只要是新四军、抗日政府的事,开个介绍信来即可,你们哪有工夫事无巨细。"夏春雨回道:"三弟,家国书记可不是事无巨细。这几个师盼望着大批物资回来,在战场上同鬼子见分晓呢。"陈家国点点头,周星汉说:"那你们就忙吧,我要同三个师供给部的同志一一商量。"夏春雨说:"那好,我们引荐的任务就算完成了。"陈家国笑着说:"我们还有一个任务,就是看看两个小侄子,他们可是我们的希望。"

送走了陈家国一行,周星汉来到小街接待处。一师供给部供给科长于是,三师供给科长李才,四师供给科长严峻三,在静候着周星汉的到来。三位科长见周星汉推门进来,都起身而立,敬了军礼。周星汉掏出二师生产的"飞马牌"

香烟,一人一支,又摸出从上海带回来的洋打火机,给他们点着,平静地说:"客套话我就不说了,你们谁先讲讲情况。"严峻三和李才都说:"一师老大哥先说。"于是也不推辞,就说:"粟裕师长向周老板问好,师供给部带来了感谢信。"说过,从衣缝里取出信件,递给周星汉。周星汉略一阅,收好,浅笑道:"我是说货物清单。"于是以为周星汉要讲困难和客观原因,没料到如此直接。他又从另一衣缝里取出清单,恭敬地递上。周星汉一目了然,并为表态,就说:"李科长和严科长的也给我吧。"他们两人迅速撕开衣服夹缝,抽出清单,递给周星汉,并又敬了军礼。周星汉又阅过,收好,轻声说:"好吧,我会尽量满足你们的,下面我们来商量下具体事宜。"

于是说:"师首长和部领导说了,价格由你定,要保证10%～15%的利润。另外,途中如遇不可预见的损失和无法承担的责任,都由师里承担。"李才和严峻三两人同时点头。周星汉摇摇手说:"我说的不是这条,利润基本不要考虑,只计途中的运输费用和人工及生活费用,因为同日寇较量,是我最大的心愿。"顿了顿,又说,"我说的是货物到了以后,接交和运回的事宜。"于是代表三人说:"这个好办。"

周家渡来了一拨又一拨人,语声朗朗,欢笑声不断,震荡着沂湖之滨。

开春以来,老三周云峰一边养伤,一边帮着老四周月明管理财务账目,周月明好腾出时间忙些短途采购和运输。春日里暖融融的,野外花香沁人心脾,周云峰在田野里走着,偶一抬头看见北边有一大片松树林,青郁郁的,就轻步过去。一面椭圆形水塘,一平如展,恰似绿镜,倒映着岸上的景象。水塘的北面地势高,青松拔起,那里是周家的老坟地。周云峰从塘面一侧绕过去,加快了脚步,来到他父亲的墓前。几株高大的松树拱卫着墓地,周云峰跪下向父亲连磕了几个响头,自言自语道:"大大,云峰来看您了。"又颓然坐下,看着镶嵌在墓碑上父亲的遗像。在兄弟四人中,自己很是调皮,父亲既训斥又疼爱。父亲谆谆教诲他长大后成家立业,不能散漫无度。父亲去世的那年里,曾两次嘱过:以后要辅助哥哥,继承周家的产业,为一方百姓谋福。父亲是为掩护县委、县政府,是为保存独立营精干力量而壮烈牺牲的。他的死得到共产党、新四军的褒扬,得到工商界及广大百姓的盛赞,父亲无憾地安息了。

周云峰站起来,望着墓后一排排高大挺拔的青松,自愧自语道:"我负了伤,已休息了几月,思想上有波动,比起父亲来,比起大哥来,羞愧难当。"又想:共产党、新四军为百姓而战、为民族而战,大哥带着一帮人为赶走日寇不计报酬,不惧生死。连弟弟周月明都在没日没夜地苦熬着,在为抗日事业尽心尽力。周云峰不再犹豫了,他再向父亲鞠了三个躬,快速向后走去。

民国三十三年(1944)秋,抗日战争态势发生了逆转,淮南、淮北、苏中、苏北各根据地开始转入对日反攻阶段。

陈家国书记陪着罗炳辉师长,来到周家渡。两人一下马,直奔周家大院,门前站岗的不认识他们俩,就盘问起来。正巧,周星汉从后街上回来,三人相见好不开心。陈家国介绍说:"星汉同志,罗师长现在是淮南军区司令员了,罗司令这次来,是受淮南区党委和军区委托而来。"周星汉把他二人引到堂屋就座。

罗炳辉朗声说道:"周老板,上次你支援了我们二师五根金条,我要感谢你。"周星汉回道:"那要感谢陈家国书记,他给我推荐了一个人。"陈家国笑道:"是这样的,罗司令。周老板的婚媒是我和叶茂,据我对叶茂的观察和了解,我说他对内能经营,对外能攻关。后来,周老板把叶茂带到上海,经过一段时间又让他经营中一拉丝模厂,这样周家就有了经济后盾。"罗炳辉开心说道:"周家不愧是红色资本家。"

张秀沂忙着斟茶、递烟,孩子"小羊角"跟在后面跟跄走着。罗炳辉从口袋里抓出糖来,蹲下逗道:"叫什么名字?说出来有糖吃。""小羊角"眼望着糖,断续着说:"叫逢,逢春。"罗炳辉剥了块糖放进逢春的嘴里,剩下的塞进他的口袋,站起来说:"这名字好听,很有寓意,抗日的春天来到了。"

回到堂屋,三人又坐下,罗炳辉说:"是该逢春了。去冬今春,我二师和抗日军民对日寇发起了反攻,收复了一些县城和重镇。随着反攻战役的展开,需要大量物资做保障。"罗炳辉停顿了一下,周星汉即表态说:"请首长和领导放心,战场上需要就是我们的责任。"罗炳辉放缓了语速说道:"星汉同志,你可听说过盘尼西林这种药品?"周星汉思索着说:"盘尼西林是抗生素,我在英、美等租界听说过。"罗炳辉又朗声起来说:"对,就是抗生素,能挽救许多战士的生命。"

陈家国这才发话说:"星汉同志,能不能从上海搞到一批盘尼西林?这种药很昂贵,市面上也很难购买,地下交易或许可以买到。"罗炳辉说:"上海地下党传来消息,购买盘尼西林比你们前几年购买军需物资难度还要大,须通过特殊人物、特殊手段才能搞到。怎么样,可不可试试?"周星汉也未犹豫,直接说:"只要能购到,我会想尽一切办法的。"罗炳辉站起来说:"好,真乃抗日英豪、红色资本家。"对门外喊道:"警卫员,把锦旗拿来。"

警卫员把一面锦旗送来堂屋,展开一看,鲜红的旗帜上绣着金色的四个大字:"江淮红商"。周星汉自豪地把旗子卷起,吩咐张秀沂保管好。接下来,陈家国说:"我可没有锦旗送给你,还带来几项任务:接淮南区党委来电,一师、三师、四师又来求援物资,还特别提到盘尼西林这种药品。"

陈家国语音刚落,织布厂厂长缪坚大步进来。罗炳辉笑道:"你个缪秀才(读私塾时间较长),趁热好打铁,我们的事情还未落实,你就撵来了。"缪坚坐下幽默道:"司令员吩咐,我哪敢怠慢?再说,有你司令在,周老板得让我三分。"周星汉站起同缪坚握了握手。

缪坚咕噜咕噜喝了几口凉开水,抹一下嘴唇说道:"首长和领导的事你们先谈,我到湖边去观赏一下。"陈家国拦着说:"缪厂长的事很重要,既代表二师,又代表路东贸易总公司,同时也有天长的份,你先说说吧。"罗炳辉高大的身躯端坐着,笑望着缪坚。缪坚这才说道:"那我就不计礼数了。由于连续作战,二师、独立团和地方武装的战士们需要补充服装。现在,我们发动各县、区、乡群众纺纱织布,但货源仍然不够,布匹也紧缺,请周老板给我们提供援助。"周星汉不假思索回道:"棉纱、布匹我会尽量满足你们的,你就开个清单吧。"

缪坚的事很顺利地谈妥了,他先告辞。

其他各师的物资又商量了一番,大致确定下来。警卫员牵着两批枣红马在后面跟着,罗炳辉、陈家国、周星汉三人边走边谈,陈家国又站住说:"星汉同志,一定要注意安全,我们还要依靠你取得抗战的最后胜利。"罗炳辉的大手如钳般握着周星汉的手说:"今日一别,或许要等到日本人被打跑,我们才有机会相逢。"田英把白马缰绳交给陈家国,三匹快马腾起蹄子向西驰去。

周家渡码头上一日繁忙一日,周云峰在几只货船上点验着货物。周鸿三说:"云峰,想不想跟三叔一起出去?"周云峰记好一船数字后,回道:"三叔,别拿你侄子开心了,这一年多来,我都闷死了。几次要求出去,可大哥就是不允,您帮我求求情吧。"又说,"都怪我一时沉不住气,自六合桂子山负伤后,我说了些不争气的话。"周鸿三从船上跨上岸,说:"现在不怕了?你可要想好。"周云峰跟着上岸说:"早就不怕了,三叔您帮帮我吧。"未等周鸿三答应,又跳上船验货去了。

各采购小组又分赴各地执行任务了,周鸿三点名要周云峰一同去苏州。本来周星汉是不同意他三弟外出的,但周鸿三说出来几层意思:一是周云峰脑筋灵活;二是周云峰在苏州活动过一段时间;三是周云峰和他搭配便当。周星汉也考虑他三叔需要照应和协助,也就应允了。

周鸿三这一组在苏州还有一项重要任务,采购盘尼西林。周云峰在休整较长一段时间后,这次任务他是志在必得。

上海的局势发生了微妙的变化,眼看日本在中国的战局每况愈下,各国在上海的势力也蠢蠢欲动,上海本地的势力也悄然抬头。周星汉一到上海,同各方接触,迅速掌握了各种态势,他利用稍缓的局势,全面展开物资采购工作。

在汇理银行大厦里,安德烈和亨利热情接待着周星汉,他们谈论着目前的战争形势,仿佛看到了胜利的曙光。周星汉说:"战争的胜负我倒不关心,我只关心我的生意、我的利益。"亨利摇摇手说:"No,No,我们希望同盟国取得胜利,日德彻底失败,我们才能在上海站稳脚跟。"安德烈赞同说:"周先生,到目前租界还被日方控制,你的生意也是受到影响的。"周星汉说:"还是你们站得高,看得远,我就是井底之蛙了。"安德烈转换口气说:"不过,周先生的处事方式也对,这样就不妨碍你做生意了。"亨利说:"周先生有一段时间未来上海了,谈谈你的计划,我们也好配合你。"

周星汉给他们每人又点上一支雪茄,说:"目前战事中国军队占上风,但日本人也不愿甘拜下风,越是这时,我们的生意越大有可为。"亨利来了兴趣,安德烈耸了耸肩,周星汉急着说:"苏南、苏北、淮南等地都需要大量的物资,尤其是战争所需物资。如果,你们入伙的话,会有丰厚的利润。"亨利和安德烈立忙请周星汉详说。

周星汉把需要许多物资大概说了,尤其是军事物资,特别是盘尼西林。亨利听后喜形于色,但又习惯性地扭着耳朵,他把椅子朝周星汉面前挪了挪,说:"军事物资问题不大,就是盘尼西林这种药品特别紧张,市场上也没有。日方因战争需要肯定会大量购买,但对外控制很严。美国这种药多的是,他们是生产国,但要寻找进货渠道。"安德烈仰着头说:"周先生,盘尼西林控制得虽紧,我和亨利先生帮你搞一批,但数量可能不大。"周星汉说:"太感谢了,利润从优。"亨利竖着拇指说:"合作愉快!"

出了大厦,王碧亭小声问:"老板,生意咋样?"周星汉回道:"还行,就是那种货数量太少。"王碧亭担忧地问:"哪咋办?"周星汉见电轨车来了,说:"上吧,去大世界。"

从电梯上了五楼,总经理室前两个保镖见周星汉来了,主动开门,打个请进的手势。王碧亭仍旧在门外候着。

朱顺刚放下电话,周星汉进来了。朱顺笑哈哈地说:"周老板,我预感到你会来的。"周星汉递过雪茄说:"朱老板可不是凡人哪!"朱顺示意服务员给周星汉来一杯咖啡,服务员笑盈盈地端来,又退入耳房。

周星汉轻笑着说:"朱老板近来春风得意,大展宏图了。"朱顺回道:"哪里,只是上海滩的气氛又活跃起来,这不,你周老板也来了。"吐了一串烟圈,又说,"有什么事需要我帮忙的,尽管说,只要我能做到。"周星汉呷了一口咖啡,说道:"朱老板一向爽快,我就直说了。当下战事连绵,美国生产的盘尼西林是抢手货,这种生意利润丰厚,不知朱老板可有途径?"朱顺放下二郎腿,说:"周老板,你做的生意多是奇缺又费神的行当。"周星汉微笑道:"富贵险中求嘛,如果战争结束了,谁还做这些生意?"朱顺接着说:"是这个理,但这种物品市场上贵如黄金,又无处购买。"周星汉仍旧笑着说:"当下的形势正如你朱老板所判,气氛活跃多了。再说,这上海滩哪有难倒你朱老板的事。"

朱顺从高大的椅子上起来,踱到窗前,看着波涛滚滚的黄浦江,江面上桅杆林立,汽笛声声。他转过身来说:"看在你周老板面上,我把手中的货先给你吧。如果你还嫌不够,我给你提供一条路子,但你要把握好。"周星汉起来,又递支烟给他,打上火,说:"请朱老板指点。"朱顺吹着烟雾说:"三菱商学会社副社长三井煤栈,日本商人,你知道的。"

朱顺重又坐下,周星汉回到太师椅上说:"这种特级违禁品,他一个日本人敢卖给中国人?"朱顺未回答周星汉的疑问,却说:"这个三井煤栈,是中佐军阶,负伤后消极厌战,做起商人来。我和他有生意上的往来,有些违禁品只要保密、安全,还是可以做的。他爱好打中国麻将,喝山西汾酒。我说这些不知对周老板可有帮助?"周星汉心领神会,谢道:"这些真言,都是金子买不到的,朱老板助我也。"

晚上,在大世界包间里,三井煤栈、大堂经理张海良、周星汉三人小饮。先是张海良投其所好,拣三井煤栈喜好的话题聊了一会儿,又用汾酒慢慢小品,待到一定程度,张海良说:"周老板,你有所不知,三井煤栈深通中国酒文化,尤其是这汾酒。"周星汉举着酒杯,敬着说:"愿闻其详。"

三井煤栈仰脖而尽,兴致盎然道:"汾酒,又名杏花村酒,属清香型白酒,比我们日本的清酒还要清澈、优雅、绵甜,堪称色、香、味三绝。"周星汉附和道:"我们中国人都不识庐山真面目,三井煤栈先生不愧是中国通。"三井煤栈又自斟了一杯,三人同饮,他放下酒杯,又兴致道:"汾酒,早在一千五百年前的南北朝时期就是宫廷御酒,并载入二十四史;晚唐大诗人杜牧'借问酒家何处有,牧童遥指杏花村',汾酒再次出名;民国四年(1915),汾酒在巴拿马万国博览会上一举获得金质大奖,名列酒尊,世界瞩目。"张海良趁机斟上酒,周星汉立马又敬。

酒兴未尽,朱顺和王碧亭进来了,三井煤栈喜不自胜,连连招手。周星汉介绍说:"这是我的助手王碧亭。"三井煤栈伸出手兴奋道:"见过,坐下一起饮。"

在特殊的年代、特殊的环境里,有杯盏交错,也有刀光剑影。

在苏州,周鸿三和周云峰叔侄俩在另一战场上相搏。先通过何为、陈运河、严福祥等备办了许多物资,再打通关节购买一批盘尼西林。又与苏州青帮大亨苏震湖接洽,谈及盘尼西林生意。

一日,货款谈妥,青帮派人在灭渡桥畔交易。不料,刚交接完毕,日本特高课人员尾随而至,一时特高课、青帮、周鸿三三方发生枪战,火力交织。周鸿三见形势危急,抓起皮箱外套,把盘尼西林装入,递给周云峰说:"快,跳进运河。"

他自己拎起皮箱,举枪还击,朝巷道奔去。特高课人员发现,撇开青帮,蜂拥而至……

是年底,各采购组先后回来了。周星汉是最后一批,从上海黄浦江至瓜洲,经扬州运河回来的。周云峰几乎每天下午或晚间在沂湖边守望。一天,看到周星汉的船队回来了,心里怦怦直跳。他眺望着船上,见王碧亭直立船头,未见他大哥,心头骤然紧缩起来。船靠岸来,周云峰立刻上去,问王碧亭:"我大哥呢?大哥呢?"周星汉缓缓从仓里出来,两只手均拎着皮箱。周云峰过去要接皮箱,周星汉没有给他,而是说:"带上几个工人,备上锹和畚箕。"看着他大哥脸色凝重,也不敢再问,便去安排。

在周家老茔的一侧,有两座新坟,石碑上刻有"周鸿三烈士之墓""吕永年烈士之墓",左下方都有一行小字是:天长县抗日民主政府。两座新坟的后面还有其他烈士之墓。周星汉猛地在他叔父碑前跪下,用拳头击碑,号啕道:"三叔,侄儿没有保护好您!"周云峰也泪如雨下。王碧亭领着张秀沂过来了。杨树青也赶来了,站在松树下说:"唉!要是我去苏州,周三叔就不至于……"周云峰哽咽着说:"三叔是为了掩护我,拎着空箱子吸引日本特高课的……"又抹着泪说:"三叔叫我跳下运河,因我水性好,在运河里潜泳,才得脱险。"周星汉忍住悲痛,掉过头来听着,周云峰说:"等到枪声平息下来,我去巷道寻找三叔,他已牺牲了……"

张秀沂挽着周星汉的手也跪着,杨树青搀起周星汉,说:"大家都节哀吧!"问王碧亭:"严夫同志的遗物可有?"王碧亭回道:"杨营长(天长抗日支队一营营长),周老板给带回来了,在他手上的皮箱里。"周星汉沉痛地说:"这是严夫同志的遗物。他牺牲前嘱我,他家在大别山那里,也没有什么人了,就长眠在沂湖之滨。"杨树青痛苦地说:"就让他在这里安息吧!"几个工人挥锹挖土,安葬严夫同志。

战争的岁月里,灾难随时会降临。民国三十四年(1945)春,日军困兽犹斗,发动春季大扫荡,驻沂湖杨树青一营只留一连驻防,大部配合新四军主力反扫荡。

铜城盐行的贾抗探知这一消息,立即向扬州宪兵司令部报告,旅团司令冈田命令高邮、天长日军再次突袭沂湖周家渡,破坏工厂和物资基地。

原税务局下属的缉私队并入货检局,货检局有一个四五十人的中队驻防湖滨小关。小关杨树青的三营奉命调走以后,货检中队武装保护的担子沉重起来。当高邮日军夜闯湖西,通过内河河道向里湖沂湖悄悄进发时,遇到货检中队顽强阻击。但终因力量悬殊,日军突入沂湖,气势汹汹向周家渡袭来。

周家渡这里形势异常严峻,一营一连在沂湖边几处设防,幸好沂杨区中队和所属乡镇民兵中队纷纷赶来支援。渡口这里情形愈来愈严重,天长日军知高邮日军在东侧已投入战斗,正在攻击湖边的工厂和物资基地,于是疯狂地向渡口滩涂发起抢滩攻击战。天长日军撕开几十米宽的口子,登陆上岸,向周家大院奔袭。田英率保卫小组死守院门口。

沂湖的胡匪大瓢把子会同小关货检中队,在湖上从一侧翼袭扰高邮日军,使之对岸上的攻击力度减弱。大瓢把子原在高邮湖活动,多次受到高邮日军袭击,迫不得已迁往内湖沂湖,得知日军袭击周家渡重地,在货检中队的动员下,一同加入战斗。

田英的保卫小组力战之后,全部牺牲,日军突入周家大院。杨德水率护卫家丁在大厅设二道防线拼命阻挡。杨德水一边射击,一边说:"秀沂,快带你婆婆转移。"张秀沂说:"其他的人都转移出去了,我妈就是不肯走。"杨德水又说:"快,再不走就来不及了,从中堂下面的暗道出去。"张秀沂用尽力气拽着周李氏进入暗门。杨德水身上已多处受伤,当日军跨到门槛时,他拉响了两颗手榴弹,轰的一声,瓦砾迸飞,人影倒地。

夏春雨县长、林铁处长带着县政府的警卫队和铜城区民兵中队火速赶来。夏春雨对林铁说:"一、加强火力。二、在湖的东侧和南侧两个主阵地喊话,就说独立营打回来了。"林铁带着人旋风般地去了。

日军溃逃了,夏春雨和沂杨区委商量处理善后事宜。

之后,盐行助理贾抗被保安处逮捕,立审立决。

周家渡发生重大事件时,周星汉的采购人马远在苏南、上海等地,当他返回时,已是夏秋之季。

苏北、淮南、淮北各根据地反攻力度加大,日军只得龟缩在一些重点县城里，收复河山赶走日寇已指日可待。

周星汉一回来，就到后面的松树坡，他特地备了两个花圈，来到杨德水和田英的墓地。周星汉跪在泥土上，泣道："老杨叔，早知这样，还不如把您一起带出，您从苏州远避他乡，还是被这帮强盗杀害了……"

陈家国、夏春雨站在后面，陈家国说："三弟，节哀吧，日本强盗完蛋了！"夏春雨也说："三弟，日本天皇宣布无条件投降，抗战胜利了！"

周星汉这才爬起，又看了看保卫组和一连战士烈士墓碑。陈家国提议说："我们去看看周运三同志吧。"

周星汉来到父亲墓前，磕了头，说："父亲，您的仇共产党和新四军替您报了，您给我的江河联络图派上用场了，您就放心休息吧！"

祭毕，三人朝前走着，陈家国说："三弟，抗战胜利了，你有何打算？"周星汉挺起胸膛说："大哥、二哥，听你们的，跟着共产党走。"夏春雨说："大哥去津浦路东行政公署任专员了，今天来是向你辞行的。"陈家国一阵咳嗽，周星汉在他后背上轻拍着，说："大哥，你可要注意身体啊！"陈家国手一扬说："我们往前走吧！"

此后，解放战争开始了，周星汉又带着一帮人扬帆远航，乘风破浪。那又是另一段鲜为人知而又惊心动魄的故事了……